刘真

图书在版编目（CIP）数据

你有罪2：谜案追凶 / 刘真著. —南昌：百花洲
文艺出版社，2017.9
　ISBN 978-7-5500-2360-4

　Ⅰ.①你… Ⅱ.①刘… Ⅲ.①长篇小说－中国－当代
Ⅳ.①I247.5

　中国版本图书馆CIP数据核字（2017）第182598号

你有罪2：谜案追凶

刘真　著

出 版 人	姚雪雪
责任编辑	袁　蓉
封面设计	荆棘设计
出版发行	百花洲文艺出版社
社　　址	南昌市红谷滩世贸路898号博能中心A座20楼
邮　　编	330038
经　　销	全国新华书店
印　　刷	北京市通州运河印刷厂
开　　本	670mm×970mm　1/16　　印张　20.5
版　　次	2017年9月第1版第1次印刷
字　　数	246千字
书　　号	ISBN 978-7-5500-2360-4
定　　价	39.00元

赣版权登字 05-2016-455
邮购联系　　0791-86895108
网　　址　　http://www.bhzwy.com
图书若有印装错误，影响阅读，可向承印厂联系调换。

刘真 著
liu zhen

你有罪
PROOF OF GUILT
② 谜案追凶
MURDER WILL OUT

百花洲文艺出版社
BAIHUAZHOU LITERATURE AND ART PRESS

序

诸行无常，是生灭法。

生灭灭已，寂灭为乐。

语出北本《涅槃经》卷十四，曰《无常偈》。说的是世间万物无一得以常住不坏，凡生者必有死，凡盛者必有衰，凡旺者必有灭，是谓无常。故唯有超越此生灭境界，方能得寂静之真乐。

曲州市公安局的法医苏采萱在法医生涯最低谷时，心烦意乱，感触良多，向市公安局刑警支队队长李观澜念叨起这则佛偈。李观澜报以微微一笑，不置可否，颇有高僧风范。

也难怪，虽然苏采萱身为法医，时常见证他人的生死，但她终究是一名女子，即使比其他女子更坚强，但有着与生俱来的婉顺和柔弱。何况，近年来她接触的几起案子，过于古怪离奇，案情起伏跌宕，而苏采萱也在迷宫似的案情里、地狱般的压抑中，经历着彷徨无助、迷失、峰回路转、豁然开朗的心绪。

苏采萱偶尔会想，所幸还有李观澜做她的搭档，这小子每逢大事，有静气，断案决疑，经常在关键时刻如有神助，这是侦探的天赋，普通人模仿不来。

　　本书讲的就是让苏采萱感喟生命无常、世情难料的九起刑案。当人性的黑暗与邪恶达到极致，当人伦的错位挑战俗世道德的底线，当仇恨和恐怖撞击灵魂的最深处，那红尘中的痴男怨女，会有怎样异于常人的罪恶行径？

　　如果说，人死如灯幻灭，世间本无冤魂，那为什么那些可怜可恨的人们，总能听到来自地狱的召唤？

目 录 | CONTENTS

第十案　　断脚疑云（下）　　283

断脚疑云时隔四年再次出现，一个定情漂流瓶打开案情突破口。警员湖内搜寻线索，发现骷髅，又遭食肉性鱼类咬伤，一系列杀人抛尸案真相大白。凶手为何杀人抛尸？冥冥中似有因果报应。要想人不知，除非己莫为！

第一案

断脚疑云

（上）

第一节 水上漂来的断脚

2008年7月11日。正午。

曲州市巨流河凌波浴场。

浴场岸边游人如织，暖洋洋的阳光打在脸上，也洒在烟波浩渺的巨流河上。水面泛起粼粼波光，如千万条金蛇在跳跃，煞是好看。这日日夜夜奔流不息的巨流河水，哺育着勤劳勇敢的曲州市民。任凭岁月流逝、人世变迁，不变的是顽强的生命力和追求美好生活的心愿。

七岁女孩丹丹光着脚丫在沙滩上跑来跑去，细细暖暖的河沙温柔地按摩着她脚底娇嫩的皮肤，带来酥麻瘙痒的感觉。丹丹的脸上洋溢着天真快乐的笑容，不时发出一阵脆生生的欢笑声。

丹丹正把几只运动鞋一字排开。这些都是被河水冲过来的鞋子，且都是运动鞋，六七成新，有大有小，有男鞋有女鞋，品牌有李宁、安踏、耐克、阿迪达斯等。巨流河绵延千里，宽广壮阔，被河水冲到岸边的鞋子、衣物、动植物残骸等颇多，成年人对此司空见惯，谁也不会去碰触。但像丹丹这样心地纯净的小孩子对万事万物都充满了好奇。

丹丹的妈妈李晓媚，是一位三十岁出头的、长相妖艳的少妇，穿着亮眼的水粉色三点式泳装，摆出舒适又撩人的姿势，斜躺在沙滩上，沐浴着和煦的阳光，也略带陶醉地享受游人投过来的或羡慕或猥琐的目光。良久，她意识到女儿不在身边，急忙四处张望着寻找，见丹丹正在不远处摆弄着几只鞋子，就用手肘支撑着慢慢站起来，尖起喉咙喊："丹丹，那些鞋子脏得很，快给我滚回来。"

丹丹对母亲的叫骂声习以为常，用一支木棍捅着那些鞋子，笑嘻嘻地说："妈妈，这些鞋子里面大都是空空荡荡的，只有一只很饱满。"

李晓媚颇有些得意地高声说——似乎沙滩上的人都是她的听众："这孩子，说话还咬文嚼字的，不过用词还算恰当。"

李晓媚扭动腰身走到丹丹身边，顺手接过木棍，向一只鞋捅了捅，嗫着鼻子说："家里什么玩具都有，你这孩子怎么爱玩这个。咦？这只鞋里的东西软软的，一定是烂袜子。快走吧，这是给野孩子玩的。"

丹丹习惯性地伸出小手去拽李晓媚的衣襟，可她妈妈今天半裸身体，丹丹拽了个空。她把小手摇一摇收回来，说："妈妈，鞋子里面不是烂袜子，是一泡油。"

李晓媚也看到鞋子里有一团又白又腻、像是油脂的东西，在好奇心驱使下，她用木棍在里面拨了拨，一只白生生的脚骨突兀地从鞋里支棱出来。李晓媚仔细一看，吓得一激灵，她失声大叫："脚！这鞋里有一只脚！"

4

浴场上的人听到李晓媚的喊声，都围拢过来。有胆子大的人用木棍把鞋子拨倒，将那脚骨拨出来仔细端详。人们七嘴八舌地议论："真的是人脚骨。"一名医学院的学生恶作剧似的说："看那大脚趾上，还有增生呢。"

众人越胡乱猜测越感觉奇怪，越说越怕："不会是杀人分尸案吧？""妈呀，这浴场里有尸体，咱们别玩了，还是回去吧。"不大工夫，流言四起。

"凌波浴场发现了一只人脚……"

接到报案后，曲州市刑警支队迅速出警赶到现场。由于支队的主要警力目前都不在，而案件又可能牵涉到杀人碎尸，带队出现场的二大队队长马经略遵照李观澜离开前的指示，在第一时间向他做了汇报。

第二节 湖畔的心愿

2008年7月11日。下午3时。

松江省诏安县植物园。

接到马经略的案情汇报时，李观澜正带着队员在诏安县植物园度假。诏安县植物园依山傍水，景色秀丽，山脚下的家塘湖是巨流河的分支，湖中特产一种名叫胡子鱼的黑色食肉鱼，肉质细嫩，味道极鲜美，是诏安植物园吸引游客的特点之一。

李观澜出任曲州市刑警支队队长刚满一年，在三百多个日子里，与百余名刑警夜以继日地艰苦奋战，创下了侦破命案十九起、涉毒案三十三起、重伤害案十五起、涉黑案两起的辉煌战绩。上级部门特批立功队员到距离曲州市三百公里远的诏安县植物园休假三天。谁知昨天下午才到诏安,今天就接到了案件通知。李观澜想,队员们难得出来玩一次,不要扫了他们的兴,而且案情还不明朗,说不定只是虚惊一场,就决定和苏采萱、许天华先回去,看看情况再说。

这时许天华正在家塘湖边和女朋友何晓顺依偎在一起,柔情蜜意,卿卿我我。许天华就是诏安县人,与何晓顺是高中同学,一年前他从警校毕业后加入曲州市刑警支队,因头脑灵活、观察敏锐、勤于思考、工作刻苦努力,深受李观澜器重。何晓顺目前就读于松江省医科大学药学系二年级,正在放暑假。说来也巧,何晓顺的家就住在植物园的山脚下。许天华趁着度假的时机正好和她相会。

何晓顺的母亲早丧,她和父亲何洪海相依为命。何洪海年轻时被车撞断过腿,右脚落下残疾,走路时一瘸一拐的。由于缺乏劳动能力,就利用植物园开发的时机,把自家的住房腾出来,隔出几个小房间,作为家庭旅馆,供游客居住,还取名叫作"如归客栈",不过生意平淡,仅供糊口。

许天华在男欢女爱的问题上有些害羞,没向同事们透露他和何晓顺谈恋爱的事,否则李观澜不会急于把他叫回去。许天华在午饭时偷着溜出,来到何晓顺家,痛快地吃了一顿何洪海烹制的红烧胡子鱼。饭后他与何晓顺牵着手出了家门,漫步到家塘湖边,沐浴着夏日午后的暖暖阳光,耳鬓厮磨,说不尽的情悠悠爱浓浓。

许天华正沉浸在爱河的甜美中,李观澜的电话突然打破了这静谧浪漫的氛围,他要求许天华立刻到住宿的宾馆碰头,准备返回曲州。许天华接到紧急指令,知道一定是发生了案子,而且案情重大,只好依依不舍地站起身。

和恋人短暂相聚后又要说再见,何晓顺也有些不情愿,忽然想起来什么,从随身的挎包里掏出一个瓶子,在许天华眼前晃了一下。许天华问:"这是什么?"

何晓顺笑嘻嘻地说:"这是漂流瓶,里面装着写有我心愿的字条。"

许天华心里一动,说:"让我看看你的心愿是什么。"

何晓顺缩回手,把瓶子护在胸前,撒娇地说:"不给你看。"

许天华笑笑说:"还保密呢。我在电影上见到的漂流瓶都是玻璃的,怎么你的瓶子是塑料的?"

"你懂什么,家塘湖里有的是石头,玻璃瓶子会被撞碎的,塑料的就保险得多。这瓶子是环保塑料做的,不会污染环境。别把你的眼睛瞪得像牛眼一样大。"最后这句话是揶揄许天华的。

"好吧,希望有人能拾到你的漂流瓶,别石沉大海就好。"

第三节 断脚再现

李观澜、苏采萱和许天华在当天夜里八点回到刑警队,马经略把那只装有人脚骨的运动鞋原封未动地保存在证物袋里,呈给他们。

李观澜打量着脚骨,说:"在现场附近有没有找到其他的人体组织?"

马经略说:"按照您的指示,以发现鞋子的地点为圆心,向河岸的三个方向搜出一千米远,没有任何发现。也组织打捞队到附近水域寻找过,没有发现人体残骸。"

李观澜说:"单凭一只泡烂了的脚,我们没办法立案,但是在游人众多的浴场发现断脚,如果不给出一个让人满意的答复,会引起民众恐慌。下一步工作要从几个方面入手——采萱,你立刻对这只断脚进行化验,确定断口是不是被利器砍断的,以及断脚在水里浸泡了多长时间，再检验断脚的DNA，与市局DNA库里的配型比对，也许能找到断脚的身源；老马带人搜集下曲州市以及周边各市的失踪人口资料，尤其是失踪时脚穿运动鞋的人员，一个也不要错过；天华，你带人到曲州市的相关科研单位走一趟，看看根据天气、风向、水流等因素，能否分析出这只装有断脚的鞋可能从哪里漂过来，这可能不太容易，不过只要有一丝可能，也要努力尝试。"

李观澜顿了顿，又补充说："这件事要尽量保密，别让媒体知道，曲州市的媒体从业人员都有着丰富的想象力，说不定会借题发挥，炮制出什么耸人听闻的新闻来呢。"

第二天上午，苏采萱率先向李观澜反馈检验结果："装着断脚的运动鞋为耐克牌的仿制品，由曲州市一家乡镇企业制作并在2003年出厂，38号，右脚女鞋，质量倒说得过去，鞋面的材质是牛皮，鞋底是乙烯塑料。从鞋底磨损程度判断，穿着时间不超过两个月。因鞋子的防水功能良好，虽在水中长期浸泡，并未造成过多损耗。断脚主人的血型是AB型，女性，根据物理特征推测，年纪应该在二十到四十岁之间，已经申请了骨龄测试，结果要在三天后出来。"

李观澜问："能不能确定断脚是被利器切断的？"

苏采萱沉默了两秒钟，说："无法确定。骨骼断面参差不齐，而肌肤和血肉组织因在水里长期浸泡，已经融化成油脂。我更倾向于认为这只脚是从水中的尸体上自然脱落的，浸泡的时间初步估计在两年以内，要得到更精确的时间，也要等到三天以后。"

"你能不能给我一个大概的意见，这只断脚是哪里来的？"

"也许来自自杀者的遗体，也许是被人杀害后抛弃的尸体，也许来自失足落水者的遗体……可能性太多，目前掌握的证据远远不足以得出确切的结论。巨流河绵延千里，凌波浴场在下游低洼地，断脚的起始漂流地点无法确定。"

"我们的意见一致，目前是刑案多发期，如果找不到断脚的身源，这个案子只能暂时搁置，继续侦查也只是浪费警力，而且立案的条件也不够。"

到了晚上，马经略和许天华相继汇报调查结果。在曲州市及周边五市的失踪人口报告中，有十三名失踪女子符合条件。

而汇总所走访的地理、水利和地质专家的意见，他们以为，凌波浴场地处巨流河的下游，上游辗转近千里，且分支众多，而河水的流向受风向、气温、地势等多种因素影响，要准确判断这只断脚从哪里漂过来，几乎没有可能。

三天后，DNA配型检验的结果显示，疑似的十三名女子中无一人与断脚的配型吻合。

找不到死者身源，又不能确认断脚成因，案件调查无法更进一步。曲州市大案频发，关于此案的薄薄几页材料很快就被搁置到档案室架子上。

三个月后，也就是2008年初秋，在凌波浴场的岸边，又有人发现一只断脚——仍然是在一只运动鞋里，南方某省制鞋小作坊仿制的锐步牌运动鞋，36号，女鞋，也是右脚。技术分析结果表明，与第一次发现的断脚不属同一个人。断脚在水中浸泡和漂流时间在两年左右。除去一副完整的脚骨，皮肤和血肉已经化成一泡油脂和水的混合物。

三个月前的侦查结果重现，没有身源，找不到断脚成因，资深法医认为断脚的断裂处没有利器切割痕迹，可以排除人为分尸的可能。

这一次凌波浴场岸边出现断脚的消息被媒体得知，随之而来的充满想象力和渲染手法的报道，在市民中掀起了轩然大波。是谋杀？是自杀者的遗骸？是空难遇难者？是久无音讯的船员？是外星人的恶作剧？媒体猜谜式的渲染使得案情愈发扑朔迷离，充满怪异的气氛。

尽管如此，案件的侦查依然无法继续，而媒体的想象也不能给案情带来一丝一毫帮助。曲州市刑警支队顶着巨大压力，将本案封存。

2008年秋冬之交，北风已然刺骨，河水尚未结冰，树叶潇潇而落，天地一片苍凉。凌波浴场岸边，又漂来一只断脚！

还是女性右脚，出自第三人。三只右脚，三名死者。（或者还有活着的可能性？）

在来自各方面的巨大压力下，李观澜等刑警、法医和刑侦技术人员，连续奋战了一个星期，仍找不到断脚身源，无法证实断脚成因，任有什么才干、经验、智慧、责任感和摩拳擦掌的干劲，都无能为力。

媒体的猜测愈加离奇。《松江晚报》法制版臆想了一个恋足癖杀人狂的离奇故事，吸引了众多读者的注意。晚报凭着三只断脚和一段大胆的想象，发行量陡增三成。

而报纸发行量增加所引起的负面效应是社会的巨大恐慌。市井间流言纷纷，越传越奇。家有女儿的父母一到天黑就把女儿关在家里，禁止外出；热衷于应酬交际的少妇和职场女性为了生命安全，也不得不有所收敛；而有些丈夫担心晚归的妻子遭遇厄运，在夜深人静时不辞辛苦地到户外迎接，却由此意外地揭开一桩桩婚外情，引发许多家庭纠纷，这算是浴场断脚案带来的发散效应。

事态发展越来越不受控，引起省公安厅的重视。一定要在最短时间内给上级部门和曲州市市民一个满意的答复。

曲州市公安局局长徐常委是在市委书记找他谈话时才知道有凌波

浴场断脚案这么一桩事。他在书记面前支支吾吾地搭不上话，紧张得汗流浃背，非常被动。回到公安局后大发雷霆，把刑侦副局长乔磊和刑警支队队长李观澜叫到办公室，不问青红皂白，劈头一顿训斥，急赤白脸，口沫纷飞。

李观澜自始至终面带微笑，一直到徐常委发作完，才不温不火地辩解说："案情早在四个月前就汇报给局里了，那次会议正赶上你去美国拉斯维加斯考察，刚好错过了。"

徐常委又侧过头喝骂乔磊："就算我出国没听到汇报，那这么大的案子，你怎么不提醒我？你这是严重失职！"

乔磊有些抵触："最新的案情报告在三天前就交给你了，是我亲手交给你的秘书殷实杰的。"

徐常委在案头的一堆卷宗中随手翻了翻，找出一份干净整洁的案情报告，瞄一眼题目，把报告举在手里甩得哗啦啦地响，说："就算你把报告交上来，如果我没机会看到，你也要再提醒我一次。现在是市委换届的关键时期，我的注意力不可能都放在案子上。"

乔磊笑笑说："徐局，你是注意力完全没在案子上。这份报告交给殷实杰后，我又提醒过你一次，你可能正忙着接待来局里考察工作的赵副市长，没注意我的提醒。"

徐常委怒火中烧，但继续发作又实在不合身份，便梗着脖子咽口唾沫说："现在省里和市里都要一个说法，不管怎样，你们这样不明不白地把案子吊起来，对受害人和市民都是不负责任的。"

李观澜说："这起案子现在处于两难的境地，如果有明确的受害人，即使困难再大一些，我们也能设法解决，但目前仅凭这三只断脚，不足以确定是凶杀案。也许像有些人猜测的那样，它们是翻船遇难者的残骸。而且这个案子涉及的地理范围太广，涵盖的人群太大，必然要耗费巨大的人力和财力。目前市里的刑事案件频发，如果我把主要人员都抽调到这个尚未定性的案子上，有些舍本逐末，得不偿失。"

徐常委有些诧异地看着他："李观澜，你作为刑警支队队长，怎么一点觉悟也没有？不管你手头有多少案件，只要市委书记过问了这起案子，你就要把精力、人力和财力集中投入到这上面来。你现在就拿出一个方案来，放开手脚去办，无论花多少钱、用多少人，局里都支持。"

李观澜想辩解两句，又把话收了回来，心想，跟这种不学无术的局长无法沟通，只要在执行时自己把握分寸就好，便答应着离去。

第四节 专家结论

其实李观澜心中对这起断脚奇案也割舍不下。他从警以来，办过不少大案、要案、奇案，一向是知难而进，线索愈是模糊，案情愈是扑朔迷离，愈能激发他的斗志。就像是围棋国手遇到无人能破解的棋局，数学天才遭逢困扰学界的难题，纵然废寝忘食殚精竭虑也要找到答案。此前他选择暂时搁置这起案子，是出于平衡各方面利弊的考虑。这时上级部门施压，且提供充足的物质保障，他自然乐于投入更多力量去解开断脚谜团。

在松江省政府和省公安厅的协调下，曲州市公安局出重金聘请来医学、地质、地理、水利、犯罪学研究五个领域的七位国内顶尖的专家学者，对凌波浴场出现的三只断脚进行论证。

就在专家们陆续抵达曲州市的当天上午，浴场岸边又出现了一只断脚，与前三只一样，是装在运动鞋里漂上岸的。女性右脚，皮肉腐烂，骨骼完好。女鞋为37号的正版耐克运动鞋，是耐克公司四年前的产品，但鞋子较少磨损，推测穿用的时间不超过一年。

这次发现断脚的是一位在浴场甬道上晨跑的中年男子。他是个好事的人，发现断脚后先通知了当地的电视台和晚报等三家媒体，然后留在现场看热闹，十几分钟后才报警。当李观澜带人赶到现场时，断脚已经被记者和围观的人群拨弄得不成样子。

当专家们聚集到市公安局会议室时，关于第四只断脚的新闻已经在电视和网络上传得沸沸扬扬。局长徐常委昂首挺胸地步入会议室时，一位女主持人正在电视屏幕上兴高采烈地向市民播报找到了第四只断脚的"好消息"。徐常委的脸有些发烧，这位女主持人和他不仅认识，而且关系非同一般，却在不经意间给他一个眼罩戴，让他在国内的专家面前下不来台，真是"大水冲了龙王庙"。

专家们得出结论已经是一个月之后的事，离2009年春节还有七天。专家经过"细致考证和缜密分析"后一致认为，这些断脚绝不是来自凶杀案的受害人，而是从一起空难遇难者身上剥离出来的。

专家们解释说，2007年，与松江省毗邻的H省发生了一起空难，一架载有一百四十七人的飞机坠落在巨流河上游的山谷中，机上乘客和机组人员全部遇难，部分遗体被卷入河水中。

为什么遗体的其他部分都消失，仅留下断脚呢？

专家认为，遇难者的尸体在水中浸泡一段时间后，腿部的肌肉、筋腱和骨骼逐渐从身体上脱离或腐烂；在浸泡时间足够长的情况下，有些部位逐渐变成肥皂状尸蜡，这些因素都会造成脚部从关节上脱落。

而被发现的断脚因有鞋子保护，得以在水中长时间保存。皮鞋和布鞋的浮力不足，又容易损坏，所以穿皮鞋和布鞋的断脚都未能漂流到岸边，而是在水中分解了。只有穿着运动鞋的断脚会浮在水面，越过旋涡、险滩和礁石，漂流三百多里，最终抵达曲州市凌波浴场。

至于为什么发现的断脚均是女性右脚，专家们认为有一部分原因是巧合，一部分原因则在于女人身体内脂肪的比率高于男人，所以女尸比男尸更容易浮上水面。因此，关于恋足癖杀人狂的传言纯属无稽之谈。

那么断脚为什么会集中漂到凌波浴场呢？

专家们解释，在巨流河流域，凌波浴场的地势较低，而且在它附近有一个巨大的管道形石壁，巨流河水流经这里时，靠近管道壁的水流因摩擦增大导致流速变慢，而管道中心的水流加快，造成中心负压，周围的水向中心补充，形成一个硕大的旋涡。断脚被旋涡裹挟着流进凌波浴场，最终被冲上岸。

专家们还补充说，其实断脚并非全部漂流到凌波浴场，还有一部分被冲到了其他地方，只是没有被人发现而已。

由于这些专家都是各自领域中的权威代表，得出结论的理由也合情合理，虽然其中不乏牵强附会之处，但是总体也说得通，而且除此之外，也没有更合理的解释。这个结论通过媒体向社会公布，以消除市民的恐慌心理。

但李观澜对此结论却持有保留意见。虽然他没有确凿的证据，也找不到关于断脚成因的合理解释，但凭着刑警的敏锐直觉，他认为这些断脚后面，隐藏着一个可怕的真相。只是受客观条件所限，他暂时只能保留意见。

此后，断脚不绝而来。第五只断脚与前面四只有所不同——是一只左脚。这打破了断脚均为右脚的规律，但共同点依然是所发现的断脚属于女性，而且都装在一只较新的运动鞋里。

当媒体追踪到第六只断脚时，市民们已经不再像最初那样恐慌，但坊间传闻从未停止，且越传越奇。更有顽童三五结伴，特意到凌波浴场岸边寻找断脚，居然真的有所发现。到2010年秋天，在凌波浴场岸边共发现十三只断脚。通过技术分析，其中有四只断脚分属于两名年轻女子，其余九只则来自于九名不同的女子。

　　2010年秋天以后的两年间，断脚不再被发现。好像是一个神通广大的家伙和曲州市人民搞的恶作剧，等到玩得腻了，就转移心思，去玩别的游戏，不再理会那恶作剧带来的一切后果。

　　那么，这十三只断脚是否真的像专家们分析的那样，是空难遇难者的残骸呢？在断脚消失两年后，断脚案已经在人们的记忆中淡去，关于此案的卷宗也已尘封在刑警队的档案室里。一个极微小极偶然的契机使得此案得以重新启动，由李观澜带队，揭露了断脚背后那可惊、可怖、可悲的真相。

　　这期间，苏采萱、李观澜和他率领的一众刑警，屡破奇案、屡建奇功，在公安刑侦史上画下了浓墨重彩的一笔。按照案情侦破的时间顺序，本案的谜底将在本书的最后一篇揭开。

第二案

活死人

第一节 行尸走肉

苏采萱记得很清楚,半个月前,她在《曲州晚报》上读到那篇关于一对恋人在苍莽山游玩时失踪的报道时,还小小地感喟了一下。只是,她怎么也想不到,这件事会和她在高中同学聚会时遇到的怪事联系在一起。

她上学时的同桌王小倩,依然是旧时的模样,瘦瘦小小,高额头、翘起的马尾辫,厚嘟嘟的嘴唇油亮亮的,十几年的岁月似乎未在她身上留下什么痕迹。只是她的神情有些黯然,不似上学时那样神采飞扬。

王小倩见到苏采萱,拉着她的手寒暄了几句,就不再说话,心事重重的样子。苏采萱关切地问:"小倩,你最近还好吗?"

王小倩把头凑向苏采萱,压低声音神秘兮兮地说:"你是做法医的,你相信这世界上有活死人吗?"

苏采萱愣怔了一下,确信自己没有听错后,问:"什么是活死人?是活人还是死人?"

王小倩说："活着，但是认为自己已经死了。"

苏采萱转动着眼珠，想了一会儿，说："是精神错乱？"

"开始我也这么想，后来越看越不像。他能够独立生活和工作，但就是每天都在说自己是一具尸体，甚至自称能闻到尸体腐烂的味道。"

"听你描述的症状，类似妄想症，而且程度已经很深，但是深度的妄想症患者会失去理性，无法像正常人一样生活和工作。这个患者和你是什么关系？"

王小倩贼眉鼠眼地瞄了一圈，确信没有人偷听她们讲话，说："是我老公。你想啊，每天和你同床共枕的人，说他自己是一具尸体，内脏在腐烂，皮肤在溃烂，你怕不怕？"

苏采萱为王小倩设身处地地想了一想，禁不住打了个寒战，说："你带他去看看心理医生吧，越拖延越严重。"

王小倩无奈地说："他不肯去啊。他坚持说自己已经死了，下了班就把自己关在卧室里，几乎不怎么吃东西，用福尔马林洗手洗身子，说是这样不会快速腐烂。出门时就穿一身藏蓝色制服，其实就是从丧葬店里买来的寿衣，好在一般人也认不出来。"

"已经到这样严重的程度了，你怎么还一个人扛着？为什么不和他家人说？大家一起想办法，总会好一些。"

王小倩说："他没有家人，养父已经死了，除了我，再没别的亲人了。"

苏采萱很理解王小倩的处境，也清楚她为什么要对自己透露这难以启齿的秘密，就说："小倩，你别着急，事情已经出了，就要勇敢面对。等一下咱们两个提前走，到你家里去看看，或许我可以给你一些建议和帮助。"

王小倩感激地向苏采萱点点头。

在回家的出租车里，王小倩详细介绍了她丈夫党育红的身世和发病经过。

党育红时年二十七岁，是一名地震孤儿，生身父母不详。他在福利院里长到五岁，被一位鳏居的老人收养。党育红二十岁时养父去世，五年后与年长他四岁的王小倩结婚。现在党育红在一家四星级宾馆担任客房部主管。

党育红一向身体健康，性格开朗，酷爱运动，尤喜野外探险，本是一个阳光灿烂的大男人。约二十天前，他无缘无故地突发疾病，向王小倩抱怨他浑身疼痛难忍，尤其是脊椎和双腿，像是折断和割裂般疼痛。王小倩当时很紧张，仔细检查他的脊柱和双腿，却发现完好无损，从表面看不出一丝异样。她要党育红到医院去做检查，党育红却不容商榷地坚决拒绝。

党育红的"病情"日益加重，直到十天前，他正式宣布自己死亡。他对王小倩说，他的生命已经不在，只是一具行尸走肉。他的身体会渐渐腐烂，直至成为一具骸骨。他越来越沉默，吃东西也越来越少，每天用福尔马林溶液清洗身体，穿着寿衣招摇过市。

王小倩感觉熟悉亲切的党育红正在消失，取而代之的，是一个陌生、可怕、散发着死亡气息的男性躯壳。巨大的恐惧感笼罩着她。

更可怕的是，她每天和这具散发着死亡气息的躯壳同眠、共餐，生活在一个屋檐下。

昨天清晨，党育红在去上班之前，忽然在门口停住脚步，慢悠悠地回过头来，面无表情地对王小倩说："我已经开始腐烂了，蛆虫正在我的身体里蠕动，我讨厌这种感觉，讨厌我身体的味道。"说完，他整理了一下寿衣的领子，把颈部裹紧，夹着公文包去上班了。

王小倩跌坐在沙发里，怔怔地流下泪来。她感觉置身在一个巨大的黑洞里，孤立无援，不知向何处突围。王小倩在神思恍惚中度过了两三个小时，才想起第二天要参加高中同学聚会，而她当年的同桌苏采萱，现在在市公安局做法医，也许是她可以依赖的对象。

尽管王小倩在诉说这段事情时尽量压低声音，仍有只言片语被出租车司机听到，他偷偷地在后视镜里打量着王小倩，眼神里充满狐疑。

王小倩住在曲州市南郊的一个新建小区里，是一套一室一厅的公寓，室内的装修簇新，只是空间略显局促。打开房门，室内一片漆黑，王小倩拧亮灯，指向里面一扇关着的门，低声说："他就在卧室里。"

苏采萱也悄悄地说："房间没有开灯，你怎么知道他在家？"

王小倩说："这些日子以来，他都是这样，下班就回家，回来后也不做饭，也不开灯，就一个人穿着衣服静静地躺在卧室的床上。"

苏采萱问："我可以和他谈一谈吗？"

王小倩说："嗯，但愿他肯开口说话。"

两人轻手轻脚地走到卧室门口。王小倩打开房门，在门口轻声说："育红，我有个朋友来家里做客，想和你打个招呼。"

借着从窗子透进来的朦胧月光，可以看见床上有个穿戴整齐的男子欠身坐了起来。他用手抹了抹头发，又整理了下衣领，低声细语地说："有客人来了，快请到沙发上坐。"

苏采萱在长年的法医生涯里锻炼出超乎常人的胆量和坚强的神经，但听过王小倩此前的叙述，这时和党育红面对面仍有些惴惴不安。她打量着党育红，只见他身高约一米七六，偏瘦，肤色苍白得近乎透明，给人很阴郁的感觉。他身上的藏蓝色制服略显肥大，但很干净，熨得平平整整。苏采萱见惯了殡仪馆里的尸体，认得那套衣服是本市"万寿园"殡葬用品店销售的寿衣。但此情此景，让她禁不住头皮一阵阵地发麻，却又强作镇定，面带微笑地端坐在沙发上。

党育红的言行举止稍显僵硬，却与常人比没有太大异样。他在苏采萱左手边的沙发上坐下，说："我的手凉，就不和你握手了。小倩，怎么不给客人拿点喝的，矿泉水吧，要冰镇的。"

他语带歉意地对苏采萱说："对不住，我近来身体不好，见不得热的东西。"却没有任何表情。

有那么一瞬间，苏采萱后悔自己多事，也许不该到王小倩家里来见这个什么"活死人"，但这念头一闪即逝。她用手拂了拂鬓边垂落的头发，笑笑说："没关系，我就喜欢喝凉的。"

王小倩给每人倒了一杯水。苏采萱端起杯子，喝一口冰凉的矿泉水，润润干涩的喉咙，说："党先生不口渴吗？"

党育红正襟危坐，说："我吃得不多，喝水也少，身体不需要了。还没请教你贵姓，在哪里任职？"

苏采萱见党育红说话既有分寸又条理清楚，除去一股浓重的阴郁气息，和常人并没有什么差异，就坦诚地说："我叫苏采萱，是小倩的高中同学，在市公安局做法医。"

"法医？那你一定见过许多我的同类。"

苏采萱进一步试探问："你的同类是什么人？"

党育红的语调不带丝毫升降起伏，平淡中带着诡异，说："我的同类不是人，是尸体。我是一具尸体，苏法医没看出来吗？"

苏采萱想，终于说到正题了，就顺着话头说："看不出来，我没见过会说话、会走路的尸体。"

党育红认真地点点头，说："这不怪你。我其实是一具行尸走肉，生命消失了，肉体还在，不过已经开始腐烂了。我的血肉散发出腐臭的味道，蛆虫滋生，它们在啃食我的尸身。"

苏采萱下意识地看了一眼王小倩，见她双眼含泪，恐惧得浑身轻微地抖动。苏采萱又端起杯子喝了一口水，感受着冰凉的水顺着食道流进胃里带来的舒畅感觉，情绪似乎稳定了一些，她问："你是什么时候死亡的？是怎么死的？能对我说说吗？"

党育红说："二十天前，是 7 月 21 号，我的脊椎和双腿断裂，全身疼痛难忍，此后，生命就一点一滴地离我而去。直到十天前，我彻底失去生命体征，根据你们医生的标准，我在那时就死了。这些日子，我一直尝试用各种方法阻止身体腐烂，可是天气实在太热了，我想，我坚持不了多久了，很快就会被蛆虫吃光，变成一副骨骼。"

苏采萱沉思片刻，说："你既然已经死了，为什么不到火葬场把自己火化了呢？为什么还要跟活人一起生活？"

党育红说："我喜欢做一具尸体，如果火化了，就会变成一堆灰烬，我暂时还不想那么做。"

苏采萱见党育红的病情远超她的想象，知道必须马上做出决断，便说："我有一个建议，希望征得你的同意。我的同学，也就是你的妻子王小倩，不愿意和一具尸体生活在一起，她想暂时到外面去住，可以吗？"

党育红说："当然可以，我支持她到外面去住，这个家现在已经是一座坟墓了。这段时间我一直怀疑，她为什么喜欢和尸体生活在一起，难道她有恋尸癖吗？"

第二节 野外遇险

走出王小倩家时，已经是夜里十点钟。月色昏黄，街头行人稀少。苏采萱略带责备地对王小倩说："党育红病得这样严重，你还不赶快采取措施，居然还每天和他生活在一起，多危险啊。你不知道许多妄想症病人都有暴力倾向吗？"

王小倩带着哭音说："可是我放心不下他，如果你不把我带出来，我今晚还会和他睡在一起。我心里怕得要命，可又担心他出事。现在我该怎么办？"

"今晚你到我家去睡，党育红除了妄想之外，生活还算正常，暂时不会有危险。按理说，他病到这种程度，应该马上送到精神病院去治疗，可是我们现在还不清楚他的发病原因，不能草率地和精神病院联系。"

"你能肯定他是患了精神病吗？好好的人，怎么会突然精神失常呢？而且还这么严重。"

"说实话，我不能确定。他这种症状我也是第一次见到，要向精神科的专家请教才行。你放心，我会全力以赴，给你一个满意的答复。"

回到家，苏采萱整理了一张床铺，安排王小倩睡下。她自己则坐在电脑前，从资料库中调出平日收集的国内外罕见病症案例，浏览到东方渐白，也未发现与党育红类似的病例。

也许是职业习惯，也许是对未知事物的好奇，苏采萱每次遇到新奇罕见的医学难题，全身心都会振奋起来，不眠不休、不饮不食，直到找出答案才肯罢休。凭着经验和敏感，她确信党育红的"死亡幻想"和"尸体认知"具有较高的医学研究价值，于是，在资料库中求解失败后，她给她在公安大学的指导教师、精神科专家欧阳夏辉发去了求助信。

苏采萱挂念着党育红的安全，第二天早上一上班，就来到李观澜的办公室，向他叙述了党育红的事情，并询问刑警队是否有权限对党育红采取保护措施。

李观澜听罢，说："从这个人的表现来看，很可能是患有精神疾病，警队是不能对一名未做出违法犯罪行为的精神病患者采取任何措施的。不过，党育红突如其来地发病，而病征又这样古怪，直觉告诉我背后有隐情。不管你是为了帮助朋友，还是为了工作，都要努力找出党育红的发病原因，必要时我会给你一些警力支持。目前，我唯一可以配合你的，是派人调查党育红的身世，也许可以提供一些有价值的线索。"

"这件事我一定会跟进的。据我所知，目前国内尚没有任何类似党育红病情的记载，每一种精神症状，都有它的诱因，党育红的情况，也许可以填补法医理论的空白。"

话虽这样说，要苏采萱凭借一己之力解开这个谜题又谈何容易，好在欧阳夏辉教授很快有了回复。他在回信中说，他对党育红的症状很感兴趣，这可能是世界上罕见的"行尸走肉症"，有较高的医学研究价值，他希望能与患者见面，详情容他到达曲州市后再谈。

欧阳夏辉做事雷厉风行，当天晚上九点便乘飞机飞到曲州，顾不上休息，立刻与苏采萱见面。

欧阳夏辉说，根据苏采萱在信中描述的病征，党育红很可能是患上了"行尸走肉综合征"（根据英文术语Walking Dead Syndrome翻译而来）。这种病例最早由德国学者坎特（Kant）于十八世纪发现，后来由法国神经科学专家卡塔德（Cotard）完善，并写出完整的论文，因此这种病症也被称为"卡塔德综合征"。"行尸走肉综合征"尚未见于我国的任何文献，其表象特征与党育红的状态完全吻合。

苏采萱听过欧阳夏辉的介绍，长舒一口气，说："原来还真有些记载，我一度怀疑党育红的症状是个例，甚至是他装的。"

欧阳夏辉说："虽然不是个例，却也极为罕见。这种病情的发作不是无缘无故的。根据卡塔德理论，患者发病前，通常经历过亲人的死亡，甚至是亲眼见过亲人尸体的腐烂过程，精神受到巨大刺激。"

苏采萱有些吃惊，说："党育红的妻子说，除了她自己，党育红在世上已经没有别的亲人，又怎么可能有机会见到亲人去世？"

"我认为应尽快对党育红进行一次全方位检查。他在回答问题时的配合程度怎么样？"

"非常配合，而且条理清楚。"

欧阳夏辉分析，根据党育红本人的描述，他在发病初始，感觉到脊椎和腿部有折断和被割裂的痛感，证明他的脊椎和双腿是病症的源头，应对这两个部位进行物理检查和医学影像检查。

好在党育红对检查没有丝毫反感情绪，而且相当配合。也许在他的意识中，他只是一具无知觉无意识无行为能力的尸体，对"人类"的所有行为，他没有任何抵制的能力和理由。

检查结果有些出乎意料，核磁共振扫描结果显示，党育红的脊椎和双腿腿骨都有新鲜裂痕，双腿肌肉也有断裂层。也就是说，他在近期遭受过物理创伤。

这使欧阳夏辉很困惑，难道党育红的发病诱因来自身体创伤，而不是卡塔德理论所论证的那样源于精神因素？

王小倩的思维也开始混乱，在苏采萱对她进行询问时，她一会儿说党育红在近期从未受过外伤，一会儿说她也拿不准。苏采萱试图对她的思路进行梳理，却引起王小倩情绪的极大波动，她时而哭叫，时而大笑，时而歇斯底里地干号。

苏采萱头痛不已，党育红的病因尚未找到，王小倩又开始疯疯癫癫，如果二人都精神失常，解开谜底就更加困难了。

在苏采萱遭遇工作瓶颈的时候，李观澜对党育红身世的调查有了眉目。党育红是曲州市前门乡东前村人，在一次地震中失去父母，其时年仅两岁，被送到曲州市市郊的英才福利院，并改名叫党育红。他五岁时被一位名叫许涤非的退休教师收养，十七岁就读于曲州市旅游管理学校，二十岁毕业后到曲州市丽景酒店客房部工作，同年其养父许涤非过世。党育红二十五岁时与王小倩相识并结婚。

如今英才福利院已经转为民营，昔年的孤儿档案也已遗失。幸运的是，英才福利院的前院长刘招弟对党育红还有些印象，她给警方提供了一条重要线索，当时与党育红一起被送到英才福利院的还有他的一个孪生兄弟，因孤儿院的收养规定是血亲不能在同一家福利院，所以把两个孪生兄弟硬生生地分开，党育红的孪生兄弟被送到距英才福利院三百余公里远的东方红福利院。其后的具体情况，刘招弟也不清楚。而且根据保密原则，这件事如果不是警方来调查，将永远成为秘密。刘招弟绝不会把这个秘密泄露出去。

李观澜又派出刑警许欣然星夜赶往东方红福利院。在当地派出所的配合下，调查到党育红的孪生兄弟在福利院里改名为常爱党，十七岁时到曲州市打工，在一家名叫室雅情馨的装修公司做杂工，后成为该公司的室内设计师。未婚，有一名感情甚笃的女友。

许欣然到室雅情馨公司调查，调查结果令他非常吃惊——常爱党在近一个月前，与女友白芷柔到野外探险游玩，遭遇意外，两人跌入山谷。白芷柔靠饮山泉、吃野果存活下来，半个月前被搜救人员救出，而常爱党至今未被找回，搜救队员已经放弃寻找。

许欣然带回的调查结果让李观澜等人都感觉愕然。欧阳夏辉想到的是，党育红果然还有一位亲人，而且是他的孪生兄弟，卡塔德的"行尸走肉症"理论在这起事件中有了一个尚未证实的事实基础。那么，党育红的发病与常爱党的失踪是否存在关联？难道党育红早知道他的孪生兄弟的存在，并且听说过他死亡的消息？

李观澜想到的是，这是一起奇诡的案子，是一个莫名其妙的"行尸走肉症"患者带来的错综复杂的故事。按照他的职责范围，李观澜完全可以坐视不理。可是，他的内心深处隐隐有一种不安的感觉，而这种感觉又很微妙。

苏采萱则在思考"卡塔德理论"的同时，又萌生出对命运无常、造化弄人的感慨，一对血肉相连的孪生兄弟，生活在同一座城市里，却不知道彼此的存在，这是多么让人伤感的事实。

第三节 心灵感应

李观澜和苏采萱并肩走进室雅情馨装修公司，在墙壁上见到常爱党的照片，分明就是另一个党育红，五官、脸型、神态，无一不神似。

苏采萱说："双胞胎也有相似度大小的差异，这两个兄弟长相相似到这种程度，一定是同卵双生，估计连他们的亲生母亲见了，也不见得分辨得出来。"

室雅情馨装修公司设计部经理李国强介绍说，常爱党性格开朗，喜欢探险——苏采萱心想，这兄弟二人的性格爱好也相似——常爱党在公司里人缘很好，工作也努力，五年前与现任女友白芷柔相识，两人已经到了谈婚论嫁的程度。约一个月前，常爱党和白芷柔与一群野外探险爱好者到曲州市郊外苍莽山旅游，白芷柔在山道上遇险跌落，常爱党在救助她时被带下山谷，两人均消失在山谷底的苍莽丛林中。由于事发前两人已脱离队伍，其他队友直到一天一夜之后才觉察到两人可能遇到了危险。眼见苍莽山谷底深达数百米，且无路可以抵达，同伴们都不敢下去救援，便拨打了报警电话求救。曲州市特警和消防部门联合组成救援队，在事发地点进行了长达十天的搜救。由于苍莽山山势险峻，丛林覆盖范围大，一直到第十天下午，才在一个山洞里找到了身体非常虚弱的白芷柔，所幸她的身上只有一些擦伤和刮伤。白芷柔说她坠落下来以后，就在附近找到了这个山洞栖身，好在附近有一汪山泉，而树上结有许多野果，不必为食物发愁。白芷柔落地后就再没见过常爱党，她曾在周遭寻找过多次，均无功而返。而联合救援队又在苍莽山谷底搜寻了一个星期，未发现常爱党的踪迹，只好放弃寻找。

李国强还说，常爱党是一位优秀的室内设计师，他的失踪是公司的重大损失。常爱党和白芷柔在野外遇难的事情曾作为提醒驴友们注意野外安全的范例见于当地报纸。

李观澜和苏采萱谢过李国强后，走出室雅情馨装修公司。李观澜提议说："如果你不累的话，咱们直接去见白芷柔。"

苏采萱说："不累，只要能找出真相，花多少时间和精力都值得。"

白芷柔获救以后，在医院里住了三天，身体基本康复，现在家中休养。李观澜和苏采萱按照搜救队提供的白芷柔家的地址找上门去。开门的是一位五十岁左右的女人，眉目还算端正，但苏采萱感觉这女人的目光冷漠空洞，被她盯着看时，全身发冷，有说不出的难受感觉。

李观澜向那女人出示了证件，说明想向白芷柔了解些情况。那女人打量着李观澜和苏采萱，眼睛在他们身上扫视了几圈，那股劲头似乎要看穿两人的五脏六腑。在苏采萱有些不耐烦时，那女人冷冷地说："进来吧。"

两人稍后才弄清楚，那女人就是白芷柔的妈妈，名叫吕淑桦，在地税局工作。

白芷柔原本在卧室的床上躺着，听说有客人来访，就缓慢地走出来，坐在客厅的沙发上招呼客人。苏采萱见她二十六七岁的年纪，身高一米六左右，稍显壮硕，五官还算端正，但是眼神中蕴含着和她母亲一样的冷漠，偶尔目光流动，让人不寒而栗。

李观澜开门见山地说："常爱党失踪将近一个月，警方一直未完全放弃寻找，我们这次来，是希望你能再详细介绍一下你们遇险时的情形。"

白芷柔有些疑惑地说："这件事我已经重复过很多次了，而且你们是刑警，和这件事有什么关系吗？"

李观澜不想把实情透露给她，就含糊地说："这是警方的办事程序，常爱党是否要正式被列为失踪人口，需要刑警队的认定。"

白芷柔似懂非懂，就说："既然是这样，我就再重复一遍。当天我和常爱党走到苍莽山第二峰的峰顶，由于山路非常狭窄，我一不小心脚下打了个滑，就沿着山坡滑下去。我在危急中胡乱抓，抓住一棵小树的树枝，暂时停留在半山坡。常爱党见状也俯卧在山坡上，伸出手来拉我的手。我们的手刚搭在一起，就又一起向下滑。好像是滑了十几秒钟，下面是一个非常陡峭的山谷，我们两个就直坠下去，手也分开了。我落在一棵大树的树顶，身上像是撕裂一样疼，裸露在外面的皮肤划出许多口子，好在意识还清醒。后来我挣扎着爬下树，在附近找了一个山洞栖身。疼痛稍缓和以后，我就出去四处寻找常爱党，可是一无所获，一直等搜救队伍到来，我也没能再见到他。"说到这里，白芷柔神色黯淡，泫然欲泣。

李观澜停顿几秒，待她的情绪稍缓和后说："你和常爱党已经定了婚期，最近你们有没有发生过争吵？"

白芷柔摇摇头说："我们几乎从不吵架，我性子急，但是常爱党的性格很开朗，不喜欢计较，我们吵不起来。"她停了停，又警觉地问，"李警官，你为什么这样问我？是不是怀疑我害死了常爱党？你可以到我们的同事和朋友中去问，我们的感情有多好，他是我最亲近的人，我有什么理由要害死他？"

李观澜说："你别激动，我是例行询问。在事情水落石出之前，我们可以做合理的推测和怀疑，但并不代表可以给人定罪。你身体不好，我们就不多打扰了，日后如果有需要，可能还会来找你谈话。"

白芷柔有些不耐烦，说："这件事早些了断吧，你们虽然是警察，也不能一遍又一遍地剥开别人的伤疤来观赏。"

回到警队，李观澜、苏采萱和欧阳夏辉碰到一起，汇总目前掌握的情况。

李观澜率先表态说："截至目前，这件事只能用'离奇'两个字来形容，但还不可立案。警队所做的工作，算是对你们医学研究的友情奉献和支持。"

苏采萱撇嘴说："你可别卖我们这个人情，别人不了解你李支队，难道我还不了解？如果你对这件事没有怀疑，怎么会和我一起去见白芷柔？"

李观澜仰天打个哈哈，没接话。

欧阳夏辉说："我和采萱都不是刑侦专业人士，我们都看到的疑点，李支队自然也早看在眼里。在整个事件中有一个巧合，党育红发病的时间是7月21日，而那天，也正是常爱党和白芷柔坠落山谷的日子。"

李观澜默不作声。苏采萱忍不住说："从常理来看，这件事纯粹是巧合，一个事发地点是荒郊野外的苍莽山，一个是繁华的闹市区，无论如何也扯不到一起。"

欧阳夏辉也沉默良久，说："你们听说过双胞胎的心灵感应吗？"

苏采萱说："当然听说过，可是这种解释让人难以置信。"

李观澜接话说："在事情水落石出之前，无论在外人看来怎样荒谬，怎样不合情理，只要指向正确的侦查思路，找到确凿的物理证据，便行之有效。"

苏采萱闻言有些迷茫，实在摸不准这位思路时而僵硬、时而飘忽的刑警队长的脉搏。

欧阳夏辉笑笑说："做精神科学的研究工作久了，有时说出来的话在别人听来像是天方夜谭。在我国，双胞胎的心灵感应现象尚未进入科学研究领域，属于超心理学问题，我对这种现象的研究也纯属个人行为。首先要承认的是，我相信双胞胎心灵感应现象的存在，尤其是同卵双生的双胞胎。两个胎儿由同一个受精卵发育而成，一定是相同的性别，而且外貌极为相似，在性格爱好等方面也非常相近。两个同卵双生的双胞胎之间必然存在心灵感应，差别只在感应程度的深浅而已。我认为，应把这种现象与遗传基因的相同或相似联系起来。要证明这一现象的存在，需要有统计上的重复性，但目前我掌握的，只是一些双胞胎之间心灵感应的个例，还没有达到可以应用到统计学的数量。"

苏采萱若有所悟，说："你讲这么多，是不是想说，虽然党育红和常爱党从小就分开，彼此之间却有着强烈的心灵感应，在常爱党遇到危险的同时，党育红虽不知情，却感同身受着常爱党所经历的一切痛苦。"

李观澜说："目前看来，这是唯一能说得通的解释。"

欧阳夏辉说："根据卡塔德理论，'行尸走肉症'的患者无一例外曾在患病前遭受过死亡的刺激，或是目睹亲人的死亡，或是长期与尸体接触。而党育红在发病前却没有过类似的经历，除去他的妻子王小倩，常爱党是他的唯一亲人，加上两人在遇险和发病时间上的巧合，更加使我坚信，党育红罹患'行尸走肉症'的诱因源于心灵感应。"

苏采萱说："经您这样论述，我也有些相信了。"

欧阳夏辉说："英国科学家、基因之父克里克说过，科学对一切未知的东西并不轻易否定。我在研究同卵双胞胎的心灵感应过程中，就曾见证过这样一起案例。一个女孩的孪生妹妹因飞机坠毁而身亡，几乎与此同时，这位女孩突然感到眼前一片漆黑，全身像火烧般灼热、剧痛，并且心烦意乱、坐卧不安，不久就传来了她的孪生妹妹遇难的噩耗。"

李观澜说："是不是可以这样理解，常爱党在坠落山谷的当天，身负重伤，而党育红也就在同时感受到了他的孪生兄弟所经历的伤痛，甚至，这种疼痛如此真实而强烈，使得党育红健全的身体也出现了真实的创伤，比如脊椎骨裂、肌肉撕伤。随着常爱党的生命迹象日渐消失，党育红的生命也被一丝丝地从身体中抽离，直至成为一具行尸走肉。"

苏采萱说："如果是这样，常爱党很可能已经死亡，党育红早在几天前就声称身体里长出蛆虫，五脏六腑都在腐烂。"

欧阳夏辉说："如果能证实常爱党已死亡，并找出他的去世与党育红患病的直接联系，这对同卵双胞胎之间的心灵感应和'行尸走肉症'的理论，都是绝佳的范例。可惜，曲州市的搜救队派出几百人次、十余条搜救犬，在苍莽山谷底搜寻了半个月的时间，都无功而返。"

李观澜说："你如果在十分钟前提出这个问题，我还无计可施。不过，现在我忽然想到一个主意，不妨尝试一下，这件武器也许比搜救队员和搜救犬都更有效。"

欧阳夏辉和苏采萱对视一眼，脑海中灵光闪现，不约而同地脱口而出："党育红。"

第四节 每当患难时

状如行尸走肉的党育红，在常爱党和白芷柔坠落山谷的地方，被一种无法解释的力量牵引着，一步步接近着常爱党的埋尸地。

李观澜、苏采萱和欧阳夏辉三人在后面悄无声息地尾随。

据欧阳夏辉事后分析，党育红虽然表面上是在寻找常爱党的尸体，事实上是在寻找他自己。常爱党尸体的每一点微妙变化，党育红都感同身受。死亡前经历的折磨与疼痛、尸身散发出的腐败气息、尸体内蛆虫的蠕动，都在引导着党育红去找到它。

在山谷里的一块低洼地，一具掩盖在烂泥和枯叶下的残缺不全的尸体被挖掘出来。尸体的面部已经腐烂，嘴唇脱落，露出森森白齿，眼睛处只剩两个黑洞。无从辨认本来面目。

尸体双腿上的肉腐烂得最彻底，两条腿骨上只挂着薄薄的几层深褐色的皮肉。

党育红在尸体一侧长跪不起，表情平静如水，没有悲伤，没有痛苦，好像游离的灵魂在俯视着自己的躯壳。

苏采萱手持高像素的相机，对尸体的各部位拍照取证。在拍到腿部时，出于职业敏感，她把镜头拉近，仔细观察残留的皮肉痕迹。突然，一个荒唐却大胆的念头袭上心头，她感觉胃部一阵恶心，酸水涌到喉咙，手扶树干俯下身子，大声呕吐起来。

二十四小时后。下午1时。

白芷柔在工作单位的食堂吃过饭返回办公室。这是事发后她第一天上班。她在地税局工作，曾荣获全省税务系统征税标兵的荣誉称号。

推开办公室的门，意外地看见有两个人坐在沙发上等她，是曾经有过一面之缘的李观澜和苏采萱。

李观澜在座位上欠欠身，开门见山地说："常爱党找到了。"

白芷柔愣了几秒钟，才反应过来，说："找到了？太好了，在哪里找到的？"

李观澜说："在你栖身的山洞外的一处低洼地里。"

白芷柔惊讶地说："原来他一直躺在离我不远的地方，真是意想不到。"

李观澜问："你为什么不问他是否还活着？"

白芷柔叹气说："已经过去这么长时间，我早不抱希望了。"

李观澜平静地说："这次会让你失望，常爱党还活着。"

白芷柔身上一震，掩饰地苦笑说："怎么可能，你开玩笑吧？"

李观澜目光如炬地看着她，问："你是不是非常确定他已经死了？"

白芷柔说："这是我推断的，在见到他的尸体之前，不敢说是否确定。"

苏采萱见白芷柔装腔作势的样子，忍不住说："别再演戏了，难道常爱党不是被你残害的吗？"

白芷柔闻言冷笑说："你说什么，我不明白。"

苏采萱说："对于正常人来说，在听到与自己共同遭遇危险的恋人被找到后，第一个念头是去看看他，而你，根本就没有流露出这个想法。"

白芷柔说："现在离我们遇险已经过去一个月的时间了，在没有出路的山谷里，又没有食物，他怎么可能活下来呢？"

苏采萱说："谢谢你说实话。在苍莽山的山谷里，没有食物，你是怎么活下来的呢？"

"关于这个问题，我已经说过无数次了。"

"不错，你获救以后，一直在告诉人们，你是靠采食野果活下来的。其实作为一名野外探险爱好者，你心里非常清楚，苍莽山谷里的野果都含有剧毒，是不能吃的。你在遇险半个月后才获救，这期间你的给养根本不是野果子，而是你未婚夫身上的肉！"

白芷柔瞪着圆鼓鼓的眼睛说："你说什么？我没听清楚。"

苏采萱气愤地提高声音说："我说你丧尽天良，禽兽不如，靠着吃你未婚夫身上的肉活下来。为了不让他的肉腐烂，你还想方设法地延长他的生命，不让他痛痛快快地死去。"

白芷柔的眼睛向上翻着，说："你在编故事吗？要不要我把肚子剖开给你看看？"

苏采萱有些激动地说："如果半个月前，我一定会把你的肚子剖开，从你的胃里取出还没消化干净的常爱党的血肉，顺便也看一看你的心是用什么材料做成的。"

白芷柔不说话，只看着苏采萱冷笑。

李观澜说："我们在第一次和你接触时，就已经产生怀疑了。苍莽山谷底的野果有四种，包括曼陀罗、夹竹桃、常春藤和楝树，这几种植物的果实都有毒，不可食用，你不可能靠食用这几种野果生存下来。而你和常爱党坠落山谷时，身上并没有携带食物。在你获救前的半个月里，你是靠吃什么才活下来的呢？这是我们一直在求证的问题。"

苏采萱接着说："我们发现常爱党的尸体时，他脊椎骨上的裂痕还在，根据检验结果，这道裂痕出现于一个月前，应是常爱党坠落到山谷底时造成的脊椎骨折。这道裂痕虽不致命，却也相当严重，常爱党因此全身瘫痪，无法移动一丝一毫。而令人奇怪的是，常爱党的骨折处被人处理过，处理创伤的人受到过相关的训练，所以他的脊椎断裂处并没有长错位。在杳无人烟的苍莽山谷底，给他处理伤口的人只有一个人，就是你，白芷柔。"

白芷柔冷笑说："你们是公安，要为自己说的话负责。如果你们拿不出证据，我可以起诉你们诽谤，用编造的故事来诋毁我的名誉。"

李观澜讥讽她说："想不到你也有法制和道德观念。在发现了上述这些疑点后，我们对你的怀疑加重，你为什么要隐瞒曾和常爱党在谷底共处的这一段往事呢？你们本是未婚夫妻，一起坠落谷底，共度过患难时光，这些事情根本没有隐瞒的必要，除非在这段时间里你做了不可告人的事情。"

白芷柔哼了一声说："红口白牙，随你怎么说。"

苏采萱说："常爱党的身体上，面部和上身还有着较多的皮肉，而两条腿却只剩下森森白骨，在残留的皮肉上，有着水果刀切割过的痕迹，而且这些痕迹是一条条的，是有人多次、少量地切割后留下来的痕迹。"苏采萱越说越愤怒，"你和常爱党已经订婚，也根本没有大的冲突和矛盾，本应该相亲相爱、患难与共。但在坠落山谷后，你却利用他脊椎骨折不能移动的弱点，用刀子在他的双腿上切割血肉，作为你的食物，最终支撑到了救援人员的到来。而你为了保证他存有一丝气息，不至于身体腐烂，还帮助他处理骨折的脊椎，并且每次切割他腿上的肉后，还给他止血，以使他始终处于奄奄一息的状态。直到救援人员来到时，你才把濒死的常爱党从你们栖身的山洞推到一片洼地里，你自己全身而归。"

白芷柔说："你们煞费苦心地编造出这样一个耸人听闻的故事，就可以给我定罪了吗？"

李观澜说："我们既然向你摊牌，当然已经有了足够起诉你的证据。"说着，把一沓照片丢在白芷柔面前的桌子上。白芷柔斜眼一扫，脸色大变。那沓照片上的影像，正是她掩埋在苍莽山谷某处的旅行包，里面装有曾用来给常爱党固定脊椎的夹板、切割他腿部皮肉的水果刀等物品。

苏采萱说："我们在夹板和水果刀上，都检验到常爱党的血迹和你的指纹，这些就是你的罪证。"

白芷柔摆出一副死猪不怕开水烫的模样，说："那又怎么样？常爱党坠下山谷后受伤，我帮他治疗，有错吗？最多算我向你们撒了个谎，难道这也可以定罪？"

李观澜轻蔑地笑笑说："你会承认的。"说完，和苏采萱一起站起身，走出办公室。

白芷柔没想到他们会这样轻易离开，呆呆地深陷在沙发里，不知李观澜和苏采萱究竟怀有什么用意，接下来会用什么手段对付她。

她的疑惑并没有持续多长时间。两分钟后，房门无声无息地被打开，一个人全身僵硬地走进办公室。

尽管白芷柔足够凶悍和胆大，也被吓得魂飞魄散，因为，出现在她面前的人就是早已经死去多时的"常爱党"。

白芷柔全身发抖，隐约想起李观澜所说的"常爱党还活着"，原来并不是在骗她。她想开口说话，可是上下颚却全不听使唤，每一次张开嘴的努力都变成上下排牙齿的叩击。

白芷柔伸出颤抖的手，拿起一只茶杯做武器，稍稍定了定神，颤抖着挤出几个字："你是人还是鬼？"

"常爱党"说话时，脸上的肌肉丝毫不动，与僵尸毫无区别："我不是人，也不是鬼，我是一具尸体。"

在听过这句话后，白芷柔手中的茶杯"当"的一声跌到地上，摔得粉碎，她的神经终于彻底崩溃。

在回放这段场景的影像时，其中有百分之九十的内容都是白芷柔在忏悔："你放过我吧，我不该害你，不该割下你腿上的肉，更不该吃你的肉保全自己的命，我知道错了……"

而"常爱党"翻来覆去地只说着同一句话："我是一具尸体，我的身体已经腐烂，蛆虫在我的身体里生长。"他说得自然流畅，没有一丝做作。

两个月后，这件"吃人"奇案在曲州市中级人民法院终审，白芷柔被判处死刑。

因案情违背伦常，担心在社会上造成不良影响，此案未再经媒体报道。

半年后，经包括欧阳夏辉在内的神经科学专家组的诊治和调理，党育红摆脱"行尸走肉症"的魔咒，逐渐恢复正常生活。

第三案

痴人梦话

第一节 镜面人

2008年5月9日。松江省医科大学。

正是春暖花开时节。这座在国内享有盛誉的医学院的院落里，绿荫如盖，鸟鸣啾啾，生机盎然。年轻的学子们已换上轻巧的春装，神采飞扬地走在校园里，尽情地炫耀着灿烂的青春。

绕过宏伟的主楼，经过逸夫图书馆和教学楼走到林荫路的尽头，是一幢红色的砖木结构的三层小楼。因建筑年代久远，楼身已有斑驳的风雨侵蚀痕迹。这就是专供医学院师生解剖尸体和存储人体器官的"红楼"。

在位于二楼的解剖室里，三十三名肿瘤系的硕士研究生围拢在一张硕大的桌子旁，兴奋的心情中带着紧张和期盼。稍后，一具新鲜的尸体将在这里被解剖。他们虽然已经在医学院里读到七年级，但由于可供解剖的尸源短缺，尤其是完整新鲜的尸体。这次解剖对他们来说，是可遇而不可求的，所以他们都格外珍惜这次机会。

可惜不是每个人都有主刀的机会，这次被选中的"幸运儿"是病理专业的许罗丹。二十五岁的许罗丹，因童年时营养不良，长得瘦瘦小小，肤色泛黄，头发也暗淡稀疏。但这个外表柔弱的女子，内心却有着超乎常人的刚毅和强悍。她不仅功课好、悟性高，而且心理素质好，手法稳定，在每次课堂实验中，都有上佳表现。认识她的师生都毫不怀疑地认为她会在日后成为一名非常出色的医生。

全身赤裸的尸体已被放置在解剖台上。由于用福尔马林处理过，尸身没有散发出任何异味。这是一具女尸，面部用白布蒙着，从松懈的身体和皮肤的老化程度来看，年纪应在五十到六十岁之间。

肿瘤系主任何苦亮把一柄解剖刀递到许罗丹手里。刀身通体惨白，泛着寒光，刀刃锋利得可吹毛断发；刀身长11.6厘米，宽2.2厘米，是国际通用的标准解剖刀。

许罗丹接过解剖刀，紧紧握住刀柄，枯瘦凸起的手指关节泛白，手背青筋暴露。

许罗丹打量着眼前的这具女尸，心头涌起奇异的感觉，一阵莫名的恐惧弥漫全身。她身体一颤，双手抖动，险些把价格不菲的解剖刀丢在地上。

何苦亮关切地看着这位得意门生，问："你怎么了？是不是身体不舒服？"

许罗丹摇摇头，长舒一口气，带着歉意对何苦亮说："没什么，可能是有点紧张。"

围观的同学们目光各异，有迷惑、关切，也有嘲讽和幸灾乐祸。在人群中，最突出的人总是难免被嫉妒甚至被厌恶。

何苦亮鼓励她说："放松，你能做到，我相信你。"

许罗丹感激地点点头，做两次深呼吸，右手稳稳地握着解剖刀，从尸体胸膛的中线落下，像是划过败革，尸身胸腹部的皮肤毫无声息地裂开、外翻，露出表皮下的皮肤、脂肪和血肉，直至一整副复杂精密的人体器官完整地呈现在众人面前。围观者异口同声地发出一声惊呼。

许罗丹的手突然停止了动作，剧烈颤抖起来。

可是没有人留意到她的颤抖，包括何苦亮。大家都被尸体的胸腹部器官的构造牢牢地吸引住了。那是怎样一幅奇异的景象——所有的器官都是反向的，心脏在右边，脾脏长在腹腔右侧，而肝脏和胆囊在腹腔左侧——与常人器官位置截然相反，并完美地结合在一起，这让人不禁感叹造物的神奇。

有几名学生禁不住兴奋地叫出声来："镜面人！"

是啊，这是一具发生概率为几百万分之一的镜面人的尸体，它的心、肝、脾的位置像是正常脏器的镜中像。可以想见，一具正常的新鲜尸体已经非常难得，而他们竟目睹解剖镜面人的全过程，多么令人振奋。

就在众人的低声惊呼中，许罗丹的目光绽放出迷乱和恐怖的色彩，她只感觉天旋地转，缓缓栽倒在地。手中的解剖刀坠落，插入地板，刀身嗡嗡地颤动。

几名学生缓过神来，急忙围上去。何苦亮说："不要紧，她可能是过度紧张，晕过去了。"他蹲下身，用手指试探许罗丹的颈部动脉，脉搏还算强劲。他把许罗丹的身体放平，双手交叠地放在她胸部双乳之间，循着心脏的节奏按动。几十秒钟后，许罗丹轻噫一声，苏醒过来。

她的眼前交织着金色和白色的星星，那些俯视她的脸孔由远而近、由模糊而清晰，她渐渐明白过来，忽然发出声嘶力竭的呼叫：

"妈妈，它是我妈妈的尸体，我亲手解剖了我妈妈！"

围观的人都被她突如其来的叫声吓得不轻，连连向后退。何苦亮也一时没反应过来，盯着许罗丹的眼睛说："你刚才晕倒了，现在没有事了，放松，我们是在课堂上。"

许罗丹枯瘦的双手紧紧抓住何苦亮的右臂，指甲抠进他的皮肉里："那具女尸是我妈妈，我解剖了我妈妈。"

何苦亮诧异地说："这是我们从刑场上带回来的无人认领的女尸，你怎么说是你妈妈？"

许罗丹压抑的情绪爆发出来，号啕大哭："我妈妈就是镜面人，我在拿起解剖刀的那一刻就有种奇怪的感觉。她一定是我妈妈。"

第二节 身世谜团

解剖课上出现这样一段意外的插曲，只好中止。许罗丹认定她亲手解剖了自己的妈妈，受到很大打击，一病不起，神思有些恍惚，在松江省医科大学第二附属医院住院治疗。学生们也被这奇诡的事件震慑到，疑神疑鬼，事件演绎出多种版本，在校园里风传。

供解剖用的女尸生前是松江省雷克县陶然村村民，名叫梁美芬，丈夫武成顺，务农。武成顺原是农村的泼皮破落户，无亲无故，游手好闲，家里一贫如洗，晃荡到三十大几，也讨不到老婆。十几年前，梁美芬从外地逃荒到陶然村，经人说和，嫁给了武成顺。两人婚后一直没有孩子，武成顺开始对梁美芬产生不满，发展到后来则愈演愈烈，直至开口即骂，举手便打，致使梁美芬的全身上下伤痕累累，精神也受到极大的煎熬。

这样的日子过了十来年，梁美芬终于忍耐到极限，在又一次遭受武成顺的暴打以后，鼻青脸肿的梁美芬从市场上买回来毒鼠强，混在白酒里给武成顺喝了下去，武成顺当即七孔流血，毒发身亡。

案情简单明了，梁美芬也对作案事实供认不讳，雷克县法院在几个月后对梁美芬做出死刑判决，立即执行。

由于梁美芬是从外地逃荒到陶然村的，没有人知道她是否有亲友；武成顺生前也是孤家寡人，梁美芬被枪决后，无人认领她的尸体，便供给松江省医科大学做教具。

谁知风波突起，主刀解剖尸体的许罗丹声称死者是她的亲生母亲，这让校方和公安机关都有些紧张。如果许罗丹所说属实，那么梁美芬遗体的处置权就要归属于她。

松江省医科大学把这一事件报告给曲州市和雷克县公安局，两家单位分别派出办案人员跟进调查。

曲州市刑警支队的刑警冯欣然与雷克县的刑警冷桥到医学院了解过事发经过后，又驱车向许罗丹所在的医院赶去。

冷桥是梁美芬杀夫案的主办刑警，原以为这起案子已经尘埃落定，谁知凶手伏法后又起风波，让他有些灰头土脸。他在车里向冯欣然抱怨说："梁美芬被判决后，我们在报纸上打了一个多星期的认尸启事，也没有人来认领，谁料在医学院解剖时，又凭空冒出一个女儿来，真是无缘无故地给人添堵。"

冯欣然笑笑说："这个认尸的许罗丹我大致了解过，说是她父亲在她十岁时就死于一场车祸，她母亲在不久之后离家出走，下落不明。许罗丹被一名独居的退休工人收养。据说许罗丹认尸的依据是梁美芬的反着长的内脏器官，医学上叫作镜面人。医学院的教授们说，镜面人的发生概率极小，但是不足以作为认定她就是许罗丹亲生母亲的证据。这件事，还是要听一听许罗丹本人的说法。"

许罗丹在医院里躺了两天，精神状态有所缓和。她本是一个内心坚强的女生，对许多挫折和磨难都能坦然面对，只是亲手解剖母亲遗体这件事对她的打击实在太大。

　　冯欣然和冷桥向她做过自我介绍，说："我们今天来的目的是核实梁美芬的真实身份。在她生前居住的陶然村，没有人知道她的过去，无法了解到更多情况。你是否愿意尽量详细地介绍关于你亲生母亲的事情？"

　　许罗丹斜倚在病床床头，说："我妈妈叫曲琳，爸爸叫许桐，我小时候，一家三口住在曲州市郊区的赵家乡。妈妈对我特别好，特别疼我。在我十岁那年，爸爸乘客车到外地去办事，途中发生了车祸，爸爸遇难。妈妈从那以后就变得精神恍惚，像是彻底变了一个人，看我的眼神也完全不一样了。我现在还记得她那时的眼神，凶狠又古怪，像是恨不得吃了我。妈妈在爸爸去世后一个多月突然消失，此后再没有音讯。我到现在也不明白，妈妈为什么会狠心抛弃我，不明不白地离家出走？她是我在这个世界上唯一的亲人，到底有什么不得已的苦衷非要这样做？"

　　事情已经过去多年，但许罗丹说起，仍情绪激动，难以释怀。冯欣然和冷桥对视一眼，也感觉有些不可思议。按常情来说，在母女关系非常好的情况下，曲琳的不告而别一定有着不为外人所知的深层原因。

　　冯欣然继续问："你妈妈离开家以后，你和谁一起生活？"

　　许罗丹说："我家邻居郑奶奶收留了我。郑奶奶见我无依无靠，就让我搬到她家里去住，后来又办理了领养手续，我就成了她的养女。不过我叫惯了她郑奶奶，一直没有改口。郑奶奶退休后，带着我搬到曲州市里居住，已经很多年没回赵家乡了。"

许罗丹想了想又说："妈妈离开家时我还小，对妈妈的样子我记得也不大清楚。郑奶奶和我妈妈很熟，让她去辨认一下梁美芬的面容，一定可以认出来。"

冯欣然想，对梁美芬执行死刑时，两枪都打在头部，一张脸已经看不出本来面目，找郑奶奶去辨认也无济于事。他怕许罗丹伤心，没说出这些话，只是问："证实梁美芬是否和你有血缘关系并不难，最可靠的办法是验DNA。对了，你妈妈没有留下什么照片吗？"

许罗丹在解剖室里昏厥前并未见到梁美芬尸体的面部，这时见冯欣然不直接回答她的问题，便猜到了其中原因，不禁黯然神伤，摇摇头说："妈妈离家时，带走了所有的照片，她似乎有意和她熟悉的过往世界彻底隔绝。不过她到底没有走太远，陶然村距曲州市也只有两百多里路，不过一个多小时的车程。这十几年来她竟然一直不来看我，她是在恨我吗？我到底做错了什么？"

冯欣然不知怎样回答，岔开话题说："你在解剖室里，仅凭梁美芬的内脏器官就断定她是你妈妈？你又怎么知道你妈妈的脏器是反着长的？"

许罗丹说："妈妈在十几年前患过肺炎，去照过X光片，医生说她在医学上被称为镜面人，这种情况发生的概率很小，能顺利生下我更是奇迹。妈妈回家后拿这件事说笑，所以我印象很深刻。我在解剖室里第一眼见到那具遗体时，就有一种奇妙的感觉。"

冯欣然问："是什么感觉？"

许罗丹摇摇头说："我说不好，也许就是血缘带来的微妙直觉。我当时就感觉那具遗体和我有特殊的联系，心里很害怕，想丢下解剖刀逃走，可是当着老师和同学的面，又必须硬撑下去。直到我剖开遗体的胸腹部皮肤，见到它的内脏构造，就坚定地相信，它是我妈妈的遗体，不会错的。"

冯欣然暗自佩服许罗丹的镇定。大多数女生说到这样凄惨的事情，一定会痛哭流涕，但许罗丹平静如常，表现出与她的柔弱外表截然相反的坚强。冯欣然说："既然你这么笃定，又提出诉求，公安机关有责任帮你查清真相。我们会对梁美芬的遗体进行检验，如果证实她就是你的亲生母亲，你有对她遗体的处置权。"

许罗丹急切地问："然后呢？你们会不会帮助我找出妈妈离家出走的真相？"

冯欣然无奈地摇头说："即使能证实梁美芬就是你的妈妈，但她唯一卷入的一件刑案已经结案，而你妈妈离家出走只是民事行为，警方是无权介入调查的。"

许罗丹黯然说："我知道了，谢谢你们。"

第三节 地底骷髅

冯欣然回到警队后，把这件事向支队长李观澜做了汇报。又来到法医室，把许罗丹签字的申请DNA鉴定的报告交给苏采萱。

苏采萱听过冯欣然的叙述，也认为曲琳不留只言片语就离家出走的确有些不可思议，说："亲生母亲无缘无故抛弃十岁的女儿，有违常理，就算她想改嫁，也不必那么急吧？再说，带着女儿改嫁也不是不可以。这个人真的很奇怪。"

冯欣然说："要我说就是绝情，狼心狗肺。但是据许罗丹说，她母亲待她又非常好，很疼她，这又不好解释了。"

苏采萱说："这倒勾起我的好奇心了，我很想知道真相。"

冯欣然笑嘻嘻地说："连苏姐这样的女强人都有执着的八卦精

神，看来八卦特质真是女人与生俱来的。"

苏采萱半真半假地呵斥他说："你小子越来越胆大，动不动就拿我开涮。还管我叫女墙（强）人，嘲笑我睡觉时对着墙是吧？"

冯欣然忍俊不禁，说："苏姐，我真没这意思。就凭你这模样，这身段，要找男人还不是一抓一大把，是你自己眼界太高。"

苏采萱打断他说："别耍贫嘴，话说回来，许罗丹也怪可怜的，做完鉴定，你马上把结果告诉她。"

两天以后，DNA化验结果出来了，梁美芬与许罗丹的基因序列相似程度达99.99%，证实有亲密的血缘关系。

遵照许罗丹的意愿，曲琳的遗体仍保存在医学院的储藏室里，用于医学研究。

虽然证实了梁美芬就是曲琳，是许罗丹的亲生母亲，苏采萱仍对这件事耿耿于怀。

凭着女人的直觉，她知道许罗丹不会就此罢休，一定会继续追查曲琳抛弃她的真相。到底是出于什么特别的原因，曲琳竟忍心弃亲生女儿于不顾，隐姓埋名改头换面，嫁给一个贫穷浪荡的农村男人？母女之间相距只有两百余里，她又怎么会在长达十几年的时间里从不去看一看女儿？警方到底要不要介入这起事件的调查？

苏采萱终于忍不住，向李观澜说出心中的疑团。

李观澜舒服地陷在椅子中，右手的食指和中指间夹着一根铅笔快速转动着，令人眼花缭乱。他貌似悠闲地说："小冯向我汇报后，我也感觉事情有些蹊跷，不过师出无名啊，一来曲琳当年的居住地点在雷克县的辖区，二来这也不是刑事案件。曲州警方贸然介入，会遭到质疑和诟病。"

苏采萱说："也是，可能是我好奇心太强了，还是算了吧。"

李观澜和苏采萱都是有着寻根究底精神的人，内心深处难免对这件事割舍不下。但是，他们每天都要面对大量的新案、陈案和突发事件，终究不能在这起过去十多年的民事行为上浪费太多时间和精力。

如果没有陈华秋市长，也许这陈年往事的真相永远不会被揭露出来。

那是在许罗丹认母事件发生一年以后。2009年夏天，曲州市赵家乡拆迁三百余户住宅，准备大兴土木，在当地兴建松江省最大的旅游度假区。

这项工程已经策划了很长时间，但由于要拆三百多户，赵家乡又民风彪悍，村民们不是容易摆弄的软柿子，拆迁难度很大，市内的几家建筑公司和拆迁公司都感觉太棘手，不敢承包下来。后来曲州市市长陈华秋的弟弟陈云秋看中了这项工程，一拍脑门，就接了下来。

陈华秋随后在市委会上放出风来，说赵家乡的改造，是利在当代功在千秋的工程，是关系到曲州市老百姓切身利益的工程，是市民翘首企盼的工程，谁阻挠工程的顺利进行，就是跟市委作对，跟市政府作对，跟曲州市的全体老百姓作对，广大人民群众决不答应。在这种论调下，有黑道背景的拆迁公司工人，浩浩荡荡地进驻赵家乡。重型车、铲车、卡车排成长长的队伍，强行推倒了三百多栋房屋。陈云秋名下的公司对赵家乡掘地三尺，开始了旅游区的开发和建设工程。

工程进展到第十天，一名工人在挖地基时，铁锹撞到了一件硬物。起出来看时，却是一颗人头骷髅，眼窝处两个深邃的黑洞，满口牙齿俱在，大张着嘴，似乎要择人而噬。

由于在光天化日之下，身边又人来人往，那名工人并未感觉恐惧，还将骷髅头展示给其他人看。有胆子小的就说，这里又不是坟茔，怎么会有人头骷髅，不会是被人害死的吧，应该马上报警。

工头黄老三听见几人围在一起说话，走过来骂骂咧咧地说："报什么警，是不是吃饱了撑的？警察来了还能施工吗？都给我老老实实干活儿去！"

虽然被工头骂散，但一个有心的工人还是趁上厕所时偷偷报了警。

接到报案后赶来的李观澜没想到，工头黄老三竟有这样大的底气，完全没把办案的刑警放在眼里。

黄老三对李观澜说话时的语气与他喝骂工人时毫无二致："谁呀？刑警队长？你到这儿查案子，耽误了工程进展，你负得起责吗？知道这是谁的工程吗？"

李观澜不理睬他的装腔作势，说："让开，阻挠刑警办案，你负得起责吗？"

黄老三站在一众刑警面前，毫不退让，用手指着工人们骂："谁报的案，回头打折你的腿。"

李观澜一字一顿地警告他说："再说一遍，马上让开。"

黄老三斜睨着眼睛、龇着牙花子说："你一个月挣几千块的刑警队长，较什么真啊，我跟你说，这是陈市长的工程。陈市长交代过，谁敢拖延工程进度，先斩后奏。你们这些小警察惹不起，还是赶快回去吧。"

李观澜回头对冯欣然说："拘了他。"

黄老三一怔，跳着脚大叫说："你敢！"

冯欣然掏出手铐，走向黄老三。

工地上的十来名工人哗地围上来，虎视眈眈地盯着李观澜和冯欣然。

冯欣然在距离黄老三几步远的地方，突然像猎豹般迅捷矫健地以迅雷不及掩耳之势纵身上前，右手扳住黄老三的肩膀，脚下一勾，把黄老三脸朝下摔倒在地上；又摁住他的脖子，反剪双手，给他戴上手铐。全套动作干净利落，一气呵成。

李观澜用右手食指指着蠢蠢欲动的工人们，左手按在腰间的枪套上，目光像刀子般锐利。

终于没有人敢作声，更无人敢出头。

现场勘查工作得以顺利进行。李观澜在检验过从地下挖出的骷髅头后，命令事发地点方圆五百米内的工人都暂停施工，他带着几名刑警跳进发现骷髅头的大坑，用小铲子一点点向纵深处挖掘。

挖掘工作进行了一个半小时，刑警们从地下挖出几十块大小不一的碎骨。拼接起来，是 副完整的人体骨骼。

在骸骨旁边，还挖出一个造型奇特的人形玩偶。玩偶是用橡胶制成的，通体深褐色；头部是一个光溜溜的圆球，没有五官和头发；身体也光溜溜的，双手双脚都直接长在身子上。其造型看上去就给人一种不祥的感觉。在骸骨边发现这样一个古怪的人形玩偶，是巧合，还是有着特殊的寓意？不明就里的围观群众都感觉脊背发凉。

苏采萱戴着雪白的手套，在地面上摆弄着这些骨骼，用放大镜一寸寸地观察。围观的人群站在警戒线外，兴奋而紧张地注视着她的一举一动。

良久，苏采萱站起身，对李观澜汇报说："骨骼完整没有缺失，没有重骨，左右两侧的骨骼完全对称，可以确定是一个人的尸骨。从骨质、尺寸和骨盆的形状来看，应该是男性的骨骼。骨长170厘米，如果加上5厘米的软组织，估计死者生前身高在175厘米左右。暂时无法断定死者死亡时的确切年龄，但可以确定是成年男性，死亡时年龄在三十到六十岁之间；死亡时间在十年以上。除去正常的地下矿物质沉积，尸骨没有发黑变形，可以排除中毒死亡的可能性。后脑处有多处碎裂，是重物打击所致，怀疑是致死原因。"

李观澜要两名刑警分别站在坑上和坑底，用尺子测量挖出骸骨的深度，约4.5米。

由于赵家乡的大部分村民已经被遣散，地面上又被铲得一塌糊涂，询问过几个人，都说不清楚发现尸骸的地点原是谁家的宅基地。后来李观澜通过赵家乡乡政府协调，找来一位熟悉当地情况的副乡长，告知这块地原是姚承武家的宅基地，但是姚承武因"恶意抵制"拆迁，已经被公安机关拘留，他的七十多岁的老母亲、身体孱弱的老婆和孩子现在借住在距此地一百多里路的大愚乡。

前后忙活了五六个小时，李观澜才带着刑警们返回队里。走之前，李观澜对工人们警告说，在得到刑警队的许可之前，任何人不可进入警戒线圈定的范围之内，更不可擅自拆除警戒线，否则要承担法律责任。

工人们见黄老三被拘走，不免对李观澜又多出几分畏惧，都唯唯诺诺，连声答应。

第四节 奇怪的郑奶奶

回到警队，李观澜派出冯欣然与治安支队接洽，到拘留所里传唤姚承武，以获取关于埋葬尸骸地点的更多线索。随后又来到法医室与苏采萱探讨，怎样恢复尸骸的本来面目。

李观澜说："你去年在公安部参加过一个颅面复原技术的培训，正好在这件案子里派上用场。"

苏采萱说："你真是有心人，连我们法医的动态也了解得一清二楚。说实话，自从学习过颅面复原技术后，还没在实战中应用过，有机会练练兵是好事。不过按照国际最高标准，颅面复原技术的相似度只能达到75%，咱们受技术所限，复原后的面貌的相似度可能只有50%到60%。我把丑话说在前面，免得以后受你埋怨。"

李观澜微笑说："我对你的能力有信心。"

颅面复原技术是一项新兴技术，是结合法医人类学、颜面解剖学和计算机三维数字图像技术，对无名颅骨进行面貌复原的技术。国内的大多数刑侦单位尚未掌握这项技术，曲州市公安局也是在苏采萱参加过系统培训后，才设立这个项目。

颅面复原技术的主要内容是在颅骨上"添肉"。苏采萱在这个过程中采用了一种看起来很"笨"、很"烦琐"，却又非常有效的办法——倒推。她把资料库中储存的头骨资料逐一与发现的颅骨进行比对，找出相似度较高的五个头骨，再根据这五个头骨的本来面容进行分析和整合，以复原目标颅骨的本来面目。

在完成数据分析后，再使用3D技术，对合成的面貌进行修改。事实证明，根据这项技术复原的头像，除去死者原是双眼皮还是单眼皮这些细节外，额头、鼻梁、双腮的相似度都较高。

发现尸骸的第二天，苏采萱就把复原后的死者面容图片交到李观澜手里。

李观澜端详着图片中的男子。四十岁左右，偏瘦，眉骨很高，眼球略向外凸，鼻子大而扁平，阔口，整张脸显出傲狠和凶煞之气。

李观澜笑着说："科技的魅力真是太神奇了，把这张脸描画得栩栩如生，好像本人就在眼前一样。等将来我上了年纪，不承担一线的工作，就拜你为师，做一些技术工作。"

苏采萱挪揄他说："李支队的算盘打得真响，年轻时屡破奇案，风光无限，到老了还要发挥余热，来抢我的饭碗？"

李观澜忙说："不敢不敢，我是对你真心佩服和仰慕。"

苏采萱说："别贫嘴了，从案发现场带回来的那个人形玩偶，你分析过了没有？"

李观澜说："暂时还没有办法确定是巧合还是有一定寓意，或者是凶手无意中留在现场的证物。要到案情有一定进展时才能深入分析。"

苏采萱说："我查阅了一些资料，这种造型的玩偶是几年前在东南亚地区非常流行的'降头'，据说有两种颜色。在白色玩偶上施法术，可以挽回失去的感情；而在褐色玩偶上施法术，可以使人身患重病，甚至丧命。不过这是蛊惑人心的无稽之谈，希望不会给你们破案带来困扰。"

刑警冯欣然与关在拘留所里的姚承武接触过。据姚承武介绍说，发现尸骸的地点的确原本是他家住宅，不过这套房子是从郑奶奶手里买过来的。十四年前，姚承武带着一家人从山东辗转来到赵家乡，见那里依山傍水，土地肥沃，就定居下来。刚巧郑奶奶有两套房子出售，姚承武就倾尽积蓄把房子买了过来。

李观澜听过汇报，说："我对郑奶奶这个人有印象，她就是收养医学院学生许罗丹的那位退休工人。一年前没和她正面接触，这次她又卷了进来，看来郑奶奶还真是个绕不开的人。"

冯欣然汇报过后转身要走，李观澜叫住他，说："那个姚承武是什么样的人？"

冯欣然说："四十多岁，人挺厚道的，就是脾气不大好，一点就着。"

李观澜说："你去和治安支队通个气，就说姚承武协助破案有功，看能不能早点给放出来。毕竟他也没什么错，硬拆人家房子，放在谁身上也受不了。"

冯欣然心领神会，说："知道了，我这就去办。"

李观澜带着刑警许天华去郑奶奶家中走访。

许罗丹这时已经毕业，在医院上班，这天没在家里。郑奶奶乍看上去，倒像是许罗丹的亲奶奶，同样的矮小干瘦，但是骨子里透着硬朗。

李观澜向郑奶奶说明来意，取出复原的颅骨头像，说这是从赵家乡地下挖掘出的骸骨，问她是否认识画像中的人。

郑奶奶扫了一眼画像，脸上掠过一丝不易察觉的奇怪表情，手指颤抖，险些把画像抛在地上。

许天华狐疑地看着郑奶奶，说："您老认识这个人？"

郑奶奶忙否认说："不，不认识，我怎么会认识他？"

李观澜见状，说："郑奶奶您再仔细看看，这个人是赵家乡的村民吗？"

郑奶奶说："不知道，我看不出来。"

李观澜收起画像，向郑奶奶印证她把房子卖给姚承武的事情。

郑奶奶说："有这回事，那两套房子，一套是我的，另一套是许罗丹父母留下来的。我原来的工作单位在郊区，住在赵家乡为的是上班方便。后来退了休，就搬到了曲州市。许家的那套房子是我代卖的，乡政府批准过，卖的钱也都存在许罗丹名下，我替她保管。"

李观澜说："那两套房子是什么时候建成的，在你和许家之前还住过什么人？"

郑奶奶说："是几十年的老房子了，什么时候建的我可不知道。

在我们之前住的是赵氏兄弟两家人，后来他家出了个当官的，两家十几口就都搬到城里去了。说起来也有二十多年了，不知道赵氏兄弟是不是还活着。"

李观澜又问："许罗丹的父亲许桐在车祸中丧生，这件事您知道吗？"

郑奶奶的眼睛里又掠过一丝不易察觉的奇怪神色，说："那是我收养许罗丹的两个月前，许桐到外地去办事，坐的是一辆客车，车上有二十来名乘客，在距离赵家乡十几里的地方出了事，从山路上侧翻，客车起火，车上的人都没能逃出来，有摔死的，也有烧死的。由于车上的乘客大多是赵家乡和附近乡的村民，后来大家都去认了尸。"

李观澜说："您也到了现场吗？"

郑奶奶说："我也去了，当时主要是想去看看许桐，毕竟是十几年的老邻居了。也惦着帮帮曲琳，怕她猛地看到许桐的惨状会承受不住。"

李观澜说："你们都知道许桐会乘坐那趟车回来？"

郑奶奶说："那时候赵家乡一天就路过这一趟车，许桐回来之前往村委会打过电话，说是坐这趟车回来。"

李观澜说："您亲眼见到许桐的尸体了吗？"

郑奶奶说："见到了，村子里很多人都见到了。烧得很厉害，但是恍恍惚惚地还能辨认出脸面，身材也一样，戴的手表和未烧完的身份证，都在他身上。曲琳和村民们都认定就是许桐，其他尸体也都是这样半认半猜地辨别出来的。"

李观澜问："后来尸体都是怎么处理的？"

郑奶奶说："公交公司给了一点赔偿，然后尸体就都送到炼人场烧了。"当地居民把火葬场叫作炼人场，听起来毛骨悚然。

李观澜问："许桐出事以后，曲琳在家里有一些奇怪的表现，这事您知道吗？"

郑奶奶说："丈夫刚去世，女人有些异常的表现是可以理解的。至于后来她为什么抛弃许罗丹，独自离家出走，确实很奇怪，我们都猜不出是什么原因。肯定不是出于经济压力，也不是对许罗丹厌烦，现在曲琳也去世了，这秘密恐怕永远不会有人知道了。"

李观澜和许天华告辞后，许天华说："郑奶奶没有说实话，看她的表情变化，好像隐瞒了许多事情。"

李观澜说："我也是这么认为。不能偏听偏信，还要向其他村民了解情况。"

为配合破案，赵家乡乡长赵大富找来十几位上了年纪的村民，帮助辨认颅骨复原画像。在乡政府的会议室里，画像在村民手中传阅，一位名叫周大壮的村民忽然冒出一句："咋看起来恁像是许桐哩？"

乡长赵大富伸手把画像夺过去，说："胡说啥，许桐早炼成灰了，咋能是他？"

其他村民也用责备的目光瞅着周大壮。周大壮吐吐舌头，不敢作声。

传阅一圈，村民们都摇头表示，从没见过画像中的人。

李观澜有些失望。根据他的推断，赵家乡交通不便，人员居住密集，转移尸体的难度非常大，所以发现尸骨处多半是第一现场，而遇害者极可能是村子里的人。现在村民们众口一词地否认，难道自己的推断有误？或者画有误？抑或死者是流动人口？

村民们对许桐在车祸中身亡的证词也与郑奶奶的说法一致。李观澜和许天华感觉案子转了一圈，又回到原点，之前所做的一切努力似乎没起到半点作用。

村民们散去后，李观澜追上周大壮，说："这位老哥，你能不能再帮我们仔细辨认一下，这个人到底是不是很像许桐？"

周大壮迟迟疑疑地说："不敢说哩。"

李观澜说："你大胆说，说错了也没关系，不必承担任何责任。"

周大壮说："有几成像哩，脑门、下巴这里都有些像，就是耳朵和眉毛不大像，眼睛也没有这么凸。"

李观澜问："你和许桐很熟吗？"

周大壮说："他活着时，三天两头就和我们打一场牌，熟得很。"

李观澜说："谢谢你配合我们工作，你放心，不管你说的话对不对，都没有责任。"

第五节 起死回生

苏采萱第一次在实战中使用颅骨复原技术，急于知道这项技术的威力，李观澜一回到警队，她就前来询问调查的结果。

李观澜说："没有进展，倒是有一个村民认为复原的头像和许桐有些相像，但是这种可能性极小，因为许桐在一次车祸中丧生，尸体早已经化成灰了。"

苏采萱闻言有些失望，却又不甘心，说："把头像认作是许桐的村民是怎么说的？"

李观澜说："他说头像的脸型和许桐很像，但是眉毛和耳朵不像，许桐的眼睛也没有头像这么凸。"

苏采萱皱起眉头，思忖说："脸型是一个重要元素，眉毛和耳朵不像可以理解，这两个部位都无法根据骨骼的形状复原，是我自己根据想象硬添上去的。头像的眼睛较凸，也许是由于我考虑欠周，死者是被重物打击后脑致死，致使眼球凸出，我在复原颅骨面目时未把这个因素考虑进去。"

李观澜的语气中带着疑问："你认可复原头像与许桐相似的说法？"

苏采萱说："我信任颅骨复原技术的科学性和可靠性。"

李观澜说："这起案子不能缺少你的帮助。许桐已经死去十几年，认识他的人对他的容貌有些记忆模糊也很正常。目前还需要两个关键人物来辨认这个复原的头像，一是郑奶奶，一是许罗丹。郑奶奶已经辨认过，并声称不认识死者，但是我能觉察出她在说谎。你是法医，有没有什么可靠的办法，让郑奶奶说实话？"

苏采萱貌似认真地说："有啊，给她吃两片吐真药。吐真药的主要成分是硫喷妥钠，对大脑和脊髓里的受体有抑制作用，人服用后就会不由自主地开口说真话。"

李观澜明知她在开玩笑，便讪笑着说："这种对付间谍和恐怖分子的药物咱们还是尽量不要用，截至目前，尚未发现郑奶奶有违法犯罪行为，对她使用违禁药物不大合适。咱们还是运用攻心战术。"

苏采萱诧异地说："咱们？你又要把我扯进去？"

李观澜郑重其事地点点头："嗯，少了你不成。"

这是李观澜第二次与郑奶奶见面。苏采萱坐在郑奶奶对面，目光柔和，心中却在揣测着这位老人家的满头银发和脸上层层叠叠的皱纹中，究竟隐藏着多少年深日久的秘密。

李观澜诚恳地说："郑奶奶，我们又一次来打扰您，实在是因为需要您的帮助，当年您和许罗丹一家住邻居，对她家人的长相最熟悉，对她家的情况也比较了解。这些信息对破案有重要作用。"

郑奶奶的神情木然，说："我所知道的事情，上次就已经全部说过了。"

苏采萱见郑奶奶虽竭力保持平静，但是在拧紧的眉毛下，眼珠一直灵活地左右转动，知道她始终对他们心存戒备，就说："郑奶奶，从去年开始，连续发生了一系列怪事，都与许家有关。对曲琳离家出走一事，警方可以不插手，因为这毕竟是家务事，但是在许家原住宅下面发现的这具骷髅，却是刑事案件，无法置之不理。也许事隔多年，连凶手都已经作古，但即使这样，我们也有责任找到真相。即使真相会使一些人受到伤害，也胜过永远被湮没。我相信即便是许罗丹本人，也期待着能够打开这个心结。"

郑奶奶毕竟曾在国营大厂工作多年，有些眼界见识，思想开明，见李观澜和苏采萱态度诚恳，真心请教，李观澜更是第二次登门，她犹豫半晌，才叹口气说："许家的事，在我心里藏了十几年，从未向人谈起过，这些事情离奇古怪，我原以为会一辈子烂在肚子里，没想到你们这样坚持，一定要我说出来。"

李观澜微笑说："除了警方，当事人也有权利知道真相。"

郑奶奶说："这也是我所担心的，今天我说的话，你们要绝对保密，不能因此影响了许罗丹的名誉。"

李观澜说："请你放心，我们上公安院校的第一堂课，学的就是保守秘密。"

郑奶奶回忆前尘往事，眼中似乎泛着莹莹的泪光，她语调低沉地说："我活了这么大岁数，许桐是我见过的最难以理解的人。也许他根本就不是人，是一个混迹在人间的魔鬼。他做的事情，不仅违背人伦，禽兽不如，而且他的身上还带着不属于人类的戾气，他在死后居然又还魂了。"

苏采萱吓了一跳，说："什么违背人伦、死后还魂？"

郑奶奶说："听上去很荒唐是不是？如果不是亲眼所见，我也不会相信。我到现在还清晰地记得，十五年前的那天，一辆满载乘客的中型客车在距离赵家乡不远的地方发生事故，车辆起火，车里的乘客也都被烧成了一具具焦炭。周边几个乡的人都跑到现场，有的去认尸，有的去看热闹。曲琳也在人群里，因为她知道许桐就在那辆车上。后来在一具具烧焦的尸体里，曲琳辨认出其中一具尸体的手腕上戴着许桐的手表，又在它身上翻出了未烧完的身份证，证实那具尸体就是许桐。"

苏采萱表达同情说："对于许家来说，这真是飞来横祸。曲琳当时才三十几岁，许罗丹年纪又小，家里的顶梁柱一旦倒塌，孤儿寡母的，日子一定会很难过。"

郑奶奶的眼睛里掠过奇异的神色，说："当时赵家乡的人都这么以为，而事实并不是这样。事发当晚，我到曲琳家帮她处理许桐的后事，并尝试安慰她，那时才发现曲琳的情绪并不像我想象的那样低沉，反而似乎有如释重负的感觉。后来，在亲友们都离去后，曲琳向我透露了一件埋在她心里三年的秘密。"

李观澜和苏采萱知道他们正在接近真相，都屏息静听。

郑奶奶说："照理不该说死人的坏话，但是许桐的所作所为过于恶劣，用禽兽不如来形容他一点都不过分。许罗丹是他的亲生女儿，却从七岁起就开始遭到许桐的猥亵和侮辱。"

苏采萱和李观澜全身一震，他们整天与形形色色的违法犯罪分子打交道，但是亲生父亲性侵女儿的事情却极少听到。

郑奶奶说："当时许罗丹年纪小，不太懂事，许桐又都是趁她熟睡的时候侵犯她，许罗丹本人对这段悲惨经历的记忆不深。但是，那时曲琳却生活在极度的痛苦中，每天以泪洗面。据她自己说，当时完全失去了继续活下去的理由和勇气，几次想过和许桐同归于尽，可是又放心不下许罗丹。就在她几乎下定决心要杀死许桐的时候，许桐遭遇车祸身亡。这对曲琳来说，无疑是一种解脱。"

苏采萱和李观澜默然不语，这时候才明白郑奶奶斥骂许桐"禽兽不如"的真正含意，也理解了郑奶奶为什么不愿提及这段往事。

李观澜说："您所说的许桐死后还魂又是怎么回事？"

郑奶奶的脸色忽然变得苍白，枯瘦的布满皱纹的脸上现出恐惧的表情，嘴角微微抽搐，过了半晌才平静下来，说："就在许桐死后的第二天夜里，他的鬼魂又回家来了。"

虽然有李观澜在侧，苏采萱还是感觉身上有些发冷，下意识地裹了裹衣襟。

郑奶奶摇摇头，似乎不愿意回忆那个恐怖的夜晚，她慢悠悠地说："那天夜里十二点整，我起身到门外去上厕所，月光很暗淡，恍恍惚惚地能看见五六米外的较大事物。我刚走出门，隔着院墙看见曲琳家的院子里有一个男人，再仔细一看，就是许桐。我吓了一跳，还以为自己眼睛花了，就揉揉眼睛仔细看，不是许桐还有谁？他正忽忽悠悠地向着房门飘过去。我吓得厕所也不敢上了。不怕你们笑话，那泡尿其实都撒在裤子里了。我跑回屋子，锁好门，然后就瘫在地上，一直到天亮，什么也没做，什么也没想，好像灵魂出了窍一样。"

李观澜问："会不会是许桐的兄弟来帮助曲琳料理事情，有些同胞兄弟，甚至堂兄弟，在光线不强的时候从某种角度看上去就像是一个人。"

郑奶奶摇摇头说："不会，在见鬼的第二天，我去试探曲琳的口风，她说家里根本就没有人来过。三天后，许桐的尸体就被火化了。我那天晚上见到的，一定是许桐的鬼魂。"

苏采萱将信将疑地审视着郑奶奶的表情变化，确认她没有撒谎。

李观澜追问了一句："郑奶奶，这件事非常离奇，您能肯定那天晚上见到了许桐还魂吗？"

郑奶奶说："我那时还没老眼昏花，不会看错的。这件事，如果不是你们来追问，我到死都不会向别人说起。那以后，许家一直怪事连连。我后来卖掉老房子，搬离赵家乡，也是迫不得已，实在是因为住在那里，每天都提心吊胆，噩梦不断。"

苏采萱说："许桐死后复生，这件事已经很离奇，难道还有比这更奇怪的？"

郑奶奶叹口气说："许桐死后一个月，曲琳就抛弃女儿离家出走，连一句话都没有留下。难道这件事还不够奇怪？她如果是一个对女儿不理不问、无情无义的妈妈也就算了，可是她爱女儿如命，甚至为了保护女儿，动过杀死丈夫的念头。这样的女人，怎么可能不要自己的女儿呢？我想破了头也想不明白。"

苏采萱也有些黯然，这个疑问已经困惑了她一年，到了现在还是无法解开。

郑奶奶说："而且我收养许罗丹之后，她在晚上熟睡时，经常会说梦话，总是哭叫着，让我毛骨悚然。这种状况一直持续了一个多月，后来才慢慢好了。"

苏采萱感觉心又有些揪紧，说："她当时年纪小，家里遭到了巨大不幸，晚上在梦里哭叫也很正常。"

郑奶奶说："可是她说的梦话的内容很可怕，而且每次说的都是同样的话。她说的是，'爸爸在地窖里！'"

郑奶奶在说最后一句话时，突然提高嗓音，声音凄厉，让苏采萱猝不及防，打了个激灵，险些从沙发上跳起来。

爸爸在地窖里——难道许罗丹曾经目睹过什么让她受到巨大刺激的事情？可是她为什么在十五年里一直保持沉默？

在车祸中被烧死的许桐怎么会出现在地窖里呢？

李观澜的脑海中迅速闪过几个念头。他从随身携带的背包里取出几张照片，上面是在建筑工地与骷髅一起出土的神秘玩偶，那个造型奇特的人形玩偶，双手双脚都直接长在身子上。李观澜把照片递给郑奶奶，说："这上面的东西，您见过吗？"

郑奶奶仔细看了一会儿，说："没见过，这样古怪的东西，看上去就让人讨厌，谁家会有这种东西呢？"

李观澜和苏采萱又旁敲侧击，追问了郑奶奶几个问题，确信她已经把所知道的真相全部说出来，就道过谢，起身告辞。

在回程的路上，苏采萱说："分析案情我是外行，郑奶奶透露的这些事情似乎对破案没什么帮助，反而使案子更加扑朔迷离。"

李观澜说："我有不同意见。对郑奶奶的话，如果只取主干，抛开那些干扰我们思路的细枝末节，对案情还是有帮助的。至少，她帮我们拓展了思路。也许地下挖出的尸骨，真的就是许桐。以前我们的思路被许桐在车祸中死亡的说法左右，一直没有往其他方面怀疑，而郑奶奶所说的许桐还魂，也许就是他本人在夜里回了家。这样，我们需要对地下挖出的骨骸进行鉴定，好在我们已经有许罗丹的基因样本，只要比对双方的基因特征，就可以判断尸骨是否为许桐本人。"

苏采萱半信半疑地说："如果地窖里的尸骨是许桐的，那在车祸中死的人又是谁呢？赵家乡有许多人目睹了车祸现场，这是无法伪造的。如果死亡的另有他人，死者家属怎么会不寻找、不报案？"

李观澜摇摇头说："这个疑问我暂时没有答案，现在我们还要走访一个重要人物。"

苏采萱心领神会，说："对，去询问许罗丹。她在睡梦中哭叫'爸爸在地窖里'，一定是知道什么内幕，也许她才是这起案件的关键。"

　　许罗丹对李苏两人突然来访有些诧异，说："事情已经过去了一年，你们还在调查？"

　　苏采萱说："这次调查的不是关于你母亲的事，而是有一起刑事案件需要你的协助。不久前，我们在位于赵家乡的你家原住址发现一具人体残骸，希望通过你了解一些案情线索。"

　　许罗丹搞不清他们的用意，说："我在十岁时就离开了赵家乡，恐怕不能给你们提供什么有价值的线索。"

　　李观澜启发她说："你父亲去世时，你虽然才十岁，但对以往的事情应该还有些记忆。从你父亲遭遇车祸到你母亲离家出走前这段时间里，你是不是曾经目睹了什么让你记忆深刻的事情？"

　　许罗丹努力地回想了一会儿，说："没有什么大事发生。那段时间，家里客人很多，妈妈整天忙着迎来送往的，就是这些。"

　　李观澜索性直奔主题说："我们在和郑奶奶接触时，她说你和她一起生活的第一个月里，在夜里入睡以后，会哭叫着说一句梦话，'爸爸在地窖里。'我们想知道，你亲眼见到你爸爸在地窖里吗？他在那里干什么？是在干活儿，还是已经死亡，被人埋在地窖里？"

　　许罗丹有些愠怒："这是在审问我吗？一个十岁孩子的梦话能代表什么？这么多年过去了，我自己也迫不及待地想知道家里究竟发生过什么事，如果我知道什么内情，根本没必要对你们隐瞒。"

　　苏采萱想，许罗丹的话也有道理，就说："你不要误会，我们没有别的意思，就是想弄清楚事情真相。从常理来推断，你说的那句梦话断断续续地持续了一个多月，应该不是凭空而来或因一两次噩梦引发，更可能是受到外界的刺激而在睡梦中有所反应。你再努力想想，也许一点小事，就是解开谜题的重要线索。"

许罗丹平复下激动的情绪，说："对于妈妈离开我之前的一个月内发生的所有事情，我已经反复回想过很多次，没有任何值得提到的地方。"

李观澜见许罗丹的神情不像是假装，知道再追问下去也不会有什么结果，就打算结束谈话。稍一迟疑，又取出那几张人形玩偶的照片，递给许罗丹说："这上面的东西，你见过没有？"

许罗丹接过照片，怔了一怔，随后脸上掠过诧异和惊喜的表情，说："这东西是从哪里找到的？这是我小时候最心爱的玩具。"

李观澜和苏采萱心头一喜，说："这是你的玩偶？"

许罗丹说："是啊，我小时候家里经济条件一般，没什么玩具，就只有这一件。我喜欢得不得了，睡觉时都抱在怀里，所以才会这样记忆深刻。后来有一天，我不小心把这东西掉到院子里的地窖中，那地窖有几米深，我自己不敢下去，就求爸爸帮我去捡上来，可是爸爸不理我，没过多久，他就出了车祸。"说到这里，许罗丹自伤身世，泪水都涌在眼眶里。

李观澜说："这玩偶是谁给你的？造型怎么会这样古怪？"

许罗丹说："是一个从云南来的我爸爸的旧相识带给我的。听妈妈说，那人和我爸在年轻时结下过什么恩怨，关系好像挺复杂的。我那时年纪小，也搞不懂这些。我爸爸觉得这个东西丑得不得了，看了一眼就丢给我玩，谁知道我喜欢了不到两个月，这件东西就丢了。"

从许罗丹的办公室里走出来，室外阳光明媚，李观澜看上去心情不错的样子，对苏采萱说："怎么样？调查至此，是不是对案件的前因后果已经有了成型的想法？"

苏采萱撇撇嘴说："推理不是我的强项，你要是想到什么，就别再卖关子了，我洗耳恭听。"

李观澜沉吟一下说："只是目前还没有让人信服的明证，也许应该派出人手到发现骸骨的工地复查。不过年深日久，许多痕迹都已经被湮没，我们需要一点好运气才行。"

第六节 蒙尘往事

一周后。

冯欣然敲开李观澜办公室的门，说："李支队，这些天没什么要紧的大案子，兄弟们都闲得发慌。建筑工地的那件案子还办不办，怎么一点动静也没有？"

李观澜正埋头浏览卷宗，头也没抬，说："那件案子啊，已经结了。"

"结案了？"冯欣然瞪大眼睛，"一点眉目还没有，就这样结案了？"

李观澜觉察出他语气中的愕然，抬起头说："是啊，就这样结案了，你有什么疑问吗？"

冯欣然有点结巴地说："凶……凶手是谁？受害人又是谁？到现在什么都不知道，怎么……怎么就匆匆忙忙地结案了？"

李观澜说："受害人是许桐，凶手就是他的妻子、许罗丹的妈妈——曲琳。我正在读一份卷宗，下午要去市人大汇报，没空向你详细解释，你要是好奇心强，就去向苏采萱了解案情。"

冯欣然带着一肚子疑问来找苏采萱，张口就问："工地那件案子到底怎么回事？怎么不声不响地就结了呢？"

苏采萱见冯欣然着急的样子，打趣说："嘀，急成这样。李支队没向你们通报，是因为这案子的受害人和凶手都已经死了，没立案。"

冯欣然央求她说："采萱姐，你就别打哑谜了，快跟我说说吧。"

苏采萱知道冯欣然是天生的刑警，遇到奇案要案，不追究出原委不肯罢休，就不再吊他的胃口，说："许家的事确实非常离奇，我在接触这件案子时也是满头雾水，亏得你们李支队头脑还算清醒，把支离破碎的线索串成一个完整的案情，倒也合乎情理。郑奶奶也接受了李观澜的意见，只是出于对许罗丹的保护，真相还对她保密，也未向更多人传播。在建筑工地发现的尸骸，经过基因鉴定，就是许罗丹的生身父亲许桐。他是被重物打击致死。"

冯欣然说："可是在车祸中丧生的那个人是谁？他身上带有许桐的手表、身份证，体貌特征也和许桐接近。"

苏采萱说："这件事过去了十五年，死者已经化成灰，永远也不会有一个确切的答案，但是可以肯定，被火化的那具尸体一定不是许桐，因为许桐在车祸的第二天晚上又回到了家中，并在当晚遇害，尸体被藏在地窖里，直到十五年后才被发现。李观澜对车祸中丧生的那个人做出了合理解释，因为他在办案时曾遇到过类似事件。那人应该是一个流窜作案的窃贼，因居无定所，失踪了也没有人寻找。许桐在乘车时遭遇那个窃贼，钱包和手表都被偷走，但是许桐没有觉察。许桐在中途有事下车，那窃贼见苦主离开，就放心地留在车上，没想到遭遇车祸，他成了许桐的替死鬼。"

冯欣然质疑说："这个解释倒也说得通，可是难道整个案情都是用分析和推测串起来的吗？这怎么可以结案？"

苏采萱笑笑说："已经过去十五年了，这些奇诡的地方只好用合理的推测串接起来，但案情的主干有铁证。如果在没有证人证言的情况下，要求每一个情节都得到落实，那你们李支队就成神仙了。"

冯欣然赞同说："那倒是，他能在这样短的时间里，揭示这起案子的真相，我已经佩服得五体投地了。"

苏采萱继续描述案情说："当时曲琳也以为许桐在车祸中死了。由于许桐在此前的近三年时间里一直不间断地对亲生女儿实施性侵，所以曲琳见到他的尸体时，不仅没有难过，反而感到如释重负。"

冯欣然此前并不知道许罗丹遭受亲生父亲性侵的事实，听到这里，也大吃一惊，诧异和愤怒的情绪溢于言表。

苏采萱说："当曲琳以为这噩梦一样的日子终于结束，正暗自庆幸时，许桐却在车祸的第二天夜里突然回到了家。我们不知道曲琳当时遭受了怎样巨大的惊吓，也不知道她在被迫接受许桐还活着的事实以后，心情怎样从顶峰跌到低谷。曲琳已经死去，我们无法获知她的杀人动机。也许她当时以为，既然所有人都认为许桐已经死了，那么她在当晚杀死许桐，悄悄掩埋，永远不会有人知道。也许当晚许桐又对许罗丹做出什么禽兽不如的行为，致使她动了杀机。"

冯欣然点点头说："杀人动机很合乎情理，而且许家当时恰好有一个很深的地窖，曲琳杀人后，趁夜深人静把尸体扔到地窖里，再把地窖封闭，日后寻找机会把地窖填平。如果不是在十几年后赵家乡大兴土木，许桐的尸体不知到何年何月才会被人发现。"说到这里，冯欣然轻念一想，又提出一个问题，"不过还有一个重要问题，曲琳杀死许桐后，完全可以和许罗丹相依为命，继续生活，为什么要抛弃女儿，隐姓埋名地嫁到外乡呢？"

苏采萱说："这件事也一度困惑过我们，直到郑奶奶向我们透露，她在收养许罗丹以后，许罗丹有一个多月的时间都在睡梦中哭叫'爸爸在地窖里'。当时我们的直觉是许罗丹目睹了曲琳杀死许桐并埋尸地窖的过程。但是在向许罗丹询问以后，发现她对这一事实毫不知情，而且绝不是伪装。随后我们在无意中掌握了一个细节，许罗丹那时有一个心爱的玩偶，不小心掉进地窖里，她求爸爸去捡回来，但是被爸爸拒绝了。所以李观澜认为，许罗丹在睡梦中喊的是'爸爸，在地窖里'，是央求爸爸去捡回那只玩偶。"

"但是，听到的人都误会许罗丹喊的是'爸爸在地窖里'。尤其是曲琳，她在杀死丈夫后，本来就惴惴不安，惶恐度日，在深夜里听到女儿撕心裂肺地哭喊，自然以为女儿看到了她杀夫的过程。可以想象，曲琳在那一个月里，是生活在怎样的恐惧和矛盾中。她以为她的犯罪行为迟早有一天会败露，却又不忍心对女儿采取任何手段，只好隐姓埋名，远走他乡。谁知道她再嫁后遇到的仍是坏男人，以致连杀两任丈夫。这女人的心够狠，手够黑，命也够苦。"

冯欣然听罢长出一口气，说："听得我脊背发冷。那个玩偶，不就是我们在建筑工地的尸体旁挖掘出来的？"

苏采萱说："就是，据说还是一个和许桐有恩怨纠葛的人送给许罗丹玩的。"

冯欣然神秘兮兮地说："你不是说那个玩偶是东南亚人下降头时用的道具？许罗丹得到玩偶后没多久，就家破人亡，会不会是被人下了降头？"

苏采萱说："你在警队里宣扬封建迷信，被金局知道，有你受的。"

冯欣然吐吐舌头，说："他是老大，我可惹不起。不过，这起案子从头到尾都是你们在推论和猜想，到目前为止，除去许桐的遗骸，还没有其他有力证据，证明许桐是被曲琳杀死的，恐怕难以服人。"

苏采萱说："怎么没有证据？曲琳在用重物砸死许桐后，把凶器也一并丢进地窖里掩埋。我们当天在挖掘许桐的残骸时，并没找到凶器，是因为一名施工工人在我们之前见到了那件凶器，以为是什么值钱的文物，偷偷给藏了起来。后来他到市场上去卖，被人嘲讽了一番，又适逢李观澜派人回现场复查，才把那件凶器带回来。"

冯欣然说："是什么凶器，怎么会被当成文物？"

苏采萱说："恐怕你见到了也不认识。那是一块刮痧用的砭石，表面发乌，造型又奇特，工人就当成文物收藏了。"

冯欣然说："刮痧我倒是听说过，什么砭石之类的从来没见过。"

苏采萱说："曲琳的身体不好，又看不起病，就遵照赤脚医生的指导，用砭石刮痧治疗。她在起意杀害许桐时，砭石刚好就在手边，就成了她的杀人武器。我已经对现场发现的砭石和许桐骨骸头部的伤口进行过鉴定，两者完全吻合，确认砭石就是凶器。"

冯欣然说："即便砭石是凶器，怎么能确定就是曲琳使用的那一块呢？"

苏采萱说："你这小子太钻牛角尖了，十五年前的案子，有作案现场，有被害人，有凶手，有凶器，有作案动机，办成这样，你还要穷追不舍。"

冯欣然嘿嘿笑着说："这是李支队他老人家要求的，每一件案子都要办到经得起严格拷问和苛刻挑剔。"

苏采萱说："好吧，就让你矫情一次。知道砭石刮痧板的造型吗？"

冯欣然老老实实地回答："不知道。"

苏采萱解释说："刮痧板有板头、钝凹边、弓背、钝尾、尖尾、尾中凹等部分，分别用于刮腋窝、掌心、背部、胸脘腹部、人体经脉，区分严格，绝不可以混用。但曲琳使用的刮痧板与众不同，因为她是镜面人，内部器官与正常人截然相反，所以她使用的砭石刮痧板，是专门打磨的，每个部分都与正常造型相反。这样外观的刮痧板，也许全世界只有一块。而从尸骸现场发现的刮痧板，就是这种独一无二的造型。这个证据，你还不能接受吗？"

冯欣然先是一脸茫然，继而若有所悟，终于豁然开朗，心悦诚服地连连点头："接受，服气，姜还是老的辣。"

这云波诡谲的案子真相，最终还是被许罗丹知道了。好在这位经历过人情冷暖、世事变幻的女子，在经历了撕心裂肺的疼痛后，抚平伤口，已经可以坦然面对了。

第四案

白鹭为霜

第一节 飞来的垃圾

"爸爸,'蒹葭苍苍,白露为霜,所谓伊人,在水一方'这一句怎么解释?"

"这是说,那生长在河畔的芦苇,颜色苍青,那晶莹的露水已凝结成霜,而诗人思慕的一位友人,却在茫茫河水的另一边。"

"哦,我还以为这个白露说的就是未央湖边的白鹭呢,那些白鹭也雪白得像是霜一样。"

"嘿,此白露和彼白鹭怎么能混为一谈呢。"

说话的是父女二人。父亲李可白四十岁出头,英俊挺拔,很有皎然出尘的书生气质,却是曲州市规划局排名第一的副局长,正春风得意,重权在握。女儿李尤才满十岁,不仅继承了父母的好容貌,且多才多艺,能歌善舞,小小年纪已崭露头角。

这天是周日上午十点,一家三口起床不久,洗漱已毕。父女二人在自家宽敞奢华的别墅里倚窗读书,女主人徐伊莲在厨房中准备羹汤,好一派家庭和美、其乐融融的场景。

忽然，徐伊莲发出一声尖锐的惊叫："老公，你快过来。"

李可白听到徐伊莲的叫声有些变音，不知道发生了什么事，急忙跑进厨房，见徐伊莲手持锅铲站在窗口，脸色苍白，眼望外面，而灶台上的锅已经烧得冒了烟。李可白急忙把火关上，问："怎么啦？"

徐伊莲手指窗外，说："你看，又是一堆垃圾。"

李可白顺着她的手指向窗外看去，别墅院子里的地面上堆着一小撮垃圾，可以辨别出烟头、果核、鸡腿骨、撕碎的报纸、捏扁的易拉罐等脏东西。李可白见状也有些气愤："这是谁干的？已经是第二次了！"

徐伊莲担心地说："你不会是得罪了什么人吧？你做这种工作，交一个朋友就会惹下一个仇家，吃力不讨好的。"

像徐伊莲这种理所当然地认为自己应该受到命运呵护的女人，永远都不满足，永远都在抱怨，即使李可白的工作有里子有面子，她待在家里什么都不做，也能住豪宅开名车，她仍觉得世界亏待了她。

李可白不满地说："别胡说，又不是针对我的，小区里不是有好几家都被丢了垃圾吗？我们局的秘书牛福德住在那边公寓的顶层，前两天也在阳台上发现了别人丢的垃圾。"

徐伊莲有些害怕地说："那个牛福德家住在八楼顶楼，谁能把垃圾扔到那上面？再说了，咱们小区的安保这么严密，要是有外人进来，还不早被摄进监控录像了？但上次可没听说监控拍到什么。"

李可白没说话，也感觉这事有些蹊跷。

徐伊莲越想越怕，说："不会是有什么脏东西和咱们捣乱吧？"

李可白一时没明白，重复一句："脏东西？"

徐伊莲不耐烦地说："哎呀，就是那个，那个呀。"

李可白半天才反应过来，顶撞她说："你就会满嘴跑火车，什么这个那个的，你亲眼见过吗？"

徐伊莲神秘兮兮地说："怎么没见过，上次招商局梁局长的小老婆赵小兰不是……"

李可白打断她说："行了，这些捕风捉影的话不要乱说。"

李可白在官场混迹多年，倒不骄横跋扈，懂得息事宁人的道理。他提着笤帚和畚箕把垃圾扫了，收到垃圾箱里。

这件事却在徐伊莲心里留下了阴影。她出身官宦世家，自幼养尊处优，加上头脑简单不学无术，骨子里是一名愚妇，平日里傲慢自大，对无权无钱的平民百姓固然不瞧在眼里，呼来骂去毫不在意，但对这种看不见的潜在威胁却有着深入骨髓的恐惧，她耿耿于怀，寝食难安。

两天后，她终于按捺不住，径直闯到物业去，要求查看当天的监控录像。物业公司的保安队长王大恒知道这女人是个惹不起的角色，忙按她的要求调出了录像。

几个人围坐在监控画面前，反复查看。当天出入小区的基本都是小区业主的私家车，也有几辆外来的豪华车，徐伊莲想也不想就将其排除在怀疑范围之外。在她直来直去简单朴素的世界观和价值观中，坐豪华车的人是不会做出这种鸡鸣狗盗的事的。那些乘出租车的、骑自行车的和走路的人才是重点盯防的对象。

业主家出了这种事，保安队长王大恒感觉脸上无光，心里也纳闷儿：究竟是谁干的？难道就是住在这小区里的人？按说小区里的住户都是公务员和公务员家属，平日里衣着光鲜、人模人样的，怎么私下里做出这样阴损缺德的事？话又说回来，就在我们眼皮子底下，这人怎么能做得神不知鬼不觉的？

徐伊莲像是读懂了他的心思，说："不可能是小区里的人干的。

据我所知，除了我家、规划局秘书牛福德家、公安局副局长张庆卫家，还有工商局局长马连良的小老婆家，这几天都被人丢了垃圾。这些人之间没什么联系，家里的安保措施也都挺严密，谁会那么无聊，花费那么多心思和力气去往人家院子里丢垃圾呢？"

徐伊莲像是想起了什么，忽然抬高嗓门说："王大恒，这事不会是保安干的吧？你们保安的素质是不是也应该提高一下？别净聘用农民工。这些泥腿子有仇富心理，心理非常不健康。你看看市中心商务区那个专门给洋人居住的加州阳光花园小区，聘的保安一水正规本科大学毕业，连非统招的都不要，那才够气派。"

王大恒连声答应，说："我们也有这方面的考虑，目前本小区的保安队伍已经有两成是大学毕业生，还会继续充实。不过我可以向你保证，丢垃圾的事绝对不是保安干的。一是不敢，二来也没机会。除了当值的，其他保安下班后就不能进入小区了，当值的保安在小区里巡逻，也必须两人一组。一旦单独行动被发现，立即开除。再说，牛秘书家住在八楼顶层，保安们未经允许或没有险情时也上不去。"

徐伊莲听他这样解释更加感觉事情蹊跷，找不出答案，纳着闷儿回家了。

次日凌晨五点多钟，天已蒙蒙亮，光线从窗帘的缝隙处漏进屋子里来。徐伊莲从睡梦中惊醒，翻身坐起，心里暗暗地骂：去他的损贼，搞这种下三烂手段，让人连觉都睡不好。

她抬腿下床，又下意识地走到厨房窗口，透过玻璃向外张望，想象着如果有人这时往她家院子里扔垃圾，可以抓个现行。但心里又惴惴不安，担心万一真的是来自其他世界的什么东西，怕是要吓得她心脏病发作。

徐伊莲忽然冷眼瞧见什么东西，心里一惊，额头"咚"的一声撞到玻璃上。她揉揉眼睛，又扫了一眼，猛地爆发出一声歇斯底里的惨叫："李可白，你过来，那东西又来了。"

李可白身居高位、广开财路，平日思虑较多，睡眠一向不太好。这时他才迷迷糊糊地睡着不久，被徐伊莲扯开嗓子的一喊惊得一激灵，从床上翻身坐起来，足足过了一分钟才弄清楚状况。

李可白感觉头昏沉沉的，心脏扑通通地跳得厉害，没好气地下了床，埋怨徐伊莲说："一大清早，你在这里鬼叫什么？"

徐伊莲的脸苍白得没有一点血色，手指窗外，结结巴巴地说："那，那东西，又来了。"

李可白向外看去，借着朦胧的路灯光亮，可以看见自家院子里散落着一堆垃圾，数量不多，但是铺散的圈子不小。方圆两三米，东一块西一件的，似乎是有人扬手把垃圾抛进院子里，造成这种恼人的效果。

李可白这时又倦又冷又恼又气，情绪激动，浑身哆嗦着，骂道："谁他妈的活腻了，专门和老子过不去？"

徐伊莲原本就怕得厉害，这时受到李可白的情绪感染，泪水在眼眶里打转，颤声说："咱们报警吧。"

李可白没理她。像他这样把公权和私利混淆起来的官员，从里到外都不干净，和执法人员结交固然可以，却绝不会有事没事地把他们引到家里来。

李可白披一件睡袍，提着清扫用具、骂骂咧咧地出了门。徐伊莲透过厨房窗户看着他，身上一阵阵地发冷。

在晨曦的淡白光线中，李可白弯下腰，清扫垃圾。扫到一半时，忽地停了下来，看着地上的垃圾发愣。徐伊莲在室内盯着李可白的一举一动，紧张得手心都沁出了汗水。

只见李可白用笤帚拨弄着一块垃圾，忽然像被电击了一样，猛地跌坐在地上。徐伊莲见此情景，不知李可白见到了什么可惊可怖的东西，受他感染，双腿颤抖得厉害，似乎已经不听使唤。她勉强手扶墙壁走到外面，见李可白已经从地上挣扎着站起，又在勉力收拾剩余的垃圾。

　　徐伊莲试探着问："你刚才看见什么了？怎么会坐到地上？"鼻孔中似乎嗅到一股奇臭无比的味道。她内心深处渴望着李可白帮助她解开谜团，却又害怕听到什么难以接受的实情。

　　李可白摇摇头，示意她别掺和这件事。

　　徐伊莲伸长脖子，向李可白手中的畚箕里看去，一件散发着恶臭的黑乎乎的东西映入眼帘："是腐烂的肝脏。"徐伊莲的胸腹之间泛起一阵酸水，不可遏制的恶心感冲击着喉头，她弯下腰大声呕吐起来。

　　徐伊莲几乎连胆汁也吐了出来，仍在干呕不已，她哭泣着说："这太过分了，报警吧，我无法忍受了。"

　　李可白还是不情愿报警，这时他已经镇静一些，见徐伊莲仅穿着半透明的内衣裤站在外面，裸露着白生生的胳膊和大腿，就斥责说："看你这副模样，赶快回屋去。"

　　好说歹说，才把徐伊莲劝进房间，李可白又把垃圾收拾干净，连那块腐烂的像是肝一样的东西都丢进垃圾箱里，心情郁闷地回房间里躺下。

　　两人并排躺在床上，翻来覆去地再也无法入睡，分析来分析去，也想不出到底是什么人做的这件事。从小区里许多家都被丢了垃圾的情形来看，又不像是针对他家的。

　　这么低声谈论着，忽然听到外面警笛声大作。两人这时都异常敏感，同时从床上坐起来，对视一眼说："是到咱家来的？"又同时说，

"我没报警啊。"

不过很快就判断出警车离他家还有些距离，像是在几十米远的地方，听起来人声嘈杂，乱糟糟的。

徐伊莲把卧室的窗帘拉开一条缝隙，望出去，回过头有些兴奋地说："好像是牛福德家，阳台上有很多人。"

第二节 阑 尾

徐伊莲按捺不住激动和好奇，胡乱穿上衣服后就一路小跑着来到牛福德家楼下。

这个小区的居民成分很单纯，都是公务员及其家属，而社会闲杂人等，即使有钱也买不到这里的房子。在这里，处级以上公务员住的都是独栋别墅，处级以下干部则住在两幢高层公寓楼里。按级别高低划分居住的等级，不失为一种官场励志的好办法。

牛福德是正科级秘书，即使再有钱也只能藏富，必须委屈地住在一套三居室里。徐伊莲颠颠地跑到他家楼下，可视对讲门敞开着，她兴奋地一路冲上八楼，一名民警在牛福德家门口守着，见她要往里闯，伸胳膊拦住。

徐伊莲的脑筋转得还算快，本来想对民警说"我是他家邻居"，又一想邻居之间没有那么亲密的关系，多半就会被拦在外面；如果抬出来老公吓他，那民警未必知道市规划局副局长如果公权私用究竟有多大能量，可能一下子镇不住。于是她转个念头后脱口而出："我是牛福德的小姨子。"

那民警其实是一名刚参加工作的协警，没有经验，性格也稀里糊涂，压根儿没想到眼前这个女人比牛福德的妻子看上去大好几岁，便挥了挥手，把她放了进去。

徐伊莲这么轻易地混进现场，最主要的原因是民警没把这个案子当回事。牛福德的妻子武娇早晨起床后被阳台上的一堆垃圾吓到，这也是她家里第二次发生这样的事。武娇在心烦意乱的状态下报了警。

接警的派出所民警没太重视这起案子。居民家遭人泼污、骚扰，都是寻常的治安案件，除非有明显线索，否则侦破起来既耗费警力又异常烦琐，最后大多案子都不了了之。值班副所长黄桥伟带着两名协警出了现场。

黄桥伟这时正蹲在阳台上检视那堆垃圾。垃圾数量不多，有一些碎玻璃、矿泉水瓶、废纸屑、鱼刺和少量动物大肠，散发着刺鼻的臭味。一个皱巴巴的红色塑料袋混在其中。

黄桥伟打量一下环境，这是一套公寓的八楼顶层，是方圆五十米内最高的建筑。

牛福德、武娇和协警马德中都一言不发地盯着黄桥伟，期盼着他给出一个令人信服的答案。连徐伊莲踮着脚尖悄悄走近，都没有人注意到。

黄桥伟感受到六道目光集中在他身上，有些不自在，说："这些垃圾应该是装在塑料袋里丢上来的，摔到地上时袋子碎裂，垃圾就散落开。这个阳台的面积不大，有三平方米，从远距离很难准确地抛中目标，从地面更没有可能抛上来。最有可能的几个抛垃圾地点是楼顶、七楼住户阳台和左右邻居的阳台。看来我们要调查一下这些住户的情况。"

武娇立刻接话说："对，好好查查。楼下那个姓江的老太太，看见年轻漂亮的女人就生气，总是对我横眉怒目的，我看她就能干出这种事来。"

武娇所说的"姓江的老太太",其实才四十来岁,是市教育局的督查,和武娇没什么矛盾,就是互相看着不顺眼。

牛福德听武娇这么说,便呵斥她:"胡说什么,江姐怎么能做出这事?红口白牙的,说话注意点。"

武娇立刻反唇相讥:"哟,还一口一个江姐的,叫得真亲热,她是革命烈士怎么的?"

这时几个人也看见了徐伊莲,只当是看热闹的,都没往心里去。徐伊莲本来想插嘴,见牛福德夫妻俩吵起来,就把话咽回去了,期待着能看一场好戏。谁知道牛福德要脸面,不愿在外人面前吵嘴,被老婆损一句后就不吭声了。徐伊莲大失所望,不过还没忘记此行的主要任务,接着黄桥伟的话说:"这损贼祸害的可不是一家,我家院子里也被丢了垃圾,我看不一定是江姐干的。"

黄桥伟一听来了兴趣,说:"你是谁?你家在哪儿?"

徐伊莲介绍了她家被连续丢垃圾的情况。

黄桥伟认为这条线索很重要,说:"到你家去看看现场怎么样?"

徐伊莲说:"行,要不把这事弄个水落石出,我心里也不踏实。"

协警马德中见黄桥伟站起身要走,嗫嚅着说:"黄所,这堆东西怎么办?要不要现在就通知刑警队?"

黄桥伟瞪着眼睛说:"屁大点事也通知刑警队,你还行不行?"

马德中被黄桥伟一吼,吓得话都梗在嗓子眼里,一个字一个字地挤出来:"人命案哪是屁大点事?"

黄桥伟呵呵笑起来:"我没听错吧?这丢几个垃圾袋怎么就出人命了?"

马德中指着垃圾堆说:"那一小段大肠,不是从人身上切下来的吗?切成这样,那受害人还能活吗?"

牛福德和两个女人听见这话都悚然一惊。黄桥伟盯着那段长约三厘米的大肠，牙齿缝咝咝地吸着凉气说："你咋能认出这是人的肠子呢？小子，你到菜市场上看看去，猪大肠也是这样。"

说了两句话后，马德中的胆子稍大了些，说话开始连贯起来："这是人的大肠。你看末端的那一小条肠体，那是阑尾，是盲肠退化形成的。猪的盲肠没有退化，不是这样的，其他家畜，像是牛、马、羊的盲肠都比人的阑尾粗大得多。"

两个女人同时发出尖叫声，牛福德也感觉浑身发冷。

黄桥伟像看怪物似的看着马德中："小子，说话有根据吗？有多大把握？"

马德中说："报告黄所，有百分之百的把握。"

黄桥伟凝视着马德中的眼睛，足有五秒钟，终于下定决心说："人命关天，就听你小子一回，保护现场，通知刑警队。"

徐伊莲再次感觉到一股酸水冲到胸腹之间，她急忙跑进牛福德家的卫生间，又弯下腰对着马桶呕吐起来，脑海里清晰地浮现出她家院落里出现的那一小块肝脏，似乎还能闻到那腐臭的味道。

第三节 夜 游

刑警队赶到时，正是早晨上班的高峰期。小区居民看着院子里的警车和神情肃穆地忙碌着的刑警，都投来好奇的目光。这里是公务员小区，若是纪委的办案人员出入就司空见惯，而刑警登门毕竟还挺新鲜的。

苏采萱在牛福德家的阳台上选一块干净的地方席地而坐，用镊子夹着那一小段大肠，透过放大镜仔细端详。

三分钟后，苏采萱把大肠放进证物袋，小心地封好，对李观澜点点头，表示报案真实有效，然后转向马德中说："你是小马？干协警几年了？"

　　马德中恭恭敬敬地说："报告首长，我上个月才做协警，到今天刚好三十天。"

　　苏采萱被他逗得笑出声来："你叫我首长？不带这么骂人的。我比你大，叫我苏姐就行。你立功了，小伙子不简单，你怎么会辨认人体阑尾的？"

　　马德中说："我上学时是学医的，熟悉人体内脏器官。"

　　苏采萱说："你是学医的？哪所大学毕业？"

　　马德中说："松江省医科大学临床医学专业，本科。"

　　苏采萱的眼睛瞪起来："名校毕业生怎么会去派出所做协警？就不怕荒废了专业？"

　　马德中无奈地说："没办法，毕业后除了卖药找不到和医学相关的工作，我又不愿意卖假药糊弄人。刚好派出所面向社会招聘夜班协警，我就报了名。"

　　苏采萱摇摇头，把装有大肠的证物袋举到他眼前："帮我目测一下，这个东西切下来多长时间了？或者用什么方法能够检验出比较准确的切割时间？"

　　马德中略带羞涩地笑一笑，脸上浮现出红晕，说："这块人体组织已严重腐烂，如果之前一直暴露在外面，根据最近一段时间的天气状况分析，切割下来的时间应该在一到两周之间。比较准确的检验方法是观察腐肉里的蛆虫卵数量、发育阶段等，更精确的方法是检验肉毒杆菌，当然，这两种检验方法都与自然环境和客观因素密不可分。"

　　苏采萱说："不错，书背得挺熟。不过实践和理论还是有差距的，要运用理论指导实践，在实践中发展理论。"

马德中频频点头，说："是，是，苏姐的教导，一句顶一万句。"

苏采萱绷不住笑出来："你这貌似忠厚老实的，也会油嘴滑舌。"

验过现场，没有更多有价值的线索。在牛福德家的客厅里，敏锐的李观澜早已注意到反应异常的徐伊莲，并对这名出现在现场的不速之客进行过调查取证。徐伊莲的心里原本就惶悚不安，经李观澜一敲边鼓，当即原原本本地把发生在她家里的事情描述一遍。

李观澜带领许天华等三名刑警，到徐伊莲家的院落里勘查被丢过垃圾的现场。

这时徐伊莲家的院子已经被打扫得干干净净，李可白也已经离家去上班，李观澜按照徐伊莲的叙述，在她家院子角落处的垃圾箱里热火朝天地翻找起来。

徐伊莲虽外表光鲜，其实却懒惰到骨子里，家里的卫生全靠工人打扫。钟点工每三天来一次，按约定今天上午该来，积攒了三天的垃圾着实不少。四名刑警戴着一次性塑胶手套，忍受着刺鼻的臭味，在垃圾箱里一件件地翻找，连头发丝、骨头渣都不放过。

李观澜把翻出来的东西一件件放到证物袋里，计有可疑的碎骨头三块、纠结成球的头发丝一团、腐烂的生肉一小块，却没找到徐伊莲描述的那块疑似肝脏的东西。

李观澜不甘心地把翻找过的垃圾又抽丝剥茧地检视一遍，从一个黏糊糊的饭团里剥出一小块涂成蓝色的碎指甲，上面绘制着零星的白色花朵，画法虽然俗气，却极精细。李观澜眼前一亮，如获至宝般把那块指甲装进证物袋。

站在旁边探头探脑的徐伊莲见到李观澜的样子，忍不住说："那块指甲是我的，不用装起来了。"

李观澜头也没回，继续拨拉着垃圾说："看好了，这块指甲是蓝色的，你的指甲是水粉色。"

徐伊莲心里咚地猛跳了一下，想：这个年轻干练的刑警队长一定是看上我了，连我的指甲颜色都注意到了，别说，这个警察的样子不错，虽然没有李可白好看，可比他有男人味道。她抚摸着自己的脸颊，想着今天是时候去做个美容了。

李观澜没听见她的回答，就扭过头看她："你怎么说这是你剪下来的指甲？"

徐伊莲从绮丽的遐想中反应过来，"啊"的一声，然后无限妩媚地抚弄着发丝说："那就是人家的指甲嘛，昨天早晨才剪下来的。人家下午去做了美甲，换成了水粉色。"说着将纤纤玉手伸到眼前，带着挑剔和欣赏相混合的复杂表情打量着。

李观澜全没有怜香惜玉的心思，无比失望地从证物袋里取出那一小片指甲，扬手要丢，想了想又装回去。

小区里被丢过垃圾的另外几家也都联系过了，但那几家人都是自以为有些名誉地位的，极度排斥刑警进家门，以垃圾早打扫过或否认被人丢过垃圾等托词，拒绝配合调查。

迄今为止，能确认这是一起命案的线索仅是一小截带有大肠的阑尾。被害者是男是女、多大年纪、尸体在哪里，都一无所知。但李观澜内心非常笃定，这是一起凶残的杀人碎尸案，被害人的冤魂尚未远走，在冥冥中企盼着有人为它伸张正义。那些被丢进居民家中的垃圾，是萦绕着不肯散去的冤魂的无声抗争吗？

而那些被丢弃垃圾的人家，是否与碎尸案有关？是谁有这样大的本事，能不为人知地把垃圾丢到安保严密的别墅院子，及距离地面二三十米高的阳台上？这个人是否就是案件的知情者？也许，找到了丢垃圾的人，就会真相大白。

时下，寻找丢垃圾者和查找尸源成为侦破这起案子的两条主线。

苏采萱对附带阑尾的一截大肠进行检验后，认为这是成年人身体上的一部分，根据尺寸判断，可能属于一名身高适中的女子。这一小块人体组织被切割分离的时间约是十天前。

苏采萱把这块人体组织的基因配型与公安DNA库中储存的数据相比对，未发现匹配者。

苏采萱在对李观澜汇报过检验结果后，又提出一个让他意想不到的要求："我想把黄桥伟他们所里的协警马德中调到法医室来。我这里正缺人手，那个马德中的业务扎实，眼光也敏锐，会是一个好帮手。"

李观澜在记忆中搜索了五秒钟，把马德中这个名字和他的形象对上号，说："那小伙子看上去挺干练。不过你把他调过来，也许十上十年八年也不能解决编制，不怕耽误人家吗？"

苏采萱说："他在派出所干上十年也一样没法解决编制，还不如跟着我，不荒废专业，将来有了好机会，还可以跳槽。"

李观澜说："如果他本人没意见，派出所肯放人，我不干涉。"

两人说妥了这件事，李观澜开始分派人手——六名刑警，两人一组，每天三组轮换，对徐伊莲家所在的公务员小区进行二十四小时监控，一定要把丢垃圾者抓捕归案。

办案刑警忙得昏天黑地，而徐伊莲家的怪事仍层出不穷。这天徐伊莲才从外面做过美容护肤，乘出租车回家。她在小区门口下了车，进大门后没走几步，感觉气氛有些异样，周身都不自在，似乎是谁在背后盯着她，对她指指点点。

徐伊莲回过头，见两名保安正趴在保安室的窗口探头探脑，与她

92

目光一碰后，急忙缩回头去，但徐伊莲已经认出其中一人正是保安队队长王大恒。徐伊莲莫名其妙，快步走过去，气愤地说："王大恒，你一个大男人，在别人背后嚼老婆舌，不羞臊啊？"

王大恒平日的态度非常骄横，但对这个院子里的住户还是相当恭敬的。他知道这些人都惹不起，担心一个不小心得罪了谁，就可能饭碗不保。

这时见徐伊莲动了肝火，王大恒急忙赔笑脸："那啥，姐姐，没事，我们是说，你今天这条裙子真好看。"

徐伊莲听他夸奖，顿时消了怒气，展颜一笑，说："不管怎么着，别在人家背后指指点点的。"

王大恒点头哈腰地说："是，是，徐姐批评得对。"

徐伊莲喜滋滋地低头打量着自己身上的艳红裙子，想着以后要尽量多穿这条裙子。不知怎的，脑海里突然浮现李观澜那张英气勃勃的脸。

入夜，许天华率一名刑警坐在一辆地方牌照的越野车里，在案发的公务员小区外监控。这个高档小区的安保措施很严密，四周都是三米高的围墙，并且装有国际上最先进的报警系统，任何人都没有可能翻墙进入，除非他长着一双翅膀，能够凌空飞翔。进出这小区的唯一通道就是正门，所以，刑警们把监控目标锁定为小区大门——丢垃圾者即使不是小区里的居民，也一定是有条件出入小区的人，送奶工、送报工、钟点工，都有作案嫌疑。只要盯紧这条唯一通道，总会找到蛛丝马迹。

夜凉如水，小区外一片沉寂。两名晨昏颠倒的刑警强睁双眼，抵挡住瞌睡。时间一分一秒地流逝，却一直没有见到可疑的人员出入。

徐伊莲夫妇晚上十点多就上床休息了，而且难得地温存了一回。

李可白近来的应酬明显减少了——这让徐伊莲既喜且忧，喜的是陪伴她的时间多了，忧的是应酬减少，该不是不得志的信号吧？对于她这样的女人来说，老公的金钱和权势是最重要的，至于陪不陪她、爱不爱她、出不出轨都没关系，只要她是法律承认的妻子，她就能独守着豪宅而甘之如饴。

迷迷糊糊地，凌晨三点钟左右，徐伊莲感觉床动了一下。她睁开眼，借着昏黑的光线见到李可白慢悠悠地从床上翻身坐起来。徐伊莲还在半梦半醒之间，勉强从喉咙里挤出一句话："你起夜啊？"就又阖上眼睛。

不知过去了多长时间，徐伊莲伸出手向身边胡乱一摸，却摸了个空，她忽地惊醒，拧亮床头灯，一边叫着李可白的名字，一边披上睡衣趿拉着鞋，摸索着向外面走去。

隐约听见厨房里传来剁东西的声音。徐伊莲循声走过去，见里面有着微弱的灯光，再仔细一看，是敞开的冰箱门里透出的光线。而李可白赤身裸体，寸缕不挂，手持一把锋利的切菜刀，一下一下地剁着什么。

徐伊莲在睡眼蒙眬中骤然见到这幅场景，猛地吃了一惊，只感觉一阵阴冷的气息从头皮传遍全身，浑身的汗毛都奓起来，心脏在咚咚咚地狂跳。她用低沉得几乎只有自己才能听得到的声音说："你在干什么？"

李可白充耳不闻，不知是没听见还是故意不做出反应，继续一刀一刀地剁着什么。徐伊莲借着暗淡的灯光仔细观察他刀下的物什，是一块暗红色的肉状物，有成人的半个拳头大小，大部分已经被剁碎。

是肝！徐伊莲心中突兀地冒出一个念头：那是一小块肝。徐伊莲努力回忆着，两天前她的父母打发家里的保姆送来一堆肉蛋之类的食物，其中似乎有几块鸡肝。

可是，李可白为什么要在夜深人静时起床剁鸡肝呢？而且一件衣服也不穿。

徐伊莲忽地醒悟过来：李可白很可能是在梦游！

太可怕了，她不由自主地打了个寒战——结婚这么多年，李可白从来没有梦游过，怎么人到中年，反而开始梦游了？难道是家里被丢垃圾的那天晚上他受到惊吓落下的后遗症？是的，记得上次李可白在院子里乍一看到那堆垃圾时，一跤跌坐在地上，吓得着实不轻。

徐伊莲依稀记得听人说过，梦游症患者发病时，千万不可惊醒他们，否则会造成非常严重的后果，像是类似于精神失常什么的。

徐伊莲屏住呼吸，极力控制着恐惧，在心里默默祈祷李可白快些清醒过来。

但是噩梦还未结束。李可白把那些鸡肝剁碎后，又小心翼翼地收起来，双手捧着向厕所走去。他走得缓慢而从容，徐伊莲的心却狂跳不已，似乎要从喉咙里跳出来。

李可白走进厕所，把那些切碎的肉状物倒在马桶里，按下水阀，把肉末冲进下水道。

徐伊莲见他有条不紊地做着这些事，只感觉手脚冰凉，脑海中一片空白。

李可白又慢悠悠地走回厨房，把切肉刀和案板洗净、擦干，再把案板放回原处，然后提着刀向别墅的大门走去。

徐伊莲不知道李可白还要做出什么可怕的举动，几乎要失声惊叫出来，声音都冲到了嗓子眼，却又忙不迭地捂住嘴，硬生生地憋回去了。

李可白手持尖刀赤身裸体地出了门，又一路走出院门，走向小区内公共小径旁的一只垃圾桶。好在这时夜色四合，万籁俱寂，小径上一个行人也没有，否则李可白的这副模样出现在小区里的事，在第二天就会成为小区里的头条新闻，从规划局到少年宫到工青妇到政协人大，都会传得沸沸扬扬。

李可白掀开垃圾箱的盖子，把刀子扔进去，又把底下的垃圾翻上来一些，遮住刀子，再放下垃圾箱的盖子，每个步骤都做得一丝不苟。

徐伊莲躲在房间里，透过玻璃观察李可白的一举一动，见他终于转过身，一步步向房门走来，总算稍松了一口气。只要李可白不在外面丢人，局面还不是不可收拾。

就在李可白打开门的那一刻，一道微弱得不易察觉的亮光在他背后闪了两闪。徐伊莲正睁大眼睛盯着李可白，那亮光映入眼帘的瞬间，她的心突地一沉。她向光线的源头看过去，见到两个身穿保安制服的人影晃过，迅速湮没在黑暗中。

原来是王大恒他们。徐伊莲还没来得及细想，就听到卧室门被轻轻打开，李可白径直走到床边，躺下去，不到一分钟，鼾声大作。

让人毛骨悚然的梦游终于告一段落。徐伊莲长舒一口气。但正所谓"才下眉头，却上心头"，王大恒他们鬼鬼祟祟的样子又浮现在徐伊莲眼前，让她担上额外的心事。徐伊莲在李可白雷鸣般的鼾声伴奏中，蓦然想起：原来昨天下午王大恒他们在她背后指指点点，是议论李可白的事情，而不是垂涎她的姿色，失望、羞辱、气愤等情绪混杂在徐伊莲心中——王大恒这王八蛋，原来他早就看见过李可白梦游了，必须想办法封住他的嘴，不管是威吓还是利诱，绝不能让他在外面胡说八道。

第四节 白鹭为霜

许天华和刑警李杰在公务员小区外面守了一夜，见到最后一个回家的小区居民是审计局的尹局长。当时是深夜两点，尹局长开一辆宝马房车，车子开得很平稳。此后一直到清晨五点，再没有任何行人和车辆进出小区。

尹局长作案的可能性基本为零。因为他和牛福德并不认识，想不出他有什么理由往牛福德家丢垃圾。

许天华二人在早晨七点钟和换班的刑警交接。许天华打了个长长的哈欠说："守了一整夜，一个可疑的人也没见到，现在正是上班时间，进出的人很多，希望你们能有所收获。"话音未落，他上衣口袋里的手机急促地响起来。看看号码，是李观澜打来的，许天华急忙接通，电话那边催促他说："又有居民家被丢了垃圾，你赶快进入小区，保护现场，我随后就到。出事的人家在东区四号楼。"

许天华的脑袋里"嗡"的一声，满腹疑问还没来得及问出口，李观澜已经挂断电话。许天华对来交班的两名刑警说："小区里出事了，你们守好门口，留意形迹可疑的人，我和李杰进去。"

东区四号楼正是徐伊莲家。许天华曾在她家翻找过一次垃圾，也认识徐伊莲，待赶到后才知道出事的又是她家，不禁大吃一惊。事实分明就摆在眼前，可是，这一整夜自己眼睁睁地盯着，别说是人，就是一条狗、一只猫也不可能从他眼皮底下溜过去。

这时徐伊莲家里已经乱成一团。第一个发现院子里被丢垃圾的是李可白。他上午要去市政府开会，提前出了门，才走到院子里，就踩到黏糊糊的一摊东西，低头一看，两片几乎已经烂成稀泥的白菜叶率先进入视野，一小团黑色的毛发缠绕其间，发质极黑极细，发丝很长，一望就知是女人的头发。

李可白已是惊弓之鸟，在清晨时分再次见到自家院子里被丢了垃圾，刹那间只感觉眼前发花，全身的血液都往头部涌上来。他发出一声低沉而绝望的哀鸣，瘫倒在地，四肢抽搐不已，虽然意识尚清醒，却怎么也爬不起来。

徐伊莲在室内听到院子里有异样的动静，忙跑出去查看。这时李可白夜游的阴影还在她心头萦绕，犹有余悸，再一见到院子里这可怕的情景，禁不住厉声尖叫，打破了小区清晨的静谧。

两人的女儿李尤才从厕所里出来，闻声也跑到外面。她不明所以，但见到父母失态的样子，也吓得嘤嘤哭泣。

到底是徐伊莲先回过神来，第一反应是给李观澜打电话求援。不知怎么回事，在这孤立无助的时刻，想起李观澜镇定从容的脸，她心里就安定了许多。

这堆垃圾的量很小，除去白菜叶子和头发丝，就只有三根鸡骨头和几片碎玻璃，以及一个残破的塑料袋。李观澜派人到小区里的其他人家查看，均未发现异常。

那一小团头发丝成为最重要的线索。李观澜请苏采萱务必在最短时间内查实这团头发丝和第一次发现的阑尾是否属于同一个人，以保证这微量线索不会中断。

垃圾的来源成为案情的关键。李观澜对许天华的业务能力和敬业精神没有丝毫怀疑，加上有小区的监控录像作为辅证，基本可以排除丢垃圾者是从小区大门出入。而翻墙入内又不触及报警系统的可能性也基本为零。

"这样，只剩下一种可能性，"许天华前思后想，说出他的分析，

"丢垃圾者就住在小区里，而且很可能是这起恶性杀人分尸案的知情人，用丢垃圾的手段来引起我们的注意。"

李观澜沉吟说："我同意你的意见，这确实是一个思路。但是，我想咱们都忽略了另外一种可能，不排除这些垃圾是从高空丢下来的。"

"高空？"许天华不解地说，"这小区只有两幢高层建筑，距离事发地都有几十米远，垃圾怎么可能是从空中丢下来的呢？"

李观澜启发他——同时也帮助自己梳理思路，字斟句酌地说："地理环境确实是这样，不过还是不能把思路束缚住。咱们至今出过两个丢垃圾现场，一是位于八楼的牛福德家，一是地面上的李可白家。垃圾的量都不大，都散落在地表，而且，每堆垃圾里都混杂有一个残破的塑料袋。我认为，垃圾被丢到地面之前，很可能是装在塑料袋里的，由于垃圾袋距离地面较高，摔下来时触力很大，使得袋子破裂，卷成一团混杂在垃圾中，未引起我们的注意。"

许天华想了想，似乎有所领悟，说："确实有这种可能性。牛福德家住在八楼，是顶层，我们一直没想通垃圾是怎样被丢上去的，如果是从空中作案，就可以解释通了。但这样又出来一个疑问，丢垃圾者是怎样升上半空的？总不会是乘直升机或者热气球上去的吧？就算是乘坐升空的工具，那么大动静，怎样能做到足够隐秘而不被人察觉？"

李观澜压低声音，说："思路还要拓宽一些，我们此前一直理所当然地认为丢垃圾的一定是人，现在看来，也不能排除是其他生物。"

许天华和刑警李杰闻言不明所以，面面相觑，只感觉身上一阵阵发冷。

李观澜话未说完，上衣口袋里的手机铃声大作，是黄桥伟打来的，声音有些急促："李支队，你是不是在我们这片办案子？有件棘手的事，能不能麻烦你过来一趟？"怕李观澜推辞，又加上一句，"离你现在的位置大概有五分钟的车程，一脚油门就到。"

李观澜和黄桥伟打过几次交道，对他印象还不错，听出黄桥伟的语气很急，说："没问题，我这就过去，你在什么地方？"

黄桥伟说："白鹭湖畔，靠白桦林的这一侧。"

车子离湖畔还有几十米远，李观澜就倒吸一口凉气，明白了黄桥伟为什么语气那样惶急。在浑浊的湖水边，郁郁的桦树下，大批的白鹭倒地死去，雪白的羽毛与青青碧草交相呼应，衬托出令人绝望的惨淡。

那些死去的白鹭横七竖八地倒卧着，身体僵直而坚硬，两只鸟足蜷曲着，似乎对这个喧嚣又残忍的世界充满了恐惧。它们的眼睛不肯闭上，浑浊的白色眼膜湿润而黏腻，不知是沾着露水还是曾经在死前哀哀地哭泣。黑色的瞳仁望向虚空的远方，提醒冷漠的人们，它们也曾是一条条美丽而鲜活的生命，在这个利欲熏心、弱肉强食、相互争抢资源的拥挤世界上，也曾有属于它们的一部分空间。

白鹭湖边已经站满了围观的市民，围得里三层外三层，都面带恐惧和猜疑，交互窃窃私语，猜测着白鹭骤然间成批死去的原因。有的人认为可能是大地震的前兆，有的人说一定是白鹭湖里被人下了毒，也有人脸色惨白，心事重重，颤抖的嘴唇在含糊不清地念叨什么。

焦头烂额的黄桥伟见李观澜走过来，像看见了救星，三步并作两步迎上前去，说："李支队，我是没辙了，你快帮我看看，这些大鸟咋死了这么多，找不出死因，市民们胡乱猜，对社会稳定是个隐患。"

李观澜一时也无法做出判断，说："只要不是急性的禽类传染病，就不会酿成更严重的后果。"他回头让一名刑警通知苏采萱立刻赶过来，继续对黄桥伟说，"这些白鹭是今天同一时间死的吗？"

黄桥伟擦擦汗说："我刚才了解过，近两个月陆陆续续地有白鹭猝死，有市民在湖边发现过白鹭的尸体，不过也没引起注意。像今天这样大批地死去，以前从来没有过。"

李观澜担心有疫情传播的潜在危险，命令现场的警员们把围观群众驱散到十米外，警员也在离白鹭尸体较远的地方守着。

苏采萱接到通知后火速赶过现场。见到白鹭成批死去的惨状，也不禁倒吸一口凉气，问与她同来的马德中："你有什么看法？"

马德中年纪虽轻，遇事却很能保持沉着冷静，说："最怕是禽流感爆发。这些白鹭符合禽流感载体的大多数特征——水生鸟类，与人类饲养的家禽有近距离接触，种群密度很高，这些都是危险因素。不过国内至今为止并没有野生鸟类爆发禽流感的记录，所以这个可能性很小。不管怎么说，我认为应马上对白鹭的尸体进行取样检验。"

苏采萱说："我们随身携带的工具和药物都有限，不过事不宜迟，先在现场做初步检查，万一发现异常，可以立即通知动植物检疫所，避免疫情扩散。"

两人在最短时间内穿上防止酸碱渗透的防护服，戴上防毒面具，进入现场。

两人从地上挑选出两只僵硬程度较浅的白鹭作为样本，取出解剖刀，刮去其腹部的翎羽和绒毛，然后小心翼翼地剖开其皮肤。

数十只白鹭在半空中盘旋、鸣叫，为同类的死去而哀伤不已。

苏采萱仔细检视白鹭的内脏，一颗悬着的心略放下，说："未见到禽流感的特征。气管内无充血、出血，无干酪样渗出物，无混浊的心包液，胰脏未见肿大。可以初步排除禽流感。"由于戴着面具，声音非常沉闷，要大声喊叫才能传出来。

马德中点头说："我同意。"

苏采萱剖开白鹭的嗉囊和胃，检视它们临死前吃的食物，忽然双手停顿，若有所悟。

马德中在三十秒后也明白过来，抬起头与苏采萱对视一眼，说："我想我们找到答案了。"

苏采萱向李观澜遥遥地打了个"OK"的手势，李观澜心领神会，知道两人已经查找到原因，而自己最担心的疫情终于没有出现。

与此同时，李观澜眼角的余光捕捉到一个重要画面，这画面就像是黎明时分的启明星，在沉沉黑暗中带来一线曙光，让李观澜此前纷繁混乱的思路豁然开朗。传奇小说里形容武林高手有"眼观六路耳听八方"的字句。李观澜虽然不是武林高手，但是熟悉他的人都说他有三只眼睛四只耳朵。有时候他明明背对着你，看似在阅读文件或敲打键盘，但你在他身后的一举一动，比如倒杯水或弯下腰拣些什么东西，他头也不回就知道得清清楚楚，像是后脑勺上也长着眼睛。

这时他又表演了一次让人佩服又有些惊悚的"超能力"。李观澜的眼睛直盯着苏采萱的手势，貌似目不转睛，却丝毫没错过周围的动静，他微侧过头伏在黄桥伟耳边说："我想我已经找到向公务员小区丢垃圾的凶手了。"

黄桥伟茫然不解，说："是不是苏法医发现了什么线索？"

李观澜摇摇头，指着远处的天空说："看那里。"

黄桥伟顺着他的手指望过去。在远方天际，依稀看到有两只白鹭向公务员小区方向飞去，已经遥遥飞进云层，几乎仅见两个白点。黄桥伟仍是一头雾水，问："那是什么？"

李观澜见他没明白，又指向二三十米远处的一个硕大垃圾堆说："还在继续。"

黄桥伟不知他在卖什么关子，心想，幸好不是他的下属或同事，否则要不时接受他的业务能力考试，可不是什么让人愉快的事情。黄桥伟见垃圾堆里站着几只白鹭，有的引颈长鸣，有的在低头觅食。他依然不明所以，只是不愿让李观澜瞧低了，没有急于开口求助，而是努力搜寻每个细节，脑子在飞速转动，想发现哪怕少许似是而非的线索，也可以应付过去。

李观澜擅于洞察别人心意，见黄桥伟的尴尬模样，也不催促他，而是沉默不语，知道这种无形的压力已经足够黄桥伟承受。这个年轻却老谋深算的刑警队队长，喜欢用这种手段在实战中训练他的下属。

黄桥伟冷汗涔涔，如芒在背，正当不知所措之际，一个出乎意料的景象映入他的帘眼：一只白鹭振翅翱翔，奋起飞上半空，而尖尖的鸟喙中叼着一个小小的深红色塑料袋。那是从垃圾堆里叼起的一个袋子，里面装着少许垃圾，吊坠在白鹭的尖嘴下面，随着飞行产生的气流轻轻晃动。

在李观澜看来，那袋垃圾却无比沉重，那里面不仅隐藏着关于一起命案的重要线索，同时也隐藏着一个严峻的社会问题，那是成批猝死的白鹭对生命的质问，对人类的复仇。

黄桥伟却眼前一亮，脑海中灵光闪现，脱口而出："原来往公务员小区丢垃圾的是鸟不是人，我们从一开始就判断错了。"

李观澜的嘴角露出一丝苦笑。

第五节 贵金属全瓷牙

李观澜通知在公务员小区门前"蹲坑"的刑警，密切注视半空中的动静，如果看到有飞鸟衔着垃圾丢到居民家中，绝对不要声张，不要惊动包括保安在内的任何人，也不要碰触垃圾，就保留原样静观其变。

两分钟后，蹲坑刑警反馈说，确实看到两只白鹭嘴衔垃圾在小区上空飞过，并把垃圾丢下。由于白鹭一掠即过，而且小区里非常安静，没有任何人发现这一状况。如果不是李观澜事先提醒，也不会引起刑警们的注意。

苏采萱经过复检，得出白鹭在湖畔成批死去的确切结论：她和马德中随机选取了十只白鹭的尸体进行解剖，发现其胃容物除去小鱼、小虾和贝类的成分外，均有多种生活垃圾，诸如毛发、塑料之类，无一例外。而导致白鹭死亡的，正是这些含有毒素又不能被消化的垃圾。

昔日那如美玉般清澈纯净的白鹭湖里，如今已经混浊不堪，水面上漂浮着油污、塑料袋、塑料瓶、粪便等脏物，微风吹过，带来一阵阵令人恶心的恶臭。白鹭曾经赖以生存的美好家园已经被摧毁殆尽，成为藏污纳垢之地。

这时围观的人群陆续散去。李观澜见微知著，在白鹭死亡现场查到许多重要线索，但围观者却完全不明所以。经过刑警耐心解释白鹭的死因，那些疑神疑鬼的人仍半信半疑，固执地保留自己胡乱猜疑的自由和权利；而来看热闹的人，存着"事越大越好"的奇怪心态，见事情一点动静也没有就悄悄平息，并没有疫情发生或关于世界末日的严厉警告，颇感失望。

等人群散尽，李观澜命几名刑警换上便衣，在白鹭啄食垃圾的湖畔一寸寸地翻找——从目前掌握的情况来分析，白鹭丢在公务员小区的垃圾里混杂着人体组织，而那些人体组织一定就掩埋在湖畔的垃圾堆里。

足足翻找了大半天，刑警们从垃圾堆里只找出一小撮人体组织，计有毛发、牙齿、指甲、小块的腐烂皮肉及内脏器官，是否属于被害人尚有待鉴定。李观澜对其中的一枚牙齿产生很大兴趣，戴上白手套拈起这枚牙齿，仔细端详。

苏采萱也凑过来，说："这烤瓷牙做得真好，表面光洁不说，仿真程度达到百分之九十九以上。"

李观澜追问一句："这是烤瓷牙？"

苏采萱说："当然是，做工真好。我要是没看错，这是欧洲M&G公司生产的Dino牌烤瓷牙，是目前市面上最好、也是最贵的产品。"

李观澜的心中透进一线亮光，说："那么这枚牙齿应该具有很高的物证价值。"

苏采萱笃定地说："对，如果这枚牙齿是受害人的，顺藤摸瓜，就能确定死者身份。"

李观澜提出一个疑问："可这是一枚假牙，怎么能据此确认它的主人？"

苏采萱把牙齿翻转过来，指着牙根部位说："这里面的一小块牙根是真的，是牙齿主人原本就有的，套在上面的才是烤瓷牙。如果我没看走眼，这真是原装进口的Dino牌烤瓷牙的话，你猜猜这枚牙齿值多少钱？"

李观澜说："现在这烤瓷牙可金贵着呢，普普通通的一颗就要几千元，看你这夸张的态度，这枚牙齿怎么也要一两万元吧？"

苏采萱瞪大眼睛："一两万？这么跟你说吧，你不吃不喝攒一年的工资，刚好够换这颗牙的。"

李观澜微笑说："一颗牙六万元，真敢漫天要价。"

苏采萱哈哈大笑："老大，没人逼着你晒工资，你这是炫富哪？"

李观澜说："得，这点钱，不被说哭穷就谢谢你嘴下留情了。不过话说回来，这么贵的牙齿，如果真是被害人的，应该很容易找到线索。"

三十六个小时后，苏采萱得出确切的检验结果，在白鹭湖畔找到的假牙、在李可白家院子里发现的头发丝与在牛福德家发现的大肠残余属于同一人，确认来自于杀人碎尸案的受害者。

经鉴定，这枚Dino烤瓷牙是M&G公司的产品。目前曲州的医疗市场上充斥着假冒伪劣的Dino烤瓷牙，要价在五千到一万五千元之间。但由于受到医疗主管部门的限制，真正的M&G公司产品，目前在国内属于试验阶段，曲州市仅有"广济牙科"一家在独立经营，每颗牙齿要价在六万元以上。

而警方掌握的受害人牙齿则是M&G公司的真品，广济牙科的医护人员也证实了这点。

"这确实是我们医院引进的烤瓷牙，"广济牙科的首席医师王凤举说，"这种烤瓷牙的需求不多，每年只有三四十颗的销售量。镶嵌工艺也是在我们医院经过专门培训的医生的技术，这可以看得出来。不过具体是哪个医生操作的，凭肉眼辨别不出来。"

李观澜说："能不能确定是哪个病人的牙齿？"

王凤举说："没有可能，不过可以确定范围，这是一名年轻女性口腔下排右侧的槽牙，查查记录，应该不会有太多病患。"

李观澜的运气不错，记录显示，自广济牙科于三年前引进Dino烤瓷牙以来，只有四名女性做过同一位置的烤瓷牙。警员们很快查明其中有三人健健康康，而且牙齿均健在，最终把目标锁定在名叫肖曼丽的失踪女人身上。

严格说来，肖曼丽并不能算是失踪，而是查无此人。广济牙科的记录显示，肖曼丽，二十三岁，身高170厘米，体重52公斤，无疾病史，当时共做了三颗烤瓷牙，为口腔下排相连的牙齿，日期是一年零三个月前。此外没有更多信息。

所幸广济牙科的前台小姐于依依对她还有印象："肖曼丽啊，长得可漂亮了，比模特还漂亮，大高个儿，披肩发，穿戴的都是世界名牌，戴着一枚好大的钻戒，少说也有三克拉。要我说，女人活到那个份上，才不算白活。"于依依摆弄着她右手无名指上的钻戒，丝毫不掩饰她的艳羡之情。

李观澜心想，多谢你的拜金主义，对一年多前的事情和人还记得这么清楚，真帮大忙了，又问："她一共来了几次？有没有人陪她？"

于依依想都没想，说："来了三四次吧，有一次是一个男的陪她来的。我那时还想，这得是多么有钱的好男人才配得上像肖曼丽那么漂亮的女人。你说现在有些男的吧，穷嗖嗖的，一个月就挣个四五千块，还净惦记着找漂亮女人，真不要脸。"

李观澜摸摸鼻子，说："美女配财男，天造地设，你说得对。咱们不管这些，说说那个男的长什么样？"

于依依说："哎呀，那个男的长得……穿一身深灰色的阿玛尼西服，粉色古奇衬衫，镶钻的爱马仕皮带，真气派。"

李观澜不得要领，引导她说："那男的多大年纪？多高？五官长什么样？"

于依依摇头说："男人啊，长什么样不重要，最重要的是事业成功。就说你吧，长得也还行，可是穿成这样，一看就没什么钱，你也想找肖曼丽那样的，但人家能跟你吗？"

李观澜不期然被她挤对一下，接不上话，神情有点无辜又有点尴尬。一直没说话的冯欣然在旁边听不过去了，说："你别跑题，我们有没有钱关你什么事？快说那男的长什么样？"

于依依撇撇嘴说："男的要是没钱火气就大。"不过她见冯欣然的脸色不善，也不敢太过分，"那男的长什么样我确实记不清了，这都一年多了，哪能记那么清楚。"

冯欣然提高嗓门说："你连他身上皮带的牌子都记得清清楚楚，怎么会不记得他的模样？"

于依依拉长声音说："皮带当然能记得清楚，那是爱马仕呢。像你腰上系的这条地摊货，对不起，一转头我就忘了。"

冯欣然也被她挤对得不知道怎么接话，她又不是嫌疑人，总不能对她大声呵斥。

李观澜拽着冯欣然离开，说："算了，看来她确实记不得那男人的样子了，这恐怕就是俗话说的'只敬罗裳不敬人'吧？"

肖曼丽登记的姓名、住址都是假的，虽然找到了尸源，可是死者身份仍无法确定。

在曲州市、松江省内的报失人口中，乃至公安部的网络协查通报中，均未发现与肖曼丽的年龄和体貌特征相近的女子。

李观澜知道，在这个物欲横流、光怪陆离的时代，有数不清的风尘女子，像大江大海中漂浮的枯叶或羽毛，无足轻重，完全不被人注意，即使凭空消失、人间蒸发、化成灰、磨成粉、碾成泥，也不会引起一点反响。如果肖曼丽就是其中的一员，找出她的真正身份无异于大海捞针。

不能纠结于此，要破案，必须另辟蹊径。

出于侦破的需要，目前公务员小区被丢垃圾的真相尚未对外公布，仅限于办案刑警知道。

就在警员们核查尸源时，公务员小区的居民仍在遭受着从天而降的垃圾的困扰。甚至有在小区里居住的官员把这件事在市委常委扩大会议上提出来，市委常委们在研讨后向公安局发出指令，一定要保证干部们居住环境的安全和整洁，务必在短期内将嫌疑人抓捕归案。

黄桥伟作为案发地的辖区派出所所长，顶着来自上级的巨大压力，把真相掩埋在心里，默默祈祷刑警队尽早破案。

黄桥伟向李观澜抱怨说："丢垃圾的事要保密到什么时候？这件事给小区居民造成很大困扰，规划局的那个李副局长家最近又被丢了垃圾，把他吓得整天精神萎靡不振，有点魔魔怔怔的。我们不告知真相，是不是对居民们太不负责了？"

李观澜安慰他说："黄所，我理解你的心情，再坚持几天，我保证给你一个满意的答复。小区里除了李可白，还有其他居民反应激烈吗？"

黄桥伟说："牛福德的老婆武娇反弹很强烈，联合了许多住户，给派出所施压。那个李可白的老婆，徐——徐什么来着？"

"徐伊莲。"李观澜提醒他。

黄桥伟说："对，就是徐伊莲，她向我抱怨过，说李可白被吓得快得精神病了，有时会在夜里梦游。"

李观澜稍作思考后说："这事确实闹得挺大，火候差不多了，我这就去小区里再走访一次。"

门铃响起，徐伊莲从防盗门的透视镜向外望过去，见到李观澜帅气又聪慧的面孔，心头一阵狂跳，心底一阵狂喜，转过头，手抚胸口平静了几十秒，伸出舌头舔了舔干燥的嘴唇，拿腔作调地高声说："谁呀？稍等一小会儿，马上就来。"

徐伊莲三步并作两步，跑进楼上的步入式衣橱，三下五除二地把自己脱得精光，换上从法国买回来的水粉色名牌内衣，再套一件藕荷色露肩露背长裙，蹬上一双八厘米高的白色细高跟皮凉鞋，薄施粉黛，轻摆莲步，晃动美臀，娉娉婷婷地走向门口。

在打开门的瞬间，徐伊莲故意睁大双眼，做出辨认来客的样子，在五秒钟后，赶在李观澜开口之前，她用夸张的语气说："哟，是李支队吧？真是请都请不来的贵客，你拨冗光临寒舍，有何贵干？"

第六节 不是不报

这天清晨七点三十分，李可白已经穿戴整齐，走出家门。这天上午有一个全省的城市规划会议，曲州市规划局是会议的承办方，李可白已经忙碌了整整一个星期。他还将作为市规划局的主讲人向全省同行介绍曲州市的先进经验。李可白盘算着，这次会议之后，自己的名望和实力都会得到提升，接班局长的位子指日可待。他准备早些赶到会场，在会议前再检查一次会场的准备工作。

谁知天有不测风云，又有一句话叫作乐极生悲，现在就应在李可白身上。他才走进院子，就像是被蛇咬到了一样，双腿猛地向后跳开，低头盯着地面，神情紧张而惊恐。

李可白的脚下堆着一小撮垃圾，除去鱼刺、烂泥、碎纸屑等污物外，最醒目的是三只仿真程度极高的烤瓷牙，都是齐根断裂，在清晨阳光的照耀下熠熠生光。如此逼真生动，似乎要择人而噬，又像是有千言万语要倾诉。

李可白凝视着三颗牙齿，巨大的恐惧感铺天盖地袭来，眼前逐渐出现一道白光，越来越明亮、强烈，照耀得他头晕目眩，世界渐渐被白光覆盖，变得模糊而遥远。

李可白的双腿颤抖，瘫坐在地上，此时富贵于他已如浮云，全省规划会议且由它去，局长的位子虽然诱人，终究不如仅此一条的小命重要。李可白双手抱头，痛哭失声："你为什么不肯走？为什么要死死地缠住我？你活着时我给你钱让你随便花，要多少就给多少；你死了以后，我三天两头给你烧纸，让你在那边也大富大贵。你走吧，我求求你，不要再回来了。"

听见动静后走到外面察看的徐伊莲突然见到李可白失魂落魄的模样，也吓了一跳，急忙弯下腰说："老李，你这是怎么了，发生了什么事？"

李可白的精神已经濒临崩溃，在铺天盖地般袭来的巨大恐慌中神思恍惚，毫无防备，毫无戒心。他对徐伊莲哭泣说："我完了，被它缠上了，缠得死死的，不管怎么做也不能摆脱它，太可怕了。真是报应啊，报应！"

徐伊莲在近些日子习惯于见到李可白的反常状态，但像此时这样歇斯底里，还是前所未有。在清晨的微风吹拂中，徐伊莲感觉脊梁一阵阵发冷，问："你说什么呢？被谁缠上了？"

李可白抬起头，脸上泪水纵横，五官扭曲，双颊的肌肉乱跳，布满血丝的双眼红彤彤的，似乎要滴出血来："是谭莉莉，我把她杀了，尸体绞成泥，都丢到了垃圾场。可是她的尸体碎块又一点点地回到我们的院子里。她是不甘心屈死，向我索命来了。"李可白把身体缩成一团，似乎要将自己与外面的世界隔离开来。

徐伊莲还没明白，以为自己听错了，便问："谭莉莉是谁？你在哪里杀了她？"

李可白断断续续、翻来覆去地说："她向我索命来了……索命来了。我在曼华山庄里杀了她，绞成泥，可还是不能让她彻底消失。我给她供了灵位，三天两头给她烧纸，她还是不肯走，不肯走啊……"

曼华山庄。七号楼。

李观澜率人走进地下室。

香烟缭绕，雾气昭昭，白色的幔帐层层叠叠，一块硕大的灵牌摆在长几上，上面写着"谭莉莉之位"五个大字。牌位前一只青铜香炉泛着氤氲的古意，里面犹插有三支未点燃的青香。

李观澜走向墙角的一台长宽各约一米的绿色机器，问与他同来的黄桥伟："黄所，这是不是工业上用的搅碎机？"

黄桥伟说："好像是吧，不太确定。我说李支队，以后别叫我黄所了，我就要成为你的下属了。"

李观澜笑笑说："在你调来警队之前，还是黄所。如果我没猜错，这台机器就是绞碎谭莉莉尸体的凶器。这种搅碎机通常是矿山上用的，威力强大，可以绞石成粉，用来绞碎一具尸体，简直是小菜一碟。这个曼华山庄就是被媒体称作鬼城的别墅群，五栋楼里未必有一个住户，离市区又远，在这里杀人碎尸，闹出多大动静也不会被人发现。"

黄桥伟说："怪不得这里叫作鬼城，鬼鬼祟祟的事可真不少。这栋楼应该就是谭莉莉生前居住的地方，登记的也是她的名字。不过想来应是李可白给她买的，是两人幽会的地方。"

李观澜说："很可能就是这样，许天华现在正审讯李可白，以嫌疑人目前的精神状态，一定会如实交代这些细节。"

站在一边的冯欣然插话说："我到现在也没想明白，怎么徐伊莲会把家里的大事小情一五一十毫无保留地讲给李支队听。我到她家去过几次，都不如李支队登门一次了解到的情况多。"

黄桥伟哈哈大笑，说："岂止是你，我何尝不是到李可白家去过几次都空手而归。你没见徐伊莲瞧见李支队时两眼放光的模样，李支队给她施了美男计了。"

李观澜笑一笑，没接话。对这种似真似假的玩笑，他一向本着见怪不怪其怪自败的原则，不澄清不辩解不搭理。

黄桥伟有点没趣，自我掩饰地说："不管是徐伊莲如实供述，还是李可白在精神高度紧张时被三颗故布疑阵的牙齿彻底击垮，都在预料之中，并不让人感觉奇怪。我真正奇怪的是李支队怎么会怀疑李可白的，并把他作为重点盯防对象？"

李观澜说："我第一次到这个小区出现场时，就对李可白产生怀疑。当时在牛福德家的阳台上找到一截疑似碎尸的人体组织，而据徐伊莲说，她家也在同一时间被丢了垃圾，而且垃圾中有一小块像是肝脏的腐烂物体。我带人立刻赶到李可白家，在那堆垃圾里却没有发现徐伊莲所说的肝状物。她家的垃圾桶不大，我们几个人反复查找，不可能错过，而徐伊莲说得也很笃定，她还透露说，她曾经仔细地近距离观察过那一小块疑似肝脏的东西。所以最大的可能是李可白趁独自在家的机会，把那块肝状物给销毁了。如果不是有所担心，他何必要在意这样一小块腐烂的肝脏？当时我也想不清楚垃圾的来源，在正式立案后，甚至曾怀疑是不是有人目睹了凶手杀人碎尸的经过而打抱不平，故意把尸体碎片丢到凶手家里。"

黄桥伟说："未说穿时觉得非常玄妙，说穿了也不过如此，就是'细心观察、大胆假设、努力求证'这十二个字。"

冯欣然赞叹说："黄所的悟性真高，你加盟刑警队后，一定会在短时间内成为骨干力量。"

黄桥伟说："得，你别拍我马屁，李支队这现成的当代刑侦大师就在你面前站着呢。"

李观澜听见黄桥伟给他奉送的称号禁不住打个冷战，揶揄他说："花花轿子人抬人，黄所很会说话，在官场上前途无量。"

黄桥伟也不介意，说："得，你也别拿我开涮。既然你从那时起就开始怀疑李可白，为什么要一直拖到在湖畔发现大批白鹭尸体后才展开侦查？"

李观澜说："事实上我们从没有拖沓过，始终在紧锣密鼓地侦查，光是在小区外蹲坑，就耗费了大量警力，这个案子的投入是相当大的。随着李可白表现出种种异常行为，我对他的怀疑也越来越深。只是在白鹭揭开丢垃圾的真相之后，才把侦查目标锁定在他身上。"

黄桥伟仍然不解，追问说："为什么？"

李观澜说："因为凶手把绞碎的尸体残片掩埋在白鹭湖畔的垃圾堆里，并不是随意抛弃，而是很用心。在本案案发后不久，有曲州市高层官员向我透露了市政府的填湖建房计划，即是把白鹭湖填埋，然后用石灰灌注，作为建设大曲州宏图的一部分。这个计划已经落实，本月内即将开工。这是在市长办公会议上决定的，由于担心外地媒体抓住此事大做文章，对外封锁了消息，仅限于局级以上干部知道。而李可白作为市规划局的副局长，是最有资格了解这个计划详情的少数几个人之一。试想，这些尸体碎片混杂在垃圾堆里，一旦被填进湖里，再用石灰灌注，死者就算是从人间彻底消失了，这起残忍的杀人碎尸案将永沉湖底，而李可白便可彻底摆脱情人纠缠，仍将以好干部、好丈夫的形象，一路升迁。这是一个多么美好的前景。结合他在案发后出现的梦游等反常表现，我们最终把嫌疑人锁定在他身上。"

黄桥伟说："李可白看上去挺阳光开朗的，怎么院子里被人丢了两次垃圾，就吓得落下了梦游的毛病？"

李观澜说："这就叫作不做亏心事，不怕鬼叫门。李可白自以为他的杀人计划天衣无缝，从心惊胆战到暗自庆幸，再到沾沾自喜，谁知突然间垃圾从天而降，而且其中混杂着可疑的血肉和人体器官。不要说李可白在杀人后心理脆弱，思维混乱，以致判断出了偏差，就算是在正常情况下，他也想不明白这些垃圾从何而来，必然会怀疑到神秘未知的事物上去。这样的事情连续发生在家里，李可白没吓到精神失常，神经算是足够强大了。老黄，这事搁你身上，恐怕你也扛不住。"李观澜说到最后调侃了黄桥伟一句。

黄桥伟倒没往心里去，心思全都用在琢磨李观澜的这番话。思来想去，感觉此案枝节繁多，但李观澜削繁就简，拨冗见微，侦破思路始终不为外界干扰。黄桥伟摇摇头，心想，自己一向自视甚高，总觉得在派出所做一名副所长有些怀才不遇，直至今天才认清自己的差距。

黄桥伟又问："在湖畔大批白鹭突然死亡后，无意中查明了公务员小区的垃圾来源，你又从徐伊莲那里了解到李可白的种种反常行为，是不是从那时起你就基本上认定了李可白就是凶手？"

李观澜说："那时我已经有八成把握，李可白即使不是凶手，也一定和凶手或死者有千丝万缕的联系。不过当时案子缺乏主要证据，既没有尸体，又不知死者身份，如果贸然传唤李可白，以他在曲州市的关系网和活动能力，可以预见到结果一定是查无实证，放人了事，而且之后我们就会陷于被动，再想侦破此案更是难上加难了。"

黄桥伟说："所以你就在即将被压垮的骆驼身上又放上最后一根稻草，以逼迫凶手自己现身？"

李观澜还没说话，冯欣然就反驳黄桥伟说："这话是怎么说的？这公务员小区隔三岔五地被丢垃圾，垃圾里偶然出现几颗牙齿，是再正常不过的事情，和李支队有什么关系？"

黄桥伟连连点头，以表示"兄弟明白"，说："就是，机缘巧合，天厌恶人，那有什么法子？"

李观澜对两人的对话似乎充耳不闻，说："李可白善于做戏，不仅在单位里对人一团和气，口碑很好，而且在家里也扮演好丈夫好父亲的角色。徐伊莲对他在外包养情妇的事情毫不知情，压根儿不知道有谭莉莉这个人的存在。谭莉莉的身份来历目前还不清楚，但是据我猜想，她应该是一个社会关系非常简单的人，没有亲人或者亲人之间疏于联系，才会被为官谨慎的李可白看中。我在最后一次与徐伊莲对话时，把李可白包养情妇的消息暗示给她，当然是点到为止，她显然受到很大打击，向我追问详情。我当时也不了解详情，只能故作神秘地留下悬念。但这已足够争取到徐伊莲在客观上与我们配合，对李可白的行动进行监视。"

黄桥伟摇摇头，自问自答说："对狡猾的狐狸来说，什么最可怕？猎人。如果正义的猎人又有狐狸般的狡猾，那简直就是野兽们的噩梦。"

据李可白交代，谭莉莉是河北保定人，父亲在她童年时早丧，母亲改嫁后没过几年也离世，禽兽一般的继父屡次对她性侵，时年十五岁的谭莉莉无奈离家出走，在曲州市最大的夜总会做三陪女。因她容貌俊俏，又有才艺，很快有了些名气。后来李可白看中她，认为她不仅年轻貌美，而且没有牵挂，奸情不易暴露，是个理想的情妇，就在离市区较远的别墅区买下一套房子，说好包养时间为期三年。这期间谭莉莉不可与外界有任何联系，期满后别墅归谭莉莉所有，另外支付她三百万元。为安全起见，李可白从未向谭莉莉说明真实身份，只说自己是一名地产商人。谁知刚刚三年期满，谭莉莉无意中在电视新闻上了解到李可白的官员身份，又见他出手豪阔，起居奢华，一条皮带、一双鞋子动辄上万元，而他许诺赠予自己的一套别墅位于荒郊野外，不值几个钱，谭莉莉感觉自己有些吃亏，就想再从李可白身上多榨些油水出来。

李可白坐到这个位置，已进入良性循环，步步高升，只要不站错队伍，这一生有挥霍不尽的荣华富贵。他原想谭莉莉未见过世面，能有多大胃口，不妨满足她的要求，但求息事宁人，别被她破坏了前程似锦的人生。谁知谭莉莉抓住他的把柄，宛如捡到聚宝盆撞见摇钱树，怎肯轻易罢手。她不仅一再索要钱财，更提出要李可白把她安排到公务员队伍，并以曲州市妇联主任解某人为例，说她原本就是夜总会的头牌小姐，因傍到了一棵大树，从良后仕途得意，被同行姐妹引为业界精英。

李可白的钱财来得容易，多给她几个也不算什么，但绝不同意把她引荐进公务员队伍，这样无疑给自己埋下一颗不知何时会引爆的炸弹。李可白经不起谭莉莉一再软磨硬泡，更用曝光来要挟，做事一向干净爽利不留把柄的他终于动了杀机。

他想谭莉莉离家多年，无亲无友，与外界疏于联络，即使从人间蒸发也绝不会有人寻找。杀死她后把尸体丢进白鹭湖，一两个月后政府要填湖建房，谭莉莉的尸身将永埋地底。

李可白策划周详，在别墅里趁谭莉莉不备时将其杀害，把尸体放到冷柜里冰冻至僵硬，又买来一台工业粉碎机，将谭莉莉的尸体搅割成肉屑，与生活垃圾混在一起，分批丢到白鹭湖畔的垃圾堆里。

李可白原以为此案天衣无缝，谭莉莉已挫骨扬灰，成为滚滚红尘中一个被人们忘却的过客，于他毫发无伤。谁知时运不济，功败垂成，竟被不通人性的白鹭揭开事实真相。

李可白身为市规划局副局长，极力帮助房地产公司促成填湖建房一事，他本人在此项目中获利超千万。谁知白鹭湖中堆积如山的垃圾造成白鹭大批死亡的恶果。人类疯狂地与白鹭争夺生活空间，不断用肮脏的垃圾和渣滓侵蚀清澈的湖水，终于导致白鹭绝地反击。它们不舍昼夜地把垃圾丢回到人类的生活圈子，最奇怪的是李可白家里被丢垃圾的量最多、次数最频繁，这是纯属巧合，还是冥冥中的天意？思之让人不寒而栗。

胃自溶

第一节 "英年"早逝的"千妇长"

"千妇长"死了?!

2007年初春，这条消息在曲州市官场和民间口口相传，欣喜者有之，愕然者有之，百味杂陈者有之，更多的人则是拍手称快。

"千妇长"乃何许人也？曲州市和平区区长许慕天是也。其人时年三十六岁，官居正局级，因出身官宦世家，从小耳濡目染，深谙官场三昧，对上谄对下骄，长袖善舞，八面玲珑，前程一片大好。

但许慕大最为人津津乐道的并非他在仕途上的一帆风顺，而是他在风月场中的斩获。据传，许慕天平生最爱三件事——权、钱、女人，甚至把玩弄女人当作一项事业来经营，可见他在此道中的浸淫之深。许慕天究竟"临幸"过多少女人，他自己也有些稀里糊涂，但保守估计，上千名总是有的，于是知情的同僚和百姓们都称他为"千妇长"。

这样一个纨绔子弟的标杆式人物突然被爆出死讯，自然成为街头巷尾的谈资。但由于官方封锁消息，不明真相的民众附会多端，对

"千妇长"的死因猜测得愈来愈离谱。

而曲州市人民医院的院长办公室里，此时正闹得不可开交。"千妇长"生前的主治医生李寿全瘫坐在沙发上，脸色发青，嘴唇惨白，四肢不住地颤抖。在他对面，一对衣饰华贵、头发灰白的老夫妻骈指如剑，直指李寿全的鼻子，破口大骂，口沫纷飞。医院院长周祝修夹在中间，忙不迭地给那对老夫妻赔礼道歉，劝他们少安毋躁，忙活得光秃秃的脑门上沁满细密的汗珠。

那对老夫妻正是"千妇长"的父母，其父六十三岁，名叫许皓，曾任曲州市政协主席；其母六十一岁，名叫李曼婷，从和平区妇幼医院院长的位子上退休。两人的生活富足安乐，一颗心都放在儿子身上，谁知三代单传的儿子一夕暴死，自然痛得心如刀绞。

许皓和李曼婷做惯了领导干部，安抚别人是家常便饭，"大局观""相信组织"等说辞时时挂在嘴上，但事情发生在自家头上，两人的觉悟比普通百姓似乎还差着一大截，说的话更臭更脏，把李寿全连带周祝修都骂得狗血淋头。

李寿全是高干病房的主治医生，利用工作之便巴结权贵，这些年得到不少权贵指缝里漏出来的边边角角的好处，谁知道今天竟得罪了市政协主席，多年的苦心经营一夕之间流产。如果不是还残存有一丝羞耻心，他真想抱着政协主席的大腿，跪地痛哭，摇尾乞怜。

李寿全的脑海中一片空白，牙齿叩击不止。翻来覆去地说："许区长患的是急性腹膜炎，送到医院时人已经不行了，不是我们不尽心，也不是医术太差，实在因为他的病来得太急太猛，急性腹膜炎的死亡率是非常高的，就是华佗再世，恐怕也无能为力。"

"千妇长"的母亲李曼婷也是医生出身，虽然学艺不精，却也粗通医术，听李寿全不断为自己开脱，一口唾沫吐在他脸上，痛骂说：

"你这杀人庸医，判你三回死刑都不解我心头恨，连急性腹膜炎都治不好，你自己找根绳子吊死吧。"

院长周祝修咧着嘴，露出满口黑黄相间、块垒不平的牙齿，不知是哭是笑，两只肥厚的手掌搓来搓去，想不出法子来安抚死者家属，心里暗自佩服这两位花甲老人的战斗力超强。

许皓和李曼婷骂得口干舌燥，气还没消，心里已经打定主意要把周祝修和李寿全打倒在地，再踏上一只脚，让他们永世不得翻身，但这个意思却不忙表达出来。就在这时，在楼下停尸房旁守护的秘书小丁打电话来，说是殡仪馆的灵车到了。

两人惦记着再看一眼儿子，翻翻白眼，丢下浑身是汗的两位"白衣天使"，径自向楼下走去。

"千妇长"的遗孀顾水莲和秘书小丁守在许慕天的尸体旁。顾水莲穿一身黑衣，两只眼睛哭得红肿，轻声对两个老人说："爸，妈，灵车已经在等着了。"

顾水莲的话虽轻，却像一记重锤击打在许皓和李曼婷的心头，两人的情绪崩溃，险些瘫倒在地，几名随行人员忙上前扶住。李曼婷声嘶力竭地号啕着，扑到停放许慕天尸体的床上，掀开遮盖尸体的白色床单，抱住许慕天的尸身用力摇晃。

随行人员不知是否应该把李曼婷拉开，站在她身边，手足无措，表情异常尴尬。等李曼婷号了一会儿，开灵车的人见这家人排场很大，却没有给塞红包的意思，有些不耐烦，上前说："走了，还有一趟活儿在等着。"

李曼婷下意识地直起身，依依不舍地替许慕天塞了塞遮尸布，忽然脑海里嗡的一声，醒悟到什么问题，尖叫一声："等等。"这声音异常尖利，吓得站在她身边的顾水莲浑身一颤。

搬尸工狐疑地看着李曼婷："怎么了？"声音冰冷，似乎不带一丝人间气息。

李曼婷继续尖叫着："这是什么？"说着捧起尸体的右臂。由于许慕天已经死去几个小时，身体僵直，李曼婷只能勉强把他的右臂抬起少许。

众人向尸体裸露在外面的右臂看去，只见肤色有些青紫，此外也没有什么异常。

李曼婷捧着冰凉僵硬的尸体手臂，声嘶力竭地叫着："紫绀！紫绀！我儿子身上有紫绀，他是被人害死的。"

在李曼婷的坚持下，许慕天的尸体仍暂时搁置在医院的停尸房，曲州市刑警支队正式介入此案。

按照公安局局长金水的强硬要求，李观澜放下手头正处理的案子，带着刑警冯欣然和马经略等一行人来到现场。稍后，苏采萱也急匆匆地赶来。

局长金水宽阔油腻的脸上挂着像是死了父亲的沮丧和悲伤，双手握住许皓的手，泪水潸潸而下，哭得比许皓更加情真意切。

当金水擦去最后一滴眼泪时，苏采萱已对"千妇长"的尸体做出直观上的判断，她对李观澜点点头说："尸体上有紫绀，形成原因不详，不排除急性腹膜炎造成的并发症。尸体面部表情僵硬，好像戴了一副面具，符合急性腹膜炎患者常见的'希波克拉底面容'。仅从外观判断，不能确定死者是遇害身亡。如果死者家属坚持报案，建议对尸体进行解剖。"

苏采萱的解剖尸体建议遭到李曼婷的强烈反对，她指着苏采萱的鼻子质问："你到底是不是法医？如果没有人害死我儿子，他身上怎么会有紫绀？难道这还要经过解剖才能确定，让我儿子死后也没有全尸？你这个吃闲饭的法医，就是个废物。"

苏采萱不气不恼。在职业生涯里，她不知有多少次面对这种外强中干、仗势欺人的悍妇，早练就她一身养气功夫。她一板一眼地说："无论怎样，我必须尊重科学。引起紫绀的原因很多，而且尸身上出现紫绀的部位有限，程度也很浅，不能据此判断死者在生前遭到外力伤害。如果仅凭你一句话就立案，不仅不符合办案程序，更是浪费警力。"

李曼婷听到这番话后勃然大怒，对苏采萱怒吼："你敢这样和我说话，你算什么东西？还想不想在公安局干了？"

苏采萱原想讽刺她几句，想到她正经受丧子之痛，心里一软，话到嘴边又咽了回去。

一直在一旁以泪洗面的顾水莲听到苏采萱提出解剖尸体的建议，也反对说："人都走了，何必还去打扰他，让他走得不安宁。"

李观澜见金水在这个时候躲在后面，不站出来表态，知道指望不上他，就帮苏采萱解围说："就目前警方掌握的情况来看，许慕天的死因并没有可疑。是家属报案后，警方才介入这件事的。如果家属接受医院的诊断结果，警方也能够接受许慕天是因病死亡的推论。这毕竟是我市二级甲等医院做出的结论，警方没有理由怀疑。但如果死者家属以尸身上的紫斑为理由报案，警方必须解剖尸体，这是科学缜密的态度，也是必要的刑侦程序，希望首长理解。"

李观澜的话有理有据，不卑不亢，李曼婷也知道他是曲州市刑警支队队长，且在刑警中颇有威望，不敢太放肆，就沉默了片刻。李曼婷虽担任过医院院长，但毕竟是行政职务，她对自己的专业水平还有几分自知之明，就用征求意见的眼神瞅着苏采萱。

苏采萱不计前嫌，诚恳地说："从医学角度来说，急性腹膜炎不会引发紫绀，应该还存在其他病症，所以我建议对尸体进行解剖。即便许慕天不是被人害死，也可以由此找到他发病的真正原因，对死者和家属都是一个安慰。"

许皓和李曼婷对视一眼，都缓缓点头，表示赞同。他们心中一直疑惑，正当盛年的儿子怎么会不明不白地感染急性腹膜炎，并且病情迅猛恶化，转眼间就被夺去了鲜活的生命。这时情绪稍稍平复，心中疑云更浓，就寄希望于法医帮助他们解开谜团。

顾水莲原想说些什么，见许皓和李曼婷都无异议，终于欲言又止。

第二节 心脏里的气泡

许慕天尸身的胸腹部已经被打开。

苏采萱在助手的协助下，身穿严密的消毒解剖服，戴上医用口罩护住口鼻，手持镊钳，仔细检视尸体的内脏。许慕天死亡时间不长，尸身又一直放置在停尸房的冷藏间，但打开腹腔后，散发的气味仍很强烈。苏采萱从医以来，解剖过的尸体有两三百具，但对这股气味仍有些敏感，闻得久了，太阳穴隐隐作痛。

许慕天的腹腔内，腹膜广泛水肿，显然生前曾严重充血，炎性渗出物达数千毫升，腹腔内积存大量脓液，肠管浸泡在脓液中，胃肠壁也高度充血水肿，正是弥漫性急性腹膜炎的症状。苏采萱想，李寿全的诊断还算正确，这人人品卑劣，但是医术还过得去。只是内脏器官普遍水肿，要确定病源可不太容易，而且尸身上的紫绀又是从哪里来的呢？

苏采萱手中的镊钳触碰到尸体的胃壁时，她的心突地跳了一下，手感明显不同。苏采萱用眼神示意助手把聚光灯打亮，仔细观察尸体的胃部，这一看不禁大吃一惊——许慕天的胃在强光照射下，呈现出奇特的样子，有二分之一的胃壁几乎是完全透明的，薄如蝉翼。

人类的胃壁是严密而结实的组织，胃壁组织由外而内分为四层，即浆膜层、肌层、黏膜下层和黏膜层。正是因为这样，胃才能容纳大量的食物，而且具有极好的柔韧性。像许慕天这样的胃壁，一触即破，怎么可能包裹并消化食物，完成它的使命？

难道这是许慕天罹患急性腹膜炎的诱因？

但这个念头在苏采萱的脑海中一闪即逝，因为过于匪夷所思，活人怎么可能有一个壁薄如纸的胃？另一个更合理的解释迅速浮现于心头——尸体内脏自溶。

所谓尸体内脏自溶，就是人死后，尸体的细胞、组织、器官在细胞内酶的作用下发生破坏、软化、溶解、消失的过程。

苏采萱和助手对视一眼，心有默契，都接受了许慕天尸体胃壁自溶的结论。

可是，许慕天尸体上的紫绀究竟是怎样产生的呢？虽然程度不深，但是紫绀在全身各部位都有，尤以指尖、鼻尖等身体末端最明显。苏采萱用镊钳在尸体肺部搜索，试探肺泡的肿胀程度时，若有所思。又把镊钳游移到心脏表面，轻轻向下压，忽然抬头对助手说："去打一盆清水来。"

助手打来水，苏采萱又示意她打开摄像机，录制下她取证的过程，留作影视资料。

待一切就绪，苏采萱麻利地用解剖刀取出许慕天尸体的心脏，然后轻轻放在水盆里；助手诧异地看着一颗心脏在水面上漂漂荡荡，却不沉下去。真是奇怪，心脏的密度远超过清水，怎么会浮在水上？

苏采萱接下来做了一件让助手大为意外的事。她举起解剖刀，在心脏表面用力划下，刀锋所到之处，水中泛起咕嘟嘟的气泡。助手至此才恍然大悟，一边录制影像资料，一边由衷赞叹苏采萱的专业能力。

半个小时以后，苏采萱向李观澜汇报了尸检结果："再次确认许慕天生前患有急性腹膜炎，严重程度足以致死。此外，许慕天的真正致死原因为空气栓塞。"

李观澜精神一振，知道尸检结果有所收获，凝神倾听。

苏采萱说："我在对许慕天的尸体进行尸检时，发现他的心包未见异常肿大，但心脏体积却明显比常人的大许多，再结合他尸体上出现紫绀的情况，就把他的心脏切割下来放置在水中检验。在左右心房心室中均溢出大量气体，在水中产生气泡，估计气体总量超过一百毫升。对常人来说，十毫升的空气进入血液循环系统后，就会阻塞动脉和静脉血管，造成严重的循环衰竭，立刻致人死亡。许慕天的心脏内有达到致死量十倍的气体，这是他的直接死亡原因，也是尸体表面发绀的原因。许慕天患病送医后，在不到两小时内即死亡，他的主治医生李寿全未对他进行开刀手术，所以进入许慕天血管内的气体不是手术导致的并发症，而是有人故意注入其体内的，极可能是利用输液瓶作为作案工具。"

李观澜沉吟说："利用空气栓塞杀人，类似的案例我们以往也曾接触过。从专业角度来说，这样大的气体量进入人体，需要多长的发作时间？"

苏采萱说："几分钟就够了，一旦发作，几乎无法抢救。"

李观澜说："那么案情就很简单了，许慕天是在送医后才被人强行注入空气的。也就是说，在他死亡前的十分钟内与他有接触的人即是嫌疑人。"

苏采萱说："当时急救室里应该人来人往，略嫌混乱，凶手能够在不被人发现的前提下，迅速完成作案过程，几乎可以肯定是训练有素的医务人员。"

理出头绪后，李观澜立刻率冯欣然找周祝修与李寿全了解许慕天临死前的情形。

周祝修撇清干系说："作为行政干部，我是不参与具体救治过程的，李寿全对这方面的事情更清楚一些。"

李寿全忙说："事情是这样的。许区长被送到医院以后，情况危急，院领导高度重视，要求我们不惜一切代价挽救许区长。我们在对许区长进行血液化验和影像检查后，初步确定他罹患急性腹膜炎，立即组织全院最精干的医生研讨病情和诊治方案，准备实施手术。但半小时后，护士通知我许区长病危，我赶回急救室，许区长已经不省人事。五分钟后，就宣告死亡。也就是说，在他去世前的半小时内，我是不在他身边的。"

冯欣然听这两人都忙不迭地洗清嫌疑，言语中不乏官话和对权势的谄媚，内心反感，不等李寿全说完，就打断他："你是主治医生，只要告诉我们，在'千妇……'在许慕天临死前的十分钟内，都有谁接触过他，其他无关的事情不用说。"

李寿全说："是，是，护士长郭美娟和护士张莹莹一直陪在许区长身边，还有一个男护工，好像叫乔什么的，也和她们在一起。"

两名刑警又请周祝修安排了一间空闲办公室，分别与三名嫌疑人单独对话，试图从他们的供词中找出蛛丝马迹。

曲州市人民医院给许慕天配置的是实力最强的医疗队伍，护理队伍由护士长郭美娟带队，张莹莹也是有二十年工作经验、胆大心细的优秀护士，护工乔白涛，曾连续三届当选市人民医院模范员工。

三人虽分别陈述，但供词一致。三人在许慕天死亡前的半小时内，一直在急救室里，寸步未离。郭美娟与张莹莹为许慕天输液、注射，并监视许慕天的心跳、血压等指数。乔白涛在一旁协助两人。许慕天在送医后共输了两瓶生理盐水，其中掺有消炎类药物。两瓶生理盐水均为张莹莹从护士站专用的储藏室中取来。

郭美娟与张莹莹的工作经验丰富，遇忙不乱，可以互相作证，两瓶生理盐水取来时包装完好，均未混入气体，在输液和注射过程中，两名护士也严格按照医疗程序执行，绝不可能将大量气体注射进许慕天体内。

乔白涛则除帮助病人处理秽物外，没有任何机会接近许慕天。

李观澜略感失望。此前，他以为这是一起极简单的案件，许慕天从遇害到死亡只有几分钟时间，这使得嫌疑人的范围减至最小。但经过讯问，三人似乎都没有嫌疑。

郭美娟与张莹莹最有作案的机会，但两人互相作证，只有两种可能，一是两人都是清白的，凶手另有其人；二是两人联手作案，事后又互相洗清嫌疑。如果第一种可能成立，那么凶手似乎是隐形人，这有违常理。第二种可能性较大，但两人的作案动机是什么？而且两人联合护理许慕天，是李寿全指定的，两人如何能在最短时间内达成联手杀死许慕天的默契？

这两种可能都是小概率事件。难道存在第三种可能？

两名刑警无功而返。回到警队后，李观澜命冯欣然带人调查郭美娟和张莹莹的背景，尤其是她们的私生活，是否曾与许慕天有过情感纠葛。还包括她们的家人，是否曾遭受过许慕天的摧残。这是李观澜目前能想到的郭美娟和张莹莹可能潜在的作案动机。此外，案情没有任何值得追寻的线索。

第三节 多行不义

半个胃？人怎么会只剩下半个胃？在解剖过许慕天的尸体后，这个问题一直萦绕在苏采萱的思绪中，挥之不去。

虽然当时首先浮现在脑海中的是"尸体内脏自溶"的解释，但在思路理顺以后，苏采萱意识到这个解释不能成立。尸体内脏自溶是由生物酶造成的，根据酶的分布不同，自溶有一定规律可循。最早发生自溶的是胰腺和肠道，此外，脑、胆囊和胃黏膜也会自溶，直至肾脏、肾上腺、肝脏和脾。

当然，这种自溶顺序不是一成不变的，但胰腺总是首当其冲。许慕天的胰腺完好无损，胃却只剩下一半，这不符合医学规律。更重要的是，尸体内脏自溶不会单独发生于某一个器官，而是几个器官同时发生。

许慕天的胃不是死后自溶的，而是在生前就开始了。

这个想法把苏采萱自己也吓了一跳。活人的胃，怎么可能变成那个样子？难道许慕天的胃分不清"敌我"，在消化食物的同时把它自己给消化掉了？那被消化的胃有一部分已成为许慕天的给养，流淌在他的血液里，还有一部分则留在肠道里，最终排出体外？

怎么可能？苏采萱自嘲地笑笑，这太耸人听闻了，如果胃能自我消化，这世界上还有谁能存活下来？

可是，许慕天只剩下半个胃，这究竟是怎么形成的呢？

苏采萱百思不得其解，冯欣然在一线的调查也毫无收获。郭美娟和张莹莹的年纪都不小了，张莹莹四十岁出头，郭美娟已年逾五十，两人貌不出众，许慕天虽然外号"千妇长"，选择女人时兼容并包，但与郭美娟和张莹莹发生私情的可能性极小，而且和她们的生活也没有交集。也就是说，郭美娟和张莹莹都没有杀害许慕天的动机。

这起案子让李观澜一筹莫展。表面上犯罪嫌疑人只有两个，但都没有作案动机。难道凶手真的是隐形人？

李观澜正在办公室里思考案情时，金水的电话打过来："上午市政府纠风办到各市管局检查，咱们公安系统内，缺勤、上班时间干私活儿、打电脑游戏的还是大有人在。虽然比起其他部门已经好很多，但我们还是要力求完美。你通知一下刑警队的各大队长，下午三点到市局会议室开个局党委扩大会议，强调一下整风的事情。"

李观澜说："这个会在检查前不是就已经开过了嘛。现在你让我全力侦破许慕天的案子，正在关键时候，我能不能请个假？"

金水说："我亲自给你打电话，就是怕局办那些人搞不定你。案子要破，会也要照常开，把自己的神经绷得紧一些，再紧一些，把工作的节奏弄得快一些，再快一些。我们拿着纳税人的钱，不为纳税人办事……"

李观澜径自打断他说："好吧，刑警队中队长以上的干部一定会准时参加。"

金水赞许地说："这就对了嘛，年轻人，政治觉悟……"

李观澜忙说："局长，对不住，小冯有重要线索向我通报。"说完立刻挂断电话，以避免听金水的大话空话。

下午来到局里，李观澜坐在前排，看似在专注听会议内容，实则在思索许慕天的案子。

恍惚中，局办公室主任在播放纠风办暗访时拍摄的录像，有的警员在工作时间上网打游戏、看色情光碟、看明星演唱会。那些影像在李观澜眼前一帧帧地闪过，他心中暗想，好在没有自己队的人员违纪。忽然，一帧画面引起他的注意，等一等！那是什么？李观澜忽地打起精神，仔细盯着屏幕，潜意识中有个念头在跃动，却又模模糊糊的，难以捕捉。

画面中是一个袒露着臂膀的歌星，脸色惨白，嘴唇血红，脚下腾云驾雾般，在扭啊扭地唱着歌。

这个歌星和案情又有什么关系？我怎么会突然注意到他呢？李观澜对金水的滔滔不绝充耳不闻，全心关注着画面。

是了，李观澜在一瞬间豁然开朗，是那云雾，那干冰云雾。只要温度和压强合适，气体可以转换成液体，液体也可以转换成气体。

李观澜等不及会议结束，凑到金水耳边，说："许慕天的案子有新进展，政协许主席让我尽快做出反应。"

金水一听到"政协许主席"的大帽子，立刻说："快去快去，这可耽误不得。"

李观澜脱身后，立刻赶到法医实验室，见到苏采萱后开口就问："有没有这样的可能性，害死许慕天的凶手并未直接把气体注入他体内，而是使用了一种液态的气体，混合在输液瓶里。许慕天接受输液后，液体在他血管内恢复成气体，随着血液流到他的肺叶和心脏，造成气体栓塞，导致他死亡。"

苏采萱闻言瞪起眼睛，好一会儿才反应过来，说："理论上有这种可能性，但是在实践中我从未遇到过类似的案例。给许慕天输液的瓶子早已经不知去向，就是有这种怀疑，我们也无法证实了。"

李观澜微感失望，说："但是这至少拓宽了我们的思路，在郭美娟和张莹莹之外，还存在着第三个嫌疑人。"

苏采萱说："是这样，所幸许慕天的尸体还保存在冷藏室里，可以对他的身体组织进行化验，如果运气好，或者能有所收获。"

李观澜眼前一亮，说："那就拜托你了。"

苏采萱撇撇嘴，说："公事公办，你也用不着承这个情，不必说客气话。"

李观澜笑呵呵地说："哪里哪里。"

李观澜要走出实验室时，又被苏采萱叫住，很认真地对他说："李支队，幸好你不是犯罪分子，不然会给这世界带来多少灾难。"

李观澜见苏采萱一脸严肃，不禁哑然。

四十八小时后。

李观澜与冯欣然走进曲州市人民医院院长周祝修的办公室。周祝修急忙站起来，热情地让座："李支队登门造访，怎么不事先打个招呼，我们也好做些准备。"

李观澜笑笑说："这种事也有事先打招呼的？让你有了准备，我们可就找不到人了。"

周祝修一怔，手抚光秃秃的脑门，呵呵笑着说："李支队真幽默。"

李观澜也不落座，说："许慕天入院的那天，你是值班院长？"

周祝修说："是，也是凑巧，我那天正好在医院值班。"

李观澜说："医院的监控录像显示，你在许慕天猝死的一小时前，曾进入过存储输液瓶的房间。"

周祝修略感愕然，说："李支队你这么说是什么意思？我作为值班院长，当然要对当天的药品数量有所了解。"

李观澜说："据我所知，你们医院有两间存放备用药品的储藏室，一间存放的是高级药品，一间是普通药品。如输液瓶就有两种，一种是有絮状沉积物的，一种没有沉积物，视病人身份不同分别使用。你在当天进入高级药品储藏室，并不是值班院长的例行工作，所以你是抱着一定目的进入的。在你之后五分钟，郭美娟也进入这间储存室，并取了一个给许慕天使用的输液瓶。"

周祝修的脸上现出不悦的神色，说："李支队话里有话，为什么不干脆说清楚？"

李观澜说："那我就再说清楚一些。你进入储药室后，把压缩氧气、氮气和二氧化碳混合的液态气体注入输液瓶里，并把那个输液瓶摆放在最靠前的位置。因为你知道郭美娟会在几分钟后进来取输液瓶，而那天除去许慕天后，并没有其他重要患者需要输液，所以这瓶加注了液态气体的输液瓶不会被其他人取走。而且医院的输液瓶按照使用日期摆放，你知道训练有素的郭美娟一定会取走摆在第一位的那个。你计算好时间，液态气体随着输液进入许慕天体内后才挥发，在他的血液循环系统里形成大量气泡，导致他因空气栓塞死亡。"

周祝修略带愤怒地说："李支队，你立功心切，把这样一起杀人的重罪强加在我身上，不觉得太过分吗？"

李观澜说："用事实说话，无所谓过不过分。周院长，你今年已经五十五岁了，据我们所知，你的现任妻子才二十七岁，年轻貌美，因贪恋你的权力和财产嫁给你，但你们的婚姻关系并不和睦。半年前，你妻子与许慕天有染，并因此获得了几个工程项目；你得知真相后，怒不可遏，但惧怕许慕天的权势，只好忍气吞声，暗中寻找机会报复。许慕天身患急病到你所在的医院就诊，正是天赐良机。你采用一种极隐秘的手段杀死了他，连经验丰富的主治医生李寿全都未觉察，以为许慕天是罹患急性腹膜炎而死。也是机缘巧合，这个过程中掺杂许多偶然因素，否则这起凶杀案恐怕永远不会为人所知。"

周祝修的光头上满是汗珠，在室内光线的照耀下熠熠生辉，紫红的脸膛上写满了激动和愤怒："你把我家里的私事都查得一清二楚，究竟有何居心？不管怎么说，你拿不出证据，就是血口喷人，我告到市局督察室，让你不死也脱层皮，督察室赵主任是我多年的朋友。"

李观澜说："你是谁的朋友不关我事。说到证据，还是你留给我们的。我原以为，你们医院的医疗垃圾都会在当天处理掉，所以许慕天临死前使用的输液瓶一定已经不知去向。但是我们调查得知，你有个远房表弟在医院里做临时工，你在市卫生局的会议上极力争辩塑料输液瓶不属于医疗垃圾，从而争取到自主处理输液瓶的权力。你把医院使用过的输液瓶都交给你表弟一个人处理。他每个月收入不菲，做着最清闲最没有技术含量的工作，但挣的钱却是医生收入的两三倍。"

周祝修不屑地说："这能说明什么？控告我帮助医院处理垃圾？"

李观澜说："那是纪检部门的事。你没想到的是，你表弟是一个很懒惰的人，把废弃的输液瓶都堆积在一起，一两个星期才处理一次。我们幸运地找到了许慕天死亡前使用的那只输液瓶，并在上面找到了你的指纹。"

周祝修冷笑说："我是医院院长，在输液瓶上留下指纹又有什么奇怪？"

李观澜说："单单是指纹并没什么奇怪，奇怪的是，我们在这只输液瓶上发现了本不属于它的成分，包括少量的氧原子和氮原子。而在对许慕天的尸体进行二次检验时，发现他的体液组织里溶解的氧、氮和二氧化碳成分都超过正常的含量。市局法医苏采萱的解释是，人体内产生气泡的气体，主要是溶解在体液组织里的氮气，其次是氧和二氧化碳。来自体外的氧和二氧化碳，百分之九十九在血液中与血红蛋白的缓冲物质分别作化学结合，百分之一呈物理性溶解。但许慕天尸体中的气体含量达到百分之十，而且与输液瓶上的成分完全吻合。所以可以肯定，许慕天体内的气体含量来自于输液瓶，而在输液瓶上做手脚的人，就是在瓶身上留下指纹的人。"

周祝修的光头上汗如雨下，跌坐在沙发里，喃喃地说："我不服，我要请律师为我申诉。许慕天淫人妻女，死有余辜。"

李观澜说："你有请律师的权利，但是目前最聪明的做法是如实交代你的所作所为，争取坦白从宽的机会。"

第四节 半个胃之谜

许慕天案尘埃落定，证据确凿，凶手认罪伏法。许皓夫妇忙于上下活动，务必要判处周祝修死刑，并争取以渎职罪的名义，把李寿全也送进监狱折磨几年，以泄心头之恨。此外，郭美娟和张莹莹也在许皓夫妇施加的压力下，被所在的医院除名。尽管如此，许皓夫妇仍感觉仇报得不够，怨气难平。

许慕天的尸体一直停放在停尸房里，许皓夫妇要等到周祝修被枪决后，才将他的尸体火化。

许慕天的遗孀顾水莲从失夫的痛苦中走出来后，开始张罗分割遗产、保险赔偿等事宜。

只有苏采萱，对这个结果并不满意，她心中始终没能放下许慕天的半个胃消失之谜。

她固执地认为，还有一个未揭开的谜，比周祝修布下的迷局更加匪夷所思。

怎样才能让一个人的胃把自己消化掉？

苏采萱虽然是在专业领域里颇有作为的法医，却从未思考过这个问题。唯一可以肯定的一点是，只要时机和条件成熟，胃是可以自己消化自己的。理论上来说，鸡胗比人的胃更加坚硬、粗糙，但是人的胃可以消化鸡胗，当然也就可以消化自身。

苏采萱把她的疑虑说给李观澜听。

李观澜对法医学只懂得皮毛，更是茫然不解，他想了半晌才说："倒是听说过胃溃疡、胃穿孔这些疾病，但人的胃怎能自己消化自己，如果这个前提成立，为什么从未听说过有人的胃凭空消失？"

苏采萱说："现在就有了一例，许慕天就是。"

李观澜仍有些将信将疑，说："除非你能证明给我看。"

苏采萱说："早知道你只相信自己的眼睛，幸好我事先已经做过实验。"

苏采萱一边说，一边取出实验设备摆放在李观澜眼前，说："胃壁黏膜有两种细胞，一种分泌盐酸，另一种分泌叫'胃蛋白酶'的物质。这两种物质的腐蚀性都很强，盐酸连金属都可以腐蚀，而胃蛋白酶则可以分解蛋白质。人胃的主要成分是蛋白质，现在我们就来看看这两种强腐蚀物质是否可以腐蚀胃壁细胞。"

苏采萱把一块风干的棕褐色肉状物放进试管，说："这是从人胃上切下来的一小部分。"又把盐酸和胃蛋白酶分别放入试管，然后把试管放置在加热器上，调到四十摄氏度，说，"这更接近人体胃部的环境。"

李观澜目不转睛地盯着试管。

两分钟后，胃壁细胞开始溶解，释放出淡淡的白烟和刺激性气味；五分钟后，一小块胃完全被溶解掉，不留一丝痕迹。

苏采萱略带得意地看着李观澜。

李观澜下意识地揉揉胃部，不知是心理作用还是真的，胃部似乎在隐隐作痛。李观澜说："既然胃的分泌物可以消化胃壁细胞，那么胃部一定还有自我保护机制。不然我们每个人生下来没几天，胃就会把自己消化干净，人类也就不存在了。"

苏采萱向他翘一翘大拇指，说："不愧是李支队，头脑非常清楚。人体的胃有三种自我保护机制，一是胃壁细胞表面的脂肪质，能够抵御盐酸的腐蚀；第二是构成胃壁的上皮细胞排列得很紧密，能够防止胃酸溶液的入侵；第三是胃壁组织细胞能够经常更新，即使内壁受到一定程度的损伤，也可以在短时间内得以修复，不会危及人的健康。"

李观澜似乎明白了，说："如果破坏了胃的保护机制，胃部细胞就会一点点自我蚕食。"

苏采萱说："正是这样。其实只要破坏其中一种保护机制，人的胃就会自我蚕食，失去自我修复的功能，直至整个胃部消失。或者等不到整个胃消失，人就会罹患各种严重的疾病，像许慕天那样，患上急性腹膜炎。即使周祝修不杀他，他也难逃一死。"

李观澜"嘿"了一声，说："这么多人想让他死，真应了那句话，咎由自取。"

苏采萱摇摇头，说："自作孽，不可活。其实让人胃消失的东西很常见，那就是家用洗涤剂。"

李观澜略觉吃惊，说："洗涤剂？"

苏采萱说："对，就是日常用的洗涤剂。胃壁细胞表面的脂肪质，虽然可以抵御盐酸侵蚀，却无法抗拒洗涤剂里的化学成分。我做过实验，如果使用洗涤剂定期清洗胃部表面的脂肪质，很快就会使胃壁内部细胞暴露在外，自我保护机制被彻底破坏。如果在使用洗涤剂的同时，辅加各种阿司匹林制剂或消炎痛、保泰松等药物，可促进胃粘膜炎症、溃疡和糜烂的形成。”

李观澜说：“如果是这样，那么许慕天生前，应该是曾经长期、定量地食用洗涤剂，也许还配合食用了其他刺激胃部的药物。虽然现在许多洗涤剂中掺杂了芳香成分，混杂在食物里不易辨识，但有条件让他长期食用洗涤剂的人毕竟只有寥寥两三人。”

苏采萱说：“可别忘了许慕天的绰号，即使你们下功夫调查，恐怕一年内连他所有情妇的名字都查不清楚。”

李观澜说：“倒不用走那么多弯路，毕竟其中绝大部分都是露水情缘，只要把精力集中在和他有稳定亲密关系的人身上，相信一定会找到突破口。”

更出乎意料的是，顾水莲在第一次与李观澜接触时就坦然承认她酷爱使用洗涤剂。许慕天体内的大剂量洗涤剂成分，应该是在日常生活中日积月累积攒下的。但是顾水莲矢口否认她是有意这样做的。

这位尝尽人世冷暖的四十岁女子的头发已经灰白，脸上的皱纹宛如刀刻，乍看上去，竟好像是五六十岁的老人一般，只有端正清秀的五官，依稀在诉说着她年轻时的美丽。她端坐在沙发上，娓娓道来她使用洗涤剂的经过：

“慕天活着时喜欢做那事，什么样的女人都有，不干净嘛，我又有洁癖，不用洗涤剂怎么行？家里的锅啊、碗啊、碟子啊，我每次都用洗涤剂洗了又洗。买来的蔬菜、水果，都泡在洗涤剂里，一泡就是一整天。衣服呢？每洗一次，最少用三遍洗涤剂。没办法，我有洁癖，他又喜欢在外面做那事，不干净怎么行？

“阿司匹林？他经常要吃的。他喜欢做那事嘛，阿司匹林是消炎的，你们知道吧？不定期吃药怎么行？染了脏病可不得了。

“杀死他？你们开玩笑吧？他是我丈夫，是我女儿的爸爸，我怎么会杀死他？他是和平区区长，是大官，是我们全家人的骄傲和依靠，我为什么要杀死他？"

这是一起奇怪的案子，一次艰难的审判。当事人对使用洗涤剂和给受害人吃阿司匹林的行为供认不讳，但坚称没有杀人动机，反而是为受害人的健康着想。法院无法可依，不知如何给顾水莲定罪。

如果案子在曲州市审判，以许皓夫妇的影响力，顾水莲不会有机会善终。可是顾水莲早就做好准备，在许慕天咽气的第二天，就通过北京的关系，请来阵容豪华的七人律师团，包括中国刑法学会顾问、政法大学程序法教授等法学专家。她支付的律师费也堪称国内刑事辩护律师费之最——如果案子打赢，她和许慕天名下共有的七套房产、三个门市、一千五百万元存款和许慕天的一千万元人身保险的一半将归律师团所有。

不知是律师团的豪华阵容，还是普通人几生几世也赚不来的巨款起了作用，许皓夫妇的权势前所未有地被击败，顾水莲一案得以在异地审判。

在法庭上，背景强大的律师团发挥出巨大作用，顾水莲被无罪释放。

在是与非、黑与白之间，一转念，就是一条生命的存亡。

第六案

苦笑的脸

第一节 苏采萱有麻烦

苏采萱在2010年初冬遭遇了她从医以来最大的挫折。

这天早晨，天气骤变，昨日还是秋风清秋月明、落木萧萧而下，今晨却雪花飞舞，天寒地冻，大地白茫茫一片。路上的行人大多低着头，双手拢在袖子里，步履匆匆地赶路。

曲州市南湖公园里仍有三三两两的不畏严寒的人在晨练。南湖公园东北角的好望湖，是巨流河的一条支流，面积约有三平方公里，东侧紧邻一个山坡。由于天气突变，清澈的湖水表面结了厚厚一层冰，晶莹剔透，仿佛一块巨大的水晶。

松江大学副校长张五福戴一副树脂框近视眼镜，穿一身意大利品牌的浅灰色运动服，沿着好望湖慢跑。晨跑是他多年来养成的习惯，无论天气怎样恶劣，从不间断。他也从这项运动中获益良多，近五十岁的年纪，却保持着匀称的体形，动作利落敏捷，看上去至少比实际年龄年轻十岁。借着天边清冷的微光，张五福隐约看见湖中央有一个隆起的物体，冰面沿着那物体的曲线冻结，勾勒出一个人体的形状。

张五福放缓脚步，靠近湖边向那东西仔细打量，越看越觉得像是一个人。难道是有人失足落水被冻在冰里面了？张五福急忙报警求助。

李观澜闻讯赶到时，好望湖派出所的警员已经在现场拉起了警戒线，把围观的群众都拦在外围。为了保护现场，派出所警员对冰里的尸体未做任何移动。

做过现场勘查后，如何起出冰里的尸体让李观澜有些为难。尸体周边的冰里可能封存着有效证据，不能随意破冰取尸。李观澜考虑半分钟后，致电消防队求援。

增援的消防队员们用切割机将包裹着尸体的冰块切割开来，冰块足有三米长、两米宽，因天气乍冷，冻得并不太厚。但包裹着尸体的巨大冰块搬运起来也颇耗费力气。

裹在冰块里的尸体被搬上岸后，围观的人群发出阵阵惊呼，甚至有十几岁的孩子吓得失声哭了出来，却又期待着更多新鲜场景，不舍得掉头离去。

透过冰层可以辨认出那具尸体穿着蓝色上衣、灰色长裤，是一位老年男性，看年纪至少在六十五岁以上。他四肢摊开，在冰块里形成一个舒展的"大"字。

站在警戒线外围第一排的观众中有眼尖的人失声叫出来："它在笑呢。"

众人都被这不期然的叫声吓一跳。李观澜向尸体的脸看去，果然见它的五官扭曲，眼角下垂，嘴角上扬，露出青白色的牙齿，看上去像是在苦笑。这奇诡的笑容让李观澜不自觉地打了个冷战。

苏采萱一向怕冷，此时正穿着厚厚的羽绒服，帽子把头裹得严严实实，手里拿着铁锤和凿子，细细地把尸体周围的冰一块块敲下来，装在一个大塑胶袋里，直至尸体完全暴露在外面。

死者的左手摊开，右手却紧紧地握成拳头状，似乎在保护什么东西。苏采萱小心翼翼地把它僵硬的手指一根根掰开，一个直径约五厘米、清新碧绿的圆形物体出现在它掌心。

"是一块玉。"苏采萱说着把碧玉装进证物袋，以保护上面可能留存的痕迹，然后递给李观澜。

李观澜打量那块玉，是一块纯净的蓝田玉，打磨得非常精致，玉身正中央刻着一个隶书体的"洁"字。

洁——是一个人的名字吗？或者另有寓意？这块刻有"洁"字的碧玉，是否和死者有密切联系？

这时围观者中有人辨认出死者，惊惧地说："是老范。"

立刻有人附和说："没错，就是老范。"

李观澜耳聪目明，当即捕捉到这两个声音，从人群中把说话的人辨别出来。他走过去，招招手说："你们两个认识死者吗？"

那两个人也是在公园里晨练的，都是六十岁出头的年纪，男的名叫马佳，女的叫胡晓薇。见李观澜向他们问话，马佳回答说："认识，死的这人是松江大学基建处的退休会计范强生。"

李观澜说："能确定吗？"

胡晓薇用力点点头说："能确定。我俩都是松江大学的退休职工，和老范在一个大院里工作，低头不见抬头见的，也有二三十年了，他咋死在这儿了呢？"说着，胡晓薇的眼圈有些泛红。

这时报案人张五福走过来说："这人确实是老范，以前我们还共事过。他家里人已经收到消息了，正在往这里赶。他家就住在松江大学校园里，离这里走路只要十分钟。"

李观澜问张五福说："你每天都来南湖公园晨练吗？"

张五福说："除去出差或身体不舒服，每天都来。"

李观澜说："死者范强生呢，也和你们一起晨练？"

张五福摇摇头说："他不来，老范身体不好。"又凑到李观澜耳边说，"他上个月才查出癌症，肝癌晚期，据说最多还能活两个多月了。"

这消息有些出乎李观澜意料，他追问一句："你怎么知道的？"

张五福说："我是主管后勤和财务的副校长，老范报销医疗费都要我签字，这些事哪能瞒过我。"

还有两个多月生命的晚期肝癌患者居然横死在公园的湖里——李观澜琢磨着，这事有些蹊跷。

苏采萱听到张五福所说的话，看了看眼前的这具尸体——剧瘦，高耸的颧骨，尖尖的下颌，显然死前的身体状况不佳。苏采萱用力按按尸体的右腹部，虽然尸体已僵硬，却仍可以感觉到右腹部的一个坚硬突出的肿块。

苏采萱低声对李观澜说："肝部像是真有肿块，直径在十到十五厘米之间。"

李观澜也俯下身低声说："能确认死因吗？"

苏采萱说："尸体后颅骨上有一道裂缝，很可能是重物打击造成的，其他部位未发现外伤。如果解剖后发现死者肺部没有积水，就基本可以确认后脑处的伤为致命伤。"

时值年底，正是抢劫犯罪的高发期。苏采萱的分析让李观澜联想起近期市内发生的几起抢劫案，其中一起抢劫杀人案就是受害人被劫匪用硬物击中后脑身亡。难道范强生是在南湖公园里遭遇劫匪，遭击打致死，然后被弃尸在湖水里？

毕竟，对于一个退休的、患有晚期癌症的老人来说，被情杀、仇杀的可能性都非常小，而遭遇抢劫被杀则是一个合理的侦破思路。

在死者身上没有发现钱包或证件等随身物品——如果死者在生前遭遇抢劫，自然已经被洗劫一空。

就在这时，李观澜的手机铃声突兀地响起，接起来，电话那头是局长金水气急败坏的声音："苏采萱是不是和你们在一起？让她马上给我回来。"

李观澜不解地问："苏采萱正在办案子，这会儿离不开。金局你有什么事找她？"

金水暴躁地喊着，刺耳的声音冲击着李观澜的耳膜："她干的好事——那个警察跳楼了。"

李观澜被他说得直犯迷糊："金局你别急，慢慢说，哪个警察跳楼了？"

在电话里纠缠了半晌，李观澜终于弄清了事情的来龙去脉。

半年前，曲州市下辖的云顶县出了一桩案子，当事双方是云顶县公安局和当地的一名男性农村青年。这青年名叫杨利，未婚，在盖房子时与邻居发生纠纷，将邻居打致轻伤。不承想他邻居的表姐夫桑利华是县公安局刑警大队副大队长，桑利华竟然为了给亲戚出气，带领刑警李长城以故意伤人的名义将杨利抓到县公安局，并在审讯室里对他大打出手。

桑利华打人是家常便饭，但没料到杨利看上去身高体壮，却经不住打，桑利华和李长城才使出七成功夫，还有许多厉害手段没来得及用上，杨利就口吐白沫，失去知觉，身上渐渐发冷，半个小时后，彻底停止呼吸。

桑利华和李长城打死人后也没太当回事，他们在大打出手前已将审讯室里的摄像头关闭，现场也没有第四个人在，当时的情况只能靠他们的两张嘴来解说，自然说什么就是什么。

唯一的证据是杨利身上的伤势。不过桑李二人早做好充分准备，在打人前把一本厚厚的电话簿垫在杨利身上，然后用铁锤连续击打电话簿，使得杨利受伤虽重，体表却没"见红"。两人在事发后买通县城的法医，出具了杨利因心脏病突发猝死的证明。

杨利的父母年事已高，既无文化，也无权势，虽然心伤儿子之死，但面对这样一个设计严密的骗局，只能在极度哀痛中无奈地接受了县公安局得出的结论。

但俗话说得好，"万事劝人休瞒昧，举头三尺有神明"，任你翻手云覆手雨，谎言终有被揭穿的一天。杨利的堂姐杨洁是偏远贫瘠的小村庄里飞出的一只金凤凰，大学毕业后应聘到《松江晚报》做法制记者。在得知杨利的悲惨遭遇后，她认为云顶县公安局作为当事的一方，却充任仲裁者，得出的结论一定有失公允。杨洁代表杨利父母，向省公安厅提出申诉，要求上级机关对杨利的尸体重新进行检验。

松江省公安厅将二次尸检工作委托给苏采萱。

苏采萱在对杨利的尸体解剖后发现，死者的右肾和脾脏均有多处破裂，且右肾有贯通伤，可确认是外力击打所致。此外，死者腹腔内有积液，腰椎神经有严重损伤，而心肌无肥大或萎缩迹象。苏采萱做出的结论是，杨利无心脏病史，尸体的心脏亦无发病症状，致死原因为外力打击造成肾破裂、内出血，肾脏在短时间内急剧衰竭。

苏采萱的结论为检察机关所接受。两个月后，云顶县检察院向县法院提出依法起诉刑警桑利华和李长城。但由于两名刑警在县城里很有势力，关系盘根错节，此案迟迟得不到审理，而两名刑警也依然照常上班，行使职权。杨洁又向政法机关提出异地审理的申请。在她的多方奔走下，依仗着做政法记者的关系和便利，终于争取到案件异地审理。

这一天是曲州市中级人民法院对桑利华和李长城伤人致死一案进行二审终审的日子。当苏采萱在南湖公园的好望湖岸边剥离冰层中的尸体时，法院宣判，桑利华和李长城殴打杨利致死，案情清楚，证据确凿，依法分别判处三年和五年有期徒刑。

出乎人们意料的是，李长城的性格极端，莽撞且执拗。在宣判后，法警押送他回看守所时，他趁法警不备，纵身从法院大楼七楼的窗户跃下，当时就骨骼碎裂、七孔流血而死。

省公安厅、曲州市公安局和云顶县公安局中有许多人对苏采萱做出的"胳膊肘朝外拐"的法医鉴定极度不满，李长城跳楼身亡，遂了他们的心意，也授他们以口实，一个个阴阳怪气的告状电话打进金水的办公室。

金水本就没什么法制观念和是非原则，做事以讨好权贵、不得罪同侪为准绳，接到这些电话后雷霆震怒，立刻要把苏采萱叫回来。虽然尚未想好怎么处置她，但首先要采取措施平息众怒，必要时不惜牺牲苏采萱以封住外界的悠悠之口。

第二节 抢劫杀人？

李观澜在电话里弄清楚事情的来龙去脉，猜到了金水的意图，挂断电话后，低声对苏采萱说："是云顶县的那件事，当事警察跳楼自杀了"。

苏采萱正在检验范强生的尸体，闻言双手一颤，手里的镊子当啷一声掉在地上，她咧着嘴说："死了吗？"

李观澜说："死了。金水的语气不善，急着叫你回去。不过你在这件事上秉公执法、依科学办事，没有半点责任，他要处分你也不容易。你注意点态度就行，别让他在不相干的细节上抓住把柄。"

苏采萱说："行，我一定注意态度。不过这具尸体怎么办？"

李观澜说："常青可以接着完成剩下的检验工作，你把需要注意的地方交代一下。"

常青是去年分配到局里的法医，现在处于跟着苏采萱锻炼学习、积累经验的阶段。

苏采萱在听到李长城坠楼身亡的消息后脑海里一片空白，就遵从李观澜的建议说："那好，常青来局里快一年了，独立办过几次案子，虽然没办过命案，但凡事都有第一次，这次就放手让他去做吧。"

苏采萱把正弓着腰在河岸边寻找作案痕迹的常青叫过来，说："我有急事要先离开，你独立完成接下来的检验工作。"

常青二十四岁，脸部瘦削而苍白，戴一副近视眼镜，一望就知是个书生。他一听要独立尸检，感觉责任重大，有点底气不足地说："苏姐，我成吗？"

苏采萱说："你就职以来办过的几件案子都不错，要对自己有信心。这具尸体我已检验了大半，后脑的裂痕是体表唯一的外伤，解剖后只要确认尸体肺部有没有积水，就能断定死者是否是遇害后被抛尸到河里的。"顿了顿又补充说，"死者生前患有晚期肝癌，对你的检验可能有导向作用。"

常青稍微增加了点信心，说："那好吧，我一定努力做好。"

苏采萱鼓励他几句，就急匆匆地赶回局里去见金水了。

苏采萱才走，人群外就乱哄哄地闹起来，有人又哭又叫："老范啊，是哪个天杀的害了你啊?!""爸呀，你咋这么狠心就抛下我们走了?!"

152

李观澜知道是死者家属到了，就低声吩咐冯欣然说："你过去应付一下，看看死者家里来了几个人，把他们分开，单独调查取证。如果死者的妻子来了，把她带到我这儿来。"

没一会儿，冯欣然带过来一位六十岁出头的老太，略胖，满头花白的短发，戴一副厚厚的玻璃片眼镜，看面相即知是个在官场中打过滚的老太。冯欣然向李观澜介绍她说："这是范强生的妻子楚君，她有些情况要向你反映。"

李观澜见这位老太的眼睛里布满血丝，面容呈青灰色，流露出悲痛和疲倦之态，但精神还不算萎靡，就先自我介绍两句，然后问："你最后一次见到范强生是在什么时候？"

楚君在几个月前获知丈夫罹患肝癌晚期时已经遭遇一次打击，做好了丈夫随时死亡的心理准备，但万万没想到他会死得这样悲惨凄凉。范强生临死前没有亲人守在身边，也未能留下一句话，而且尸体被冻在冰层中——这些都让她感到万分痛苦。但她在松江大学学生处副处长的任上退休，在长期与顽劣学生的斗智斗勇中磨炼出坚强的意志，这时虽猝遇打击，尚且能够扛得住。她回答李观澜的问题说："老范从上周三起就在省肿瘤医院住院，我和两个孩子轮流去医院里照顾。昨天晚上七点钟我从医院离开时，老范还躺在床上，状态看上去还可以，谁能想到今天他就……"楚君的声音哽咽在嗓子里，说不出话来。

省肿瘤医院距离案发现场有半个多小时的车程。范强生是晚期癌症患者，怎么会离开医院，出现在南湖公园里呢？

李观澜说："昨天他有没有流露出想回家的意思？"

楚君回忆一会儿说："一点也没有。他这段时间经常表现出心事重重的样子，很少说话。"

李观澜取出死者手中握着的那块碧玉，亮在楚君眼前，问："你认得这块玉吗？"

楚君一见到那块玉，神色登时起了变化。她又擦擦眼睛，看清碧玉上刻的"洁"字，皮肤粗糙的脸涨得通红，突然劈手就来抢夺。

李观澜反应敏捷，手一缩，避过楚君的抢夺，声音低沉却威严地说："这是证物，你不能动。"

楚君嘶哑着嗓子问："这块玉是哪里来的？"

李观澜说："是在死者的手里发现的。"

楚君的情绪在瞬间崩溃，顾不得天寒地冻，坐在地上，双手捶胸做出痛不欲生的样子哭天抢地："范强生你个没良心的，到死你也忘不了那个小婊子。我给你生了两个孩子，辛辛苦苦地把他们拉扯大，没有功劳也有苦劳。我和你共同生活了二十多年，也挽不回你的心哪……"

楚君的一双儿女都有三十来岁，儿子名叫范非统，女儿叫范非茗，都在松江大学工作。他们陪着母亲来现场认尸，这时见她情绪失控，当着众人面哭诉家庭的丑事，脸上都有些挂不住，就走上前去，连拉带拽地把母亲哄起来。

李观澜费了好大一番力气才弄清楚这块玉的来历。范强生出身农村，在上大学期间有一个情意甚笃的女友李玉洁，两人均是在情窦初开的时候坠入情网，爱得难舍难分。后来楚君介入两人的恋情，苦追范强生，但她的容貌气质比李玉洁差太远，范强生丝毫不为所动。直到毕业前夕，范强生面临现实的压力，才开始认真考虑楚君。

对于范强生来说，楚君有一个强有力的竞争砝码，那就是她时任市人事局教育处处长的父亲。范强生的家庭成分是富农，而李玉洁是被打倒的资本家的后代，如果两人坚持在一起，能分配到县城教书已经是最好的结局。李玉洁颇有为爱情宁肯粉身碎骨的气魄，甘愿随着范强生漂泊到天涯海角；但范强生却在面临人生的重大转折时选择了向名利、命运和权贵妥协，抛弃李玉洁，投入楚君的怀抱。

依仗楚君父亲的背景，范强生成功地留校工作，成了"城里人"；而李玉洁则带着伤痕累累的心去了一个偏远的山乡，在乡政府任会计。李玉洁临走前把范强生送给她作为定情物的一块碧玉还给他，而两人最后一次见面，也是生离死别的地点，就在南湖公园的内湖边。一年后，李玉洁在乡长意图对她施暴时奋起反抗，为保住冰清玉洁的身体，纵身跳下悬崖。那是在范强生与楚君举行婚礼的前一天。

婚后的范强生并不幸福，而楚君的性格过于粗犷和强势，使得范强生对李玉洁的思念、爱慕、歉疚等情愫与日俱增。

楚君曾见到过范强生在婚后把玩那块碧玉，睹物思人之意再明白不过。楚君醋意大发，怒火攻心，一把抢过碧玉，把它远远地丢出窗外。谁知范强生不知什么时候又把这块玉捡了回来，瞒着楚君保存了大半辈子，而且在临死前还紧紧地握在手里，显然对李玉洁的爱慕和思念之深无以复加。楚君在短时间内连续遭到重大打击，痛苦伤心之外，又有欺骗、屈辱、羞惭等诸般情绪纷至沓来，终于当着众人的面失落失态失控失声。

李观澜在获悉关于死者的这一段往事后，案情的脉络似乎在脑海中愈发清晰起来——范强生自知活在世上的时间已经不多，昨晚从医院中溜出来，来到和初恋情人分手的湖边，手持定情物，缅怀生命中那一段短暂的美丽时光。未料到却遭遇歹徒从背后击中他的后脑，劫掠他的财物，再把尸体丢进湖里。

一切证物以及尸检结果都在指向这个结论。这是否就是范强生遇害的真相？

四个小时后，冯欣然从肿瘤医院取回医护人员以及与范强生同病房病人梁家哲的证词。

梁家哲也是一名癌症患者，据他证实，范强生在昨晚七点半左右离开病房，跟他打了招呼，但是没通知护士，原因是担心护士知道后会阻拦他。范强生没说出去做什么，只说拿不准回不回来过夜，不用给他留门。

据调查，梁家哲昨天才住进医院，和范强生素昧平生，绝没有瓜葛，他的证词具有很高的可信度。

调查至此，案件的脉络走向清晰，没有出现任何引人质疑的枝枝权权。

第三节 死者缘何苦笑？

发现尸体的十二个小时后，常青做出了一份完整的尸检报告。

看得出常青很用心，尸检报告的格式中规中矩，遣词造句一丝不苟。报告里说——可确认受害人死亡时间为发现尸体的十小时前，误差在一小时之内。死者后脑骨开裂，是由重物击打所致，为尸身体表的唯一外伤。死者胃部有少量食物，计有猪肉、菠菜、米饭及少许苹果，化验后未发现有毒物质。死者肺部及支气管内有微量积水。法医分析，受害人在遭到击打后，并未立即停止呼吸，随后被凶手丢到水里，受害人在挣扎两分钟后死亡。由此可判断受害人致死原因为击打和溺水。

在案发第二天上午的案情碰头会上，常青当众宣读了这份尸检报告。与会刑警听过后交头接耳地议论，没有人率先表态。几分钟后，冯欣然提问说："在破冰取出尸体时，围观人群中有人说看到死者在苦笑。事实上，死者的脸上确实有类似苦笑的表情，你在报告里好像没有提到这个细节，是不是认为该细节没有参考和检验价值？"

常青第一次在案情报告会上接受诘问，非常紧张。此时室外寒冷，北风呼啸，室内温度也仅在十度左右，但常青在回答问题时，满头大汗，脸颊上的肌肉不由自主地跳动，双腿也不争气地打战。

坐在他身旁的李观澜见多了新人紧张时的各种反应，但见到常青的过度反应，心里也按捺不住地感到好笑，用手轻拍常青的后背，说："放轻松，大胆回答，说错了也没关系，这里所有人都为案子负责。尸体检验是你的工作，但不会让你一个人承担责任。"

常青得到队长的安慰和鼓励，情绪放松了一些，说："关于尸体脸上苦笑的表情，我做过分析，但由于这个分析属于技术和理论范畴，不足以作为实质证据，所以没有写进报告。根据法医理论，人在受冻死亡时，会经历兴奋增强期、兴奋减弱期、抑制期和完全麻痹期。在低温下，人体会发生应激反应，血管扩张、麻痹、血流缓慢直至停止。被冻死的人的面部表情似笑非笑，称为苦笑面容。范强生的尸体出现苦笑表情，也和他的肺部微量积水体征互相印证。范强生遭遇击打后被丢进水中，当时气温骤降，他的身体出现受冻后的应激反应，苦笑面容是符合受害人的状态的。"

冯欣然听过常青分析，向他点点头，以示赞同。李观澜见状鼓励冯欣然说："小冯，说说你对案情的分析。"

冯欣然被队长点到名字，就清了清喉咙，说："这起案件中受害人有一个显著特征，他身患晚期肝癌，只剩下两三个月的寿命，所以情杀、仇杀的可能性基本可以排除。根据法医的尸检报告、遇害人生前的活动范围以及他的财物被洗劫一空等特征，我认为这是一起临时起意的抢劫杀人案，凶手与遇害人并不相识。范强生知道自己命不久矣，瞒过肿瘤医院的医护人员，独自在夜晚时分来到与初恋情人分手的伤心地，手持定情信物缅怀初恋，谁知竟会被凶手盯上，惨遭不测。我们知道，一个多月前发生在东湖公园的抢劫杀人案，遇害人身上的致命伤与范强生的外伤极其相似，遇害时间、地点都有共同之处。目前东湖公园抢劫案已经进入收口阶段，犯罪嫌疑人已是瓮中之鳖，乐观一点，这两起命案可以并案侦查，很可能会随着东湖公园抢劫杀人案的嫌疑人落网而一起告破。"

冯欣然的分析与大多数与会刑警的想法不谋而合，话音未落，已得到许多人的赞同。

李观澜也倾向于冯欣然的想法。不过他作为案件的主要侦办人，表态即是定性，会直接影响到其他刑警的办案思路、热情和斗志，没有十二分把握，不能随意表达想法。李观澜说："既然大家对小冯的分析没有异议，眼下的工作重点是抓捕东湖公园抢劫杀人案的犯罪嫌疑人。我们已经掌握他的行踪，正在全面布控、引蛇出洞，预计凶手在一两天内就会归案。"

散会后，李观澜叫住常青说："眼下苏采萱被金局责令停职反省，可能最快也要半个月后才能回来上班。不过你最好还是找合适时间私下里向她请教，把范强生的尸检报告给她看看，毕竟她是很有经验的法医，经手的命案数以百计。这是人命关天的大事，我们怎么谨慎也不算过分，这不是对你不信任，你能理解吗？"

常青为人谦虚，态度非常端正，听从李观澜建议，在当天晚上就去到苏采萱家里，请她复核尸检报告。

苏采萱把常青做的尸检报告通读两遍，指出三处细节上的不足后，赞赏说："我对这份报告没有异议，可以说，在格式、用词和专业技术等环节上，这都是一份能够打九十分的优秀报告。对于一个初出茅庐的法医来说，尤其难能可贵。"

但想不到的是，这起案子，由于苏采萱在验尸时有意外事件干扰，使得她心烦意乱，忽视了一个细微而关键的环节；而接手她工作的法医常青阅于经验不足，并受到苏采萱先入为主的影响，未能深入分析，盲从了苏采萱的结论；再加上凶手智力过人，犯罪过程冷静，策划周密，手法隐蔽，刻意模仿作案以误导警方。各种不利因素综合在一起，使得李观澜和苏采萱都做出错误判断。如果不是又有重要线索出现，这两名在各自专业领域中出类拔萃的干警，就会在这一役中败走麦城，而凶手将永远逍遥法外。

第四节 死人动迁

两天后，曲州市警方收网抓捕东湖公园抢劫杀人案的犯罪嫌疑人陈智惠。这是一名心狠手黑的悍匪，在邻近几省连环作案，犯罪手法雷同，都是在公园、野外等人迹稀少的地带，从背后偷袭受害人，将其击打致死后劫取财物，因手段凶残，在市民中引起极大恐慌。曲州市警方经周密部署，终于将陈智惠团团包围在一居民楼内，却遭遇他的顽强抵抗，他甚至在身上绑缚烈性炸药，扬言要与全楼居民同归于尽。警方在别无选择的情形下，派出狙击手，三支狙击枪同时击发，将其当场击毙。

陈智惠一命归西，对他所犯罪案的调查只能戛然而止。究竟是否是他所为，是一人作案还是另有帮凶，以及案件的许多细节，都已无从得知。

范强生案因时间、地点、手法等因素无一不与陈智惠犯下的系列案件相似，警方将其并案处理。

眼见冤案已成，凶手窃喜，案情却突然峰回路转，又生变故，让人不由得感叹"天网恢恢，疏而不漏"。许多人的成功固然关乎天赋、努力和机遇，而运气也在扮演着至关重要的角色。人生波谲云诡、运数穷通成败，又有多少偶然的因素在其中。

李观澜自己也承认，他能够在遭遇危机时履险如夷，屡破奇案要案，和他说不清道不明的好运气有很大关系。就当他在范强生案的卷宗上签下名字、准备递交到市局结案的时候，他接到了范强生的女儿范非茗打来的电话。

范非茗说，昨天家里收到松江大学校办转来的一封挂号信，寄信人地址是S省广厦房地产开发公司。这封商业信函的大致意思是，范强生名下的一块"高尚"墓地将于近日拆迁，广厦房地产公司全权负责拆迁工作，根据公司和墓地主管部门达成的协议，每块墓地的产权人可获得四十万元补偿。如果范强生没有异议，请于近日到S省领取补偿金，并迁走墓中的骨灰。

范强生的父母早亡，家中没有兄弟姐妹，在S省更没有亲朋好友，而且在家里人的记忆中，他从不曾到S省去过。这块凭空而来的墓地到底是真是假？是天上掉的馅饼还是地上挖的陷阱？

按照范非统的意思，什么也不要管，先把钱领到手再说，毕竟四十万元是笔巨款，是天大的意外之喜。范非茗却坚决反对，说除去贪官、奸商和彩票中奖者，世界上没有人能够不劳而获，根据前人的经验，一件事情如果好到让人无法置信的地步，那它就一定是假的。范非茗说，虽然她父亲生前收入不算太低，但是也没有四十万元的积蓄，更不可能无缘无故地到千里之外的S省购买墓地，这里面一定有蹊跷，或者是广厦房地产公司弄错了业主姓名。

楚君的联想更加发散而离奇，说范强生尸骨未寒，就收到一封莫名其妙的信，白送来一块墓地，怕是范强生在"那边"舍不得她，来收她的，这墓地款要不得。

娘仨意见不统一，有的不甘心见财化水，有的担心飞来横财中潜伏着飞来横祸，议论了一宿也没有结果，第二天上午范非茗就把这事告诉了李观澜。

范非茗工于心计，主动把事情通报给李观澜有两个用意，一是担心这块奇怪的墓地和害死范强生的凶手有关联，毕竟逝者未远，凭空飞来一块墓地，不能不让当事人揣测多端，患得患失；二是由刑警队来调查最合适，目前谁也说不准这块墓地是否与范强生之死有无关系，在这个当口，刑警队无法推脱，而如果在查清墓地的来龙去脉后，发现其中没有潜在危险，那么这笔动迁巨款还是范家的，别人谁也拿不走。

李观澜撂下电话，细细读了两遍范非茗传真过来的那封通知墓地拆迁的信，在字里行间没有发现什么疑点。不过根据范家人对这封信的反应以及他敏锐的直觉和多年的办案经验来判断，其中一定有蹊跷，不能掉以轻心。李观澜把他签过字的范强生案的卷宗从案头上取下来，端详了一会儿，扔进办公桌的第二个抽屉里，锁起来。然后拿起桌上的内部电话，把冯欣然叫进来。

李观澜让他看过信，说："范强生案已尘埃落定，又横生枝节，这预示着我们必须接着查下去。目前还不能仓促下结论说我们办了一起错案，但是我有一个不好的预感，此前的尸检、办案思路和并案等环节中，一定有重大漏洞，很可能从一开始侦破方向就出了偏差。"

冯欣然听李观澜说得严重，就说："现在真是奇事层出不穷的年代，连死人在地下都睡不安稳，那块地儿也有人惦记。李支队你说吧，接下来怎么查？"

李观澜说："先不要张扬，你挑选一名实习生，到S省跑一趟，把这块墓地的前因后果调查清楚，咱们再制定下一步计划。"

冯欣然带着实习生陆伟于当天黄昏飞往S省。

次日中午，冯欣然就向李观澜反馈了调查结果。

那块墓地确实是范强生于五年前购买的，而墓碑上刻的字是"我生命中既爱且愧的女人李玉洁长眠于此"。墓中有一个精美华贵的骨灰盒，盒盖中央镶嵌着一个年轻女人的黑白照片。那女人明眸善睐，皓齿如美玉般晶莹洁白。冯欣然没见过李玉洁的模样，但想来这一定是她的照片，他心中禁不住浮现出一个奇怪的念头：范强生为了楚君而放弃李玉洁，简直不可思议，他当时一定是被眼前利益冲昏了头脑，不知他的后半生是在怎样的悔恨、痛苦和歉疚中度过的，世事如棋，在紧要处一步也不能走错，否则就会满盘皆输。

根据墓地开发商的原始记录，范强生当年花费五十万元购买了这块据说是依山傍水占尽地理优势的三平方米的墓地，而骨灰盒和墓碑两样的费用保守估计也在十万元以上。近年来房价暴涨，墓地的价格也随行就市一路上升。不过当年墓地的开发商"太公堂置业有限公司"如今已人去楼空，据说投资的台商已携巨款潜逃至澳大利亚，这块墓地由银行收回，又转售给S省广厦房地产开发公司。广厦公司只肯偿付产权人四十万元，是不到市价三分之二的低价，而且墓地的建造费用均未计算在内。广厦公司财力雄厚，后台强硬，纵然有人提出异议，也无济于事，谁也阻挡不住浩浩荡荡的拆迁进程。

早在五年之前，范强生就花费六十多万元厚葬初恋情人，这笔钱从何而来？范强生生前是松江大学的会计，月收入在三千至四千元之间，若无外财，无论如何也拿不出数十万元的巨款。

疑点终于浮现。

按照李观澜的授意，冯欣然直接与范家母子三人取得联络，通知调查结果。范非统、范非茗兄妹闻讯后立刻飞赴S省，交涉墓地动迁事宜。而冯欣然则在得到范氏兄妹的许可后，从墓穴中取出李玉洁的骨灰，准备带回曲州市，由刑警队检验后再返还给范家进行安置。

冯欣然怀疑范强生在墓穴中留下了关于他当年购买墓地的线索，曾仔细搜索检查，却一无所获。而李玉洁的骨灰盒则成了最后一线希望所在，所以他才主动要求将其带回曲州，或许刑警队员们群策群力，能在骨灰盒里有突破性的发现。范氏兄妹对李玉洁原本就没有任何感情，注意力全在墓地的拆迁款上，也就同意了冯欣然的要求。

在登上飞机后，遇到了一桩意想不到的事。

与冯欣然同行的实习生陆伟不知怎的不小心暴露了骨灰盒，他俩才在座位上坐好，空乘就过来与他们协商。飞机的头等舱有客人抗议，不能让骨灰盒登机，这对飞行安全会构成威胁。

冯欣然感到奇怪，问航空公司有没有不许骨灰盒登机的规定。空乘说："那倒没有，但是……"冯欣然打断她说："没有就说明允许，而且我们是办案的警察，骨灰盒是证物，必须上机，万一遗失或损坏，谁也负不起责任。"

空乘见他亮出警察的身份，只好向机长汇报。机长想，万一真耽误了他们办案可有责任，也许头等舱的乘客可以通融。谁知那名乘客强硬得很，说绝对不能和骨灰盒同机，他还有许多未竟的事业，不能冒这样巨大的风险。这名乘客最后也亮出身份——银行行长，而且是副部级大行的行长。

机长左右为难，后来旁敲侧击出冯欣然的级别——刑警队队员。

这就好办了，瓦砾和玉石的区别，世上焉有愚痴舍玉石而取瓦砾者乎？机长动用方方面面的关系，连蒙带骗带吓唬，让冯欣然和陆伟带着骨灰盒转乘下一趟航班，并谆谆教诲，切莫再让乘客看到骨灰盒了。

在资讯高度发达的时代，冯欣然和陆伟尚未登上下一趟航班，他俩被赶下机的事情已经在微博上广泛传播，众说纷纭。有曲州市的好事记者竟把电话打到李观澜那里，询问他对这件事的意见。李观澜也许是连日来急火攻心，乱了方寸，竟然一改平日包容、宽厚、低调的做派，对着媒体大肆遣责航空公司，说是骨灰盒里藏有警方尚未掌握的关于逝者范强生的重大秘密，如果因航空公司的错误而延缓甚至干扰警方办案，是对法律的漠视和亵渎。

这一猛料像是给记者们打了鸡血，一时间媒体的相关报道铺天盖地，各种传闻、猜想愈传愈奇，而那个骨灰盒里的神奇秘密，也被演绎出许多版本。

当冯欣然和陆伟风尘仆仆地赶回曲州市的时候，苏采萱停职反省期满，回来上班了。

李观澜比谁都高兴："缺了你真不行，办起案子来束手束脚，你回来就好了。"

苏采萱哼一声说："再不回来就真的急死了。范强生这个案子怎么闹出恁大的动静，让我对尸检结果都产生了怀疑。在家里看着媒体的报道，坐卧不安的。对了，你怎么对记者说那种话？不像是你的风格，倒像是媒体杜撰的。"

李观澜说："不必在意，媒体报道只是基本框架不错，细节上全凭主观想象进行添油加醋，一向如此，我已经习惯了，不和他们计较。你说对尸检结果产生怀疑，莫非还有补充检验的意思？"

苏采萱说："我就是想和你商量这件事，当然前提是你们按照惯例在尚未结案前未将被害人尸体送去火化。"

李观澜说："还没火化，不过被害人家属已经在闹了，松江大学方面也希望公安机关早点做结论，好召开追悼会。"

苏采萱说："我这段时间在家反省，脑子里全是范强生的案子。倒不是对常青不信任，但他毕竟刚走出校门，也缺少自信，不大敢提出自己的想法，一般情况下就按常规做法以避免犯错。在范强生遇害之前，发生在市内各公园里的系列抢劫杀人案被媒体炒作得沸沸扬扬，所有细节都毫无遗漏地被报道出来，如果有人模仿凶手的手段杀死范强生，只要精心设计，就可以达到目的。"

李观澜说："如果有人策划一起杀人案件，甚至能够骗过你的眼睛，那么这名凶手一定有着过人的智慧。"

苏采萱撇撇嘴说："你不要净拣好听的说，在检验范强生尸体时突然听说李长城坠楼自杀的消息，真是彻底扰乱了我的心神。在那种情形下，实在不适合继续工作，一个偶然的小疏忽说不定就会错过至关重要的线索。"

第五节 二次尸检

冯欣然和陆伟把骨灰盒带回来后，同事揶揄他们"事没办成先闹出动静"。两人顾不上理睬，径直将骨灰盒交到李观澜手里，长出一口气，如释重负，有点"唐雎不辱使命"的意思。

骨灰盒在李观澜那里才放置了半天时间，楚君就打电话来索要。李观澜感到有些奇怪，楚君对情敌李玉洁恨之入骨，按理说应该拒绝并抵触她的骨灰，怎么会主动来要？

楚君解释说，既然埋葬李玉洁骨灰的墓地要动迁，必须再另找地方安置，他们理应担起这个责任，毕竟范强生在生前揽上了这桩事，家人也不能违背他的意愿把骨灰随便丢在什么地方或干脆一抛了事。不过再买一块墓地需要花不少钱，李玉洁和他家非亲非故，孩子们肯定不乐意，亏得副校长张五福古道热肠，帮着张罗了一个存放骨灰的地方，是私人经营的骨灰堂，价格很便宜。目前只剩下一个骨灰位，趁早把骨灰盒送过去，占上位置，也就省心了。

事主既然这样说，李观澜也不好再坚持，毕竟这骨灰处置权是属于人家的，就同意把骨灰盒交还给楚君，要她到队里来取。

才放下电话，苏采萱敲开门，一脸严肃地走进来。李观澜察言观色，心中不知是喜是忧，说："有新发现？"

苏采萱点点头说："否定自己是很痛苦的事，不过我必须承认，我在第一次尸检中犯了严重错误，险些铸成一件错案。无论局里给什么处分，我都认了，没有一丝怨言。"

李观澜说："现在还不到赏罚的阶段，而且即使在侦破范强生案的过程中有重大失误，也不能由你自己承担，我作为案件的主要侦办人，责任更大。先说说你的新发现，为什么认定自己在第一次尸检时犯了错误？"

苏采萱说："我在范强生尸身的后脑部发现线性骨折，当时误以为那是造成他死亡的致命伤，不过我刚刚发现，这处骨折是在范强生死亡后，凶手刻意制造出来的，用意显然是模仿公园系列抢劫杀人案，误导警方的侦破方向。"

李观澜感觉自己的心跳在加速，范强生案在濒临定案前发生颠覆性的逆转，这是他从警以来前所未有的局面。他追问一句："怎么能断定尸体的后脑骨折是死亡后被刻意制造出来的？"

苏采萱说："如果是生前骨折，在微细裂线处可以清楚地见到纤维蛋白网和红细胞相互黏结，没有例外。而在死后造成尸体骨折时，由于生命体征已经没有，不会出现这种现象。范强生的后脑骨折处，没有纤维蛋白网和红细胞的黏结，我用放大镜仔细扫描过，有百分之百的把握。"

李观澜说："我的法医学知识非常有限，不懂你的分析，不过对你做出的结论一向都非常信服。如果范强生后脑的打击伤不是致命伤，那么他的致死原因是什么？"

苏采萱皱着眉头说："我现在还无法确定。这的确是一件非常奇怪的事，几乎找不到死因，他似乎是自然死亡。当然，这是不可能的，一名癌症晚期患者自然死亡后，谁又会煞费苦心、甘冒风险去作弄他的尸体呢？我眼下有一个猜测，不过尚未得到验证，等落实后再说。另外需要提醒你的是，凶手在范强生尸体后脑上制造打击伤时，至少击打了三次。"

李观澜思考着这句话的含义，眼前一亮，说："这是个重要发现。"

苏采萱说："是，范强生尸身的后脑骨折部位的附近有三处挫裂伤，由于极轻微，而且是死后形成，没有血液淤积，如果不是刻意在头皮上寻找，几乎不可能被发现。这三处挫裂伤均是由重物打击所致，所以我判断，凶手在范强生死亡后，在他的后脑至少击打了三次。"

李观澜说："这是一条很重要的线索，可以提供许多有用的信息。我们可以这样假设，发现范强生尸体的湖边不是第一现场，死者是被抛尸到那里的。凶手在死者后脑连续多次击打，以造成骨折的效果，这说明一个问题，就是凶手在挥舞重物进行打击时力矩很短，力度不够大，才需要连续击打。也就是说，凶手作案的第一现场是在一个较狭小的空间里面。"

苏采萱赞同说："我事先倒没能联想到这个作案场景，不过听起来很合乎情理。"

李观澜说："在日常生活中，最经常身处其中的狭小空间是什么地方？"

苏采萱的眼珠来回转了两圈，脱口而出："汽车！"

李观澜说："没错，是汽车。范强生从医院里出来后，在凶手的汽车里遇害，说明他和凶手并不陌生，也许是亲戚、朋友、同事这些关系比较密切的人。凶手在作案时驾驶汽车，从他策划的周密程度来看，这辆车不应是单位公车或者是借来、租用的，这些车辆的私密性差，凶手一旦在车上留下蛛丝马迹，容易被人发现。最大的可能是凶手的私家车。所以凶手应是有固定工作而且收入水平不低的人。这样，我们的怀疑对象就大大地缩小了范围。"

苏采萱说："我只提供一个信息，你就得出这样长篇大论的推理？"

李观澜说："刑侦的每一个环节都很重要，如果没有你们的工作，刑警就少了行动的理论基础，难免会走许多弯路。"

苏采萱的脸色通红，说："你这是骂我哪？"

李观澜也有些窘，忙说："千万不要误会，偶然一次失误绝不会动摇我们对你的业务水平的信任。何况在这起案子中，我要负主要责任。"

第六节 偷骨灰盒的人

曲州市北郊。酆都骨灰堂。

已是深夜时分，万籁俱寂，一钩银白色的月牙挂在空中，冷冷地凝望人间。几株百岁高龄的大树有三四层楼一般高，直径达一米半至两米许，枝繁叶茂，在夜色中张牙舞爪，似乎是庞大的怪兽欲择物而噬。偶尔有风拂过，树叶沙沙作响，在静寂的深夜里听上去格外惊悚，让人的汗毛都根根竖立起来。

酆都骨灰堂就坐落在这几株大树的后面，是一幢独立建筑，上下两层，砖石结构。楼身没有窗，只有几个杂乱分布的圆形通气孔，用铁丝网封着，可见修建得仓促而粗糙。楼内没有一丝灯光，整幢建筑的氛围是阴森、神秘、破败，似乎在数米外就能嗅到腐朽的气息。

所谓酆都骨灰堂，其实是城郊的几个乡镇干部合伙建造的简易房子。由于近些年墓地价格高涨，普通收入阶层直呼"死不起"，这种私人经营的骨灰堂正是觑准了这个空子，定位的客户群是那些家里经济条件不宽裕者。本来有关法律禁止私人经营骨灰存放业务，不过这里山高皇帝远，几个乡镇干部只手遮天，而垄断殡葬业务的民政部门财源广进，对这些小钱也不放在眼里，就任由他们经营下去。

一到夜里，酆都骨灰堂就大门紧闭，除去一把硕大的"铁将军"把门，没有活人值守。一是几个乡镇干部不愿花额外的钱雇用打更人，二来确实也没人打这些死人骨灰的主意——过路的人到了夜晚避之唯恐不及，靠近一点都觉得丧气、恐惧，骨灰堂也许是最不必担心盗窃问题的场所之一。

可今晚偏就不一样。在猫头鹰的短促聒噪的叫声中，一个黑影正在悄悄地接近骨灰堂。这个看不清面目的黑影穿着黑衣黑裤，肩头上斜挎着一个黑色布袋，头上罩一块厚实的黑布，仅露出两只眼睛骨碌碌地转动着，打量周围的环境。

在确认骨灰堂内外都寂静无人后，这黑影轻手轻脚地向大门处靠近，质地薄而轻的黑衫在风中猎猎地飘动。来到门前，那黑影从口袋里取出一样在月色中发出淡淡的银色光芒的物件，向门上大锁的锁孔里捅去。

那黑影一边企图开锁，一边留意着周围的动静，由于紧张，两只耳朵都竖起来了，耳后的神经一跳一跳的，贴伏在头皮上的最细小的绒毛也乍立着，又麻又痒，平添了几分惊悚——原来这黑影孤独地置身于夜色深沉万籁俱寂的骨灰堂外，心里也是害怕的。但它为什么要忍受恐惧的折磨，试图进入骨灰堂呢？

好在开锁的过程还算顺利，那黑影小心地把打开的锁取下来，挂在门环上，然后用力把门推开，干涩的大门发出沉闷的吱扭声。

大门内外似乎是两重天地。门内的温度比外面低了许多，而且空气中飘浮着酸臭、腐朽的味道。那黑影顾不得这些，拧开一个发出淡淡荧光的手电筒，照亮脚下一米方圆的范围，轻手轻脚地向骨灰陈列架摸去。

它挪过来一个脚凳，踩在上面，伸长双手去取最顶端架子上的一个骨灰盒。那个乌涂涂的盒子看上去很沉，它用双手紧紧地捧着，唯恐失手掉落到地上。它弯下腰把骨灰盒在地上放好，没有发出一点声响，又从肩上斜挎着的布袋里取出一个极相似的骨灰盒，高举着要放到架子上的空缺处。

"这个骨灰盒仿造得不错，简直是一模一样。"一个低沉的声音在黑影的身后响起，随后出现一道亮光，笼罩住它的全身。那亮光宛如划破夜空的闪电，在漆黑一团的骨灰堂里显得格外刺眼。

黑影明显被突如其来的声音和光亮惊吓到，感觉狂跳的心脏要从胸膛里蹦出来，而四肢酸软，再也无力支撑，手里捧的骨灰盒重重地砸到地上，盖子翻开，里面的骨屑和灰粉洒落一地。它的身体在一瞬间瘫软在地。

直到它身后的声音再次响起，而说话者也施施然地现身在亮光中，那黑影才确认自己遇到的是人而不是鬼。虽然心中仍难免有担心、沮丧、紧张等诸般情绪杂陈，但那对于未知世界的说不清道不明的恐惧已经淡了许多——只要是同类，似乎就不那么可怕。

从黑暗中出现的人把光亮打在那黑影的面部，照见一张扭曲的、丑陋的、流满油汗的、瞳孔和鼻孔都扩张着的脸——竟然是松江大学的副校长张五福。

那人手持电筒在他的脸上、手上都照一圈，揶揄他说："原来是为人师表的张副校长。夜里这么凉，你不在家舒舒服服地躺在床上睡觉，却跑到这来猛敲地狱的大门，这是什么癖好？"

说话的人似笑非笑，双目如电，似乎直射到人内心里去，正是张五福除去厉鬼之外最害怕、最不愿见到的人——李观澜。他身后还晃动着三四个人影，模模糊糊地看不清容貌。

张五福到底是教授、博士生导师、大学副校长，脑筋转得足够快，情绪尚未从恐惧中恢复过来，已经在思索对策。他勉强挤出一丝笑容，敷衍着说："是……李支队，你怎么会在这里？"他反问回去，试图反客为主，给自己腾出一点缓冲和思考的时间。

李观澜知道他的心意，不容他平静情绪，快步走过去，俯身拾起掉落在地上的骨灰盒，把盖子掀开，从摔裂的边角处抽出一个折叠的硫酸纸小包。展开小包，里面是几页薄如蝉翼的白纸，上面写有密密麻麻的黑色小字。

李观澜向张五福抖一抖手中的几张纸，说："想不到吧，范强生在生前把一份账外账藏在骨灰盒的夹层里，你和这份足够置你于死地的证据只是一伸手的距离。"

张五福在一瞬间感觉头部好像被重物狠狠地击打了一下，脑海里嗡的一声，失去了思考能力，半晌才反应过来。原来自己曾把这份证据握在手里，却没能把握住机会把它销毁。悔恨像潮水一般把他淹没，他的喉咙里发出绝望的哀鸣，泪水、鼻涕和口水淌了满脸。

第二天上午，阳光明媚，微风习习，是入冬以来难得的好天气。张五福在刑警队的审讯室里老老实实地在他的刑拘令上签了名字，又按下手印，哀求说："李支队，我的认罪态度这么好，能不能保住一条命？我真的不想死啊。"

李观澜面无表情地说："这是法院的事。"

张五福的声音颤巍巍地说："那范强生得了绝症，就算我不杀他，他怕是也离死不远了，法院一定会考虑这点的。"他像是在说给李观澜听，又像是自言自语，给自己吃一颗宽心丸。

李观澜说："是啊，你煞费苦心地去杀一个濒死的病人，真是何苦呢？"

张五福咬着牙说："如果范强生不是得了绝症，就不敢把真相说出来，否则他也要承担法律责任。就因为他只剩下两三个月的寿命，他才无所顾忌，想把我们之间的这个大秘密公之于世，我只有杀死他。除此之外，没有其他办法可以保全我自己。"

李观澜说："可是你却没有想到他会留下一份账外账？"

张五福说："怎么没想到，我曾试着找了很久，也曾经对范强生旁敲侧击，但都没有收获。七年前，松江大学兴建全国综合大学中规模最大的图书馆，耗资过亿，我那时是基建处长，范强生是会计，我们两个合作挪用了一笔工程款，由于数额太大，一旦事情败露，我们两个不仅前程不保，而且都逃不过牢狱之灾。好在这件事只有我们两个知道，互相牵制，也不担心败露。不过我猜到范强生留了一手，会在关键时候拿出来保住他自己。"

李观澜说："范强生在得知自己罹患癌症的消息以后，是否曾流露出要检举你的意思？"

张五福说："有过。这个既贪婪又胆小的窝囊废，捞到一笔钱后给他的老情人买了块墓地，心里却总是感到愧疚和害怕，几次想到纪检部门自首，我花费了很大力气才劝服他。后来他得了绝症，终于下定决心去坦白。我知道他走到生命尽头，已经无所顾忌，再怎样劝说他也无济于事，终于动了杀机。"

李观澜说："你的犯罪智商很高，作为一个非职业罪犯，第一次杀人能够做到这样策划周密、从容不迫、不留痕迹的，算是凤毛麟角了。"

张五福叹口气说："可惜我再怎么策划，还是被你们识破了。"

李观澜说："一开始你已经迷惑了我们。你杀死范强生的手段很高明，几乎没留下任何痕迹，然后在他头部伪装出重物打击的伤痕。我们的法医在第一次给他做尸检时适逢被其他案件干扰，心神不定，竟然被你欺骗过去。不过她之后仔细回忆尸检时的细节，产生怀疑，进行二次尸检，终于发现了其中的奥秘。你虽然在作案前把每一个细节都筹划得非常周到，但是恐怕想不到，人在生前受到打击造成骨折和死后出现的骨折，伤口是不一样的。而给人注射琥珀酰胆碱致死，也并不是完全检验不出来。"

张五福听到"琥珀酰胆碱"这五个字时，浑身一震，颤声说：

"连这个你们都知道了？"

李观澜微微笑着说："用琥珀酰胆碱杀人，虽然同类的案例极少，但你绝不是第一个。这是用于执行死刑的注射药物，可以在短时间内使人肌肉兴奋、呼吸急促，最后因兴奋过度而导致器官衰竭，直至停止呼吸。用琥珀酰胆碱杀人极难查出死因，可以瞒过绝大多数人，但是遇到机敏、细腻而经验丰富的法医，却绝不是没有痕迹可寻的。否则这种市场上并不难购买到的药物，就会成为恐怖的杀人利器。"

张五福神色黯然，一言不发。也许他在懊悔自己的自作聪明，也许在思考以后是否有改进和提高的余地——当然，他不可能再有机会了。

李观澜继续说："你和范强生是大学同学，毕业后又同在松江大学工作，彼此非常了解，你对范强生的情史也了如指掌。但你们的个性并不相投，而在联手作案后为了避嫌，来往很少，所以即使家人也不知道你们掌握着对方的秘密。你在作案的当天晚上把范强生约出来，在自己车里把他杀死，然后根据媒体关于公园系列抢劫杀人的报道，伪装出相似的现场，又把尸体沉到湖里去。第二天一早，你终究放心不下，装作若无其事的样子到公园里晨跑，以观察范强生的尸体情况，然后又主动报警。这种贼喊捉贼的案子，屡见不鲜。"

张五福感觉到一阵彻骨的寒意从心底泛起，断断续续地说："你，怎么连，连我在车里杀死范强生的事都知道？有人……看见了吗？"

李观澜为了震慑他，没直接回答，只轻描淡写地说："'凡是犯罪，必留痕迹'。这句话你应该听说过吧？在过去的五年里，曲州市没有一个杀人犯从刑警队手下逃脱过，其中不乏比你更残忍、更狡诈、更懂反侦查的罪犯，无论你策划得如何周密，都只是延缓你被捉到的时间，却不能永远逍遥于法外。"

张五福无比懊恼地垂着头，连声说："天网恢恢，天网恢恢啊。你们对只有我一个人知道的细节都了解得这样清楚，最终在骨灰堂里抓到我，也就不足为奇了。不过我还是纳闷儿，你们怎么会预测得那样准呢？"

李观澜笑着说："我们不是算命先生，没有未卜先知的本领。说实话，直到抓住你之前，我们都不能确认杀死范强生的人就是你。此前刑警队确认的犯罪嫌疑人有三个，你只是其中之一。也是时机巧合，到S省去取李玉洁骨灰的两名警员在登机时遭遇一个仗势欺人的银行行长阻拦，不许他们带骨灰盒上机。因事情有些报道价值，被媒体记者盯上了，我就借机通过媒体向犯罪嫌疑人传话，说是骨灰盒里藏有重要罪证，引诱犯罪嫌疑人出来。没想到你貌似精明，却轻而易举地就上了当，竟趁着夜深人静到骨灰堂里来调包骨灰盒，正是自投罗网。"

张五福无奈地摇摇头，说："即使我不来给骨灰调包，你们找到骨灰盒里的证据，也照样能抓到我。"

李观澜高深莫测地笑笑，不置可否。

张五福为争取从轻判决，表现出良好的认罪态度，原原本本地交代了杀害范强生的全部过程。

三个月后，张五福在曲州市中级人民法院接受审判。因他主动退还了贪污挪用的全部款项，又因在押期间，有一篇论文获得国家科技进步二等奖，虽然有人撰文指证这篇论文有四分之三的内容是抄袭国际同行的研究成果，不过既然"有关部门"已颁发了奖项，这些非官方的指证就得不到任何重视。为着这两条"立功"情节，法院从轻判处他无期徒刑。

保住一条命的张五福在听过宣判结果后露出满意的神情。他对自己的后续操作能力非常有信心。

冯欣然作为警方证人出庭。在休庭后，张五福戴着手铐走过他身边，停下脚步问："冯警官，这些日子里我一直想不通，警方是怎么知道李玉洁的骨灰盒里藏有范强生做的账外账的？"

冯欣然此时心情大好，露出狡猾的笑容，说："警方又不是神仙，怎么可能知道范强生的账外账藏在哪里？时下骨灰盒市场有九成是假冒伪劣却又价格昂贵的，那些奸商们为了增加骨灰盒的重量，在薄木板之间灌注水泥，所以几乎每个骨灰盒都有夹层。李支队只不过是事先把一个油纸包塞到骨灰盒的夹层里，故意放线钓鱼，再趁你被惊吓得六神无主时当着你的面把油纸包取出来，你自然就深信不疑了。不这样做，你会那么痛快地认罪吗？"

看着张五福目瞪口呆的模样，冯欣然得意地哈哈大笑，笑得像顽童一样，豪放而肆无忌惮，引来法院大厅里的人群纷纷侧目，不知这位年轻英俊的警察中了什么邪。

第七案

编织针杀人

第一节　睡袋里的尸体

俞豪从宿醉中醒来，头还隐隐作痛，看看时间已是上午十点多钟。他推醒在旁边床上酣睡的吴国宾，说："起床吧，再睡一会儿大半天就过去了。"

吴国宾揉揉泛着血丝的双眼，半梦半醒地嘟囔说："这顿酒喝的，现在还迷糊着呢。"

俞豪和吴国宾在大学时期是铁哥们儿，毕业后同在曲州市工作，一直保持着良好的关系。这次他们松江省医科大学医学影像系的同学聚会，全国各地的同学来了三十几位，聚集在曲州市郊的子曰山庄，连喝带玩地闹了一天一夜。

两人睡前都没脱衣服，一翻身从床上爬起来，简单洗漱过，走进各个房间与往日的同学依依惜别，不免又是一番唏嘘感慨和握手拥抱，出门时已近正午。

俞豪家境富裕，开一辆崭新的进口白色房车，吴国宾则叫了一辆出租车，分头赶回家。

俞豪在路上往家中打电话，却无人接听，拨打妻子金羡莲的手机，也被转入通讯小秘书。俞豪略感奇怪，今天是星期日，昨天他已经和金羡莲说好会在中午时分到家，下午两人一起回俞豪的父母家。金羡莲娘家家境贫寒，嫁给俞豪有点高攀的意思，平时在俞家抬不起头来，对俞豪言听计从，而在两人有约定之后不接听电话，还是第一次。

俞豪有些生气。人的脾气大多是培养出来的，平日里颐指气使惯了，偶尔遇到一两次不那么驯服的行为，难免心中不太爽利。

俞豪回到家，打开房门，故意弄出很响的声音，理想中金羡莲应该从室内颠着小碎步跑出来迎接，然后他摆出一副臭脸，等着金羡莲低声下气地嘘寒问暖，疏解他心中的不快。

但金羡莲居然没有闻声而出。俞豪的火气又增添几分，鞋子也没脱，径直走进客厅。室内静悄悄的，空调和电视都没开，也没有烹煮的气息，似乎没人在家。

难道金羡莲没通知他就自作主张出门了？

俞豪又疾步走进卧室，蓦地见到床上卧着一个硕大的白色物体，在中午的阳光照射下发出明晃晃的光泽。俞豪不禁被吓了一跳，仔细一看，是一个透明塑料布似的东西包裹着什么物体，"塑料布"外面溅有斑斑点点的暗红色干枯的血迹。

俞豪感觉双腿发软，心怦怦地跳，壮着胆子凑过去，透过"塑料布"见到一张扭曲的女人面孔，眼角、鼻孔、嘴和耳朵里凝结着干枯的血痂，一双眼睛睁得大大的，瞳孔几乎全部翻上去，用泛青的白眼仁对着俞豪。

俞豪撕心裂肺地惨叫一声，一脚深一脚浅地向门口跑过去，勉强来到家门外，双腿发软，再也支撑不住，瘫坐在地上，一股热热的液体洇湿了胯间。

李观澜和苏采萱等一众刑警赶到时，俞家门外已经围满了看热闹的邻居，也夹杂着一些在楼里做装修的工人，脸上都带着猜疑、兴奋和期待的神情。有几个六七十岁的老太太凑在一处，边偷瞄着面无血色的俞豪，边相互耳语。

苏采萱检验过数百个凶杀现场，但一见到床上的尸体时，仍禁不住轻轻呼出一口气，有一瞬间心似乎被揪了起来。

尸体外面裹着一张双层的透明薄膜，薄膜夹层里面充斥气体，涨得圆滚滚的。苏采萱仔细辨认了一会儿，确认这是一个合成纤维材质的透明充气睡袋。

尸体侧卧在中空的睡袋里，是一具女尸，身形娇小，全身赤裸，缩颈、弓腰、屈腿，蜷缩如婴儿，似乎是怕冷，又像是在试图逃避外界的伤害。

尸身上遍布红色的斑点，每个斑点处都凝结着暗红色的血迹。死者的眼睛睁得大大的，虽然已经失神，瞳孔上蒙着一层浑浊的黏膜，仍可以从中读出交织着恐惧、痛苦和悲伤的复杂情绪。

死者的衣物整齐地摆在睡袋旁边，衬衫、长裤、胸罩和内裤，都叠得很仔细。苏采萱似乎依稀看到——凶手在制服受害人后，从容不迫地布置着作案现场，脱光受害人的衣服，把她装进睡袋，再把她的衣服一件件叠起来，然后欣赏着在睡袋里无助地挣扎的受害人，再把一根长长的尖利凶器从睡袋的接缝处扎进去，扎在受害人身体的各个部位。受害人一时不能够死去，在一针针的酷刑中，呻吟着忍受疼痛和恐惧的折磨。凶手在施刑的时候，目光中流露出残忍和快意。

苏采萱专注地盯着睡袋里的尸体，似乎神游物外。李观澜见状，走到她身边，说："有问题？"

在全神贯注时突然被打断思路，苏采萱的身体不易察觉地颤动了一下，定定神说："死者的样子很奇怪，在弄清凶手的意图之前，不能破坏现场。"

李观澜表示赞同说："凶手用这样的手段杀人，的确是花费了不少心思和工夫，应该不是简单的随机杀人，而是蓄意谋杀。"

苏采萱说："死者的致死原因是什么，在打开睡袋以前你能不能看出些门道？"

李观澜说："尸体的外伤看上去是由细长而尖利的锐器造成的，至少有二十处以上的刺伤点，如果刺入很浅，不足以致命。但是如果颈部和腹部的刺伤足够深，造成体内出血，这些刺伤应该就是致死原因。"

苏采萱点点头说："我也是这样认为。凶手刺入的角度很巧妙，针孔都在睡袋上的接缝处，睡袋里填充的气体始终没泄露，使睡袋得以保持中空状态。"

李观澜说："你刚才迟迟不打开睡袋，是否在琢磨凶手布置这个凶杀现场的意图？"

苏采萱说："是。凶手煞费心机地谋杀，一定是在向外界传递什么信息。这种合成纤维的睡袋，可以在室内使用，也可以在野外露营时使用，眼下有些乱性的男女流行什么在野外郊游时'混帐'，我在想，凶手的作案动机是否与此有关？"

李观澜摇摇头说："短时间里也很难把所有的可能性都考虑进来。取证的警员已经拍摄了现场照片和录像，回头我们再汇总各方面的线索综合分析，说不定尸检之后会有更多收获。"

苏采萱在助手的帮助下把尸体搬出来。尸体已经僵硬，紧紧地蜷缩着，像一个受到惊吓后躲在角落里不知所措的孩子，古怪的身体姿势衬托得她圆睁的双眼益发显得诡异。

刚分配来技侦科的女警员楚乔见到尸体的样子，想看却又不敢直视，目光躲躲闪闪，冷不防与女尸的双眼相对，禁不住打了一个寒战，胃部一阵痉挛，俯下身子呕吐起来。

在苏采萱验尸期间，李观澜的目光在室内环视，最后落在床边的一个红色的真空吸尘器上。恰好一名技侦科的警员走过去，伸手要挪开吸尘器，李观澜制止他说："不要动。"

那名警员愣眉愣眼地看着李观澜，不明所以，说："吸尘器上很容易吸附毛发和纤维，都是重要的证物。"

李观澜说："也许这个吸尘器本身就是最重要的证物。"又对站在他一旁的许天华说，"去把俞豪叫进来。"

俞豪惊魂未定，满脸煞白，见到李观澜就结结巴巴地问："死的……是……我太太？"

李观澜说："现在还没确定身份，你再平静一会儿，我们需要你帮助辨认死者身份。"眼下的当务之急并非确定死者身份，俞豪又失魂落魄，李观澜暂时未让他直视死者的面容。

李观澜指着床边的吸尘器说："这是你家的物品吗？"

俞豪揉揉眼睛，说："不是。我家的吸尘器是白色的，也比较大，这个吸尘器是从哪里来的？"

李观澜没回答他，让人把他带离现场，又叮嘱技侦人员把这台便携式吸尘器装进证物袋，回去后要仔细核对机身内外的每一枚指纹和每一根纤维。

许天华眨眨眼睛，带着疑问对李观澜说："我们勘查现场时，留心的是脚印、指纹、血迹、织物纤维这些细小的证据，如果不是你细心，这台摆在眼皮底下的吸尘器可就被忽略了。谁又能想到这样明显的家用电器竟然不属于案发现场呢，李支队你究竟是怎么发现的？"

李观澜说："这间卧室装修得很讲究，看得出每个细节都花了不少钱和心思，而这台吸尘器却很简陋，和卧室的整体色调不搭。此外，我进门时看到厨房的阳台上有一台尺寸比这台大一倍、价格要高出几倍的'燕翔'牌白色吸尘器，一般家庭没必要购买两台吸尘器，所以我就想到卧室里的这一台可能有些蹊跷。"

许天华说："到底是前辈，眼睛太毒了。"

这是一个古怪的凶案现场，即便身经百战如李观澜和苏采萱，一时间也琢磨不透凶手的意图。他（她）为什么要选择这样一种既麻烦又残忍的杀人方式？仇杀？情杀？把睡袋、吸尘器这样明显的物证留在现场，是挑衅？愚蠢？还是别有用心？

第二节 凶手意图

案发当天下午六时，在刑警队的小会议室里，与案的各路刑警坐在一起，就各自掌握的情况开了一次案情碰头会。

负责调查外围情况的冯欣然说："死者金羡莲，三十二岁，生前在松江省人事厅福利处任主任科员。她的丈夫俞豪，是一家名叫'济世铭'的医疗器械公司的法人代表，公司注册资金一千两百万元。据金羡莲的同事和朋友介绍，她出身贫寒，父母都是国有企业的下岗工人，因容貌姣好，被富二代公子俞豪看中。二人结为夫妇后，俞家动用社会关系，把金羡莲调进人事厅福利处，拿一份干饷，三天打鱼两天晒网的，上不上班也没有人在乎。俞豪和金羡莲结婚五年，一直没有孩子，但夫妻感情尚可。据熟悉他们的人透露，俞豪酷爱拈花惹草，但没有长期、固定的情人。金羡莲对丈夫之外的男人从来不假辞色。在案发的前一天，俞豪到距市区二十多公里远的山庄参加同学聚会，与大学同学喝酒聊天到夜里十一点多钟，有多人可以作证。俞豪当晚在山庄过夜，和同学吴国宾同居一室，第二天中午才回家，没有作案时间。此外，我们向俞豪核对过，案发现场没有财物丢失，可以排除入室抢劫杀人的可能性。"

苏采萱随后介绍尸检情况："死者体内检验出少量的乙醚成分，怀疑是生前被人用乙醚迷晕，然后被装进充气睡袋里，虐杀致死。案发现场未找到凶器，根据死者的伤口分析，凶器应是一种细长尖锐的利器，例如编织针、铁钎之类。凶手在作案过程中向被害人身上连续刺杀二十九次，其中绝大多数的伤口在四肢、背部等非致命处，有四针为致命伤，分别刺入肝脏、心脏、脾脏和胃部，最深的伤口距皮肤表面有十一厘米，有少量胆汁和液态食物流入受害人的腹腔内。根据尸体的僵硬程度和血液凝结程度判断，死者的遇害时间是在凌晨三时到四时之间。"

在交流过案件的客观调查结果后，许天华率先表达了对本案的主观分析："这是一个前所未有的案发现场，凶手采用了非常麻烦的杀人手段，显然是蓄意谋杀，而且事先经过精心筹划。杀人动机虽然不明确，但仇杀和情杀的可能性比较大。我认为案发现场至少有三点值得深入调查，一是包裹尸体的充气睡袋，从它的来源入手，也许可以发现有价值的线索；二是凶手的杀人方式和凶器；三是在现场发现的真空吸尘器。我相信这三条线索是凶手有意留下来的，向我们传达着某种信息。"

冯欣然接过话来说："我赞成天华的分析。补充一点，死者家门上没有被撬压的痕迹，有两种可能，一是凶手和被害人是熟人，甚至是关系非常亲密的人，才能在深夜叫开门，进入被害人家里；二是凶手具有极强的开锁能力，可以在短时间内悄无声息地打开防盗门，且具有这种能力的人，在曲州市也不过一百人左右，我们有记录绝大部分人员的名单。"

李观澜说："冯欣然说的是一条重要线索。被害人金羡莲生前的居所在一个高档社区内，安保措施很严密，整个社区只有一个大门，门前有保安全天候值守，而且配备有监控录像。但我们对案发当晚的监控录像进行了仔细查看，并询问过当晚值班的保安，确认不曾有可疑人员出入。不过这个社区有一个地下停车场，并配有直通住宅楼内的电梯。停车场外没有保安值守，也没有监控录像，唯一的安全措施电梯是自动锁紧的，楼内住户都持有电梯卡，进入电梯后需要刷卡才能上到目标楼层，而且持一枚电梯卡只能上到一个楼层，所以凶手应该是从停车场进入电梯，持电梯卡来到金羡莲家的门前，再打开房门入室。鉴于这些烦琐的步骤，我倾向于认为凶手是与金羡莲关系密切的人，并且深得她的信任。当然，也有其他可能，诸如凶手是楼内住户，或者是开锁和给电梯解码的高手，但这些可能性都很小，却也不能完全排除。我认为，应把主要精力投入到对金羡莲的私生活的调查中，对她的亲属及同性、异性朋友逐一排查，重点是那些和她有恩怨纠葛的人。"

李观澜又分派冯欣然率两名警员，对凶案现场的睡袋和吸尘器的来源进行调查，争取从销售这两种物品的商家处获得一些信息，如果售货员能够描述出嫌疑顾客的一些特征，对案子会有很大帮助。当然，李观澜知道，这两种物品都是市场上最常见的商品，从售货员处得到有价值线索的可能性微乎其微。

李观澜在分析案情和调配警力时虽说得头头是道且有条不紊，但他心中始终存有一团疑云。凶手在案发现场的刻意安排究竟在传达什么信息？

李观澜在第一眼看到金羡莲遇害的场景时，脑海里就升腾起一个念头：美国亚利桑那州睡袋杀人案。这是他在公安大学读书时学习过的一起案子，一个变态杀人狂在数年时间里杀死了十几名妓女，并把她们的尸体肢解，藏在睡袋里，编上号码，储存于地下室中。但这起闻名海内外的连环杀人案与金羡莲遇害案相比较，除去被害人都是女性且尸体都储存于睡袋中，再没有任何共同之处。此外，李观澜绞尽脑汁也想不出记忆中还有什么凶案能与睡袋扯上关系。

如果不是模仿作案，凶手的用意到底何在？

李观澜正凝神思考，苏采萱推开门走进来，说："怎么样？这起案子可够蹊跷的，我查阅过资料，在作案时使用吸尘器的，只有一起十五年前发生在泰国的密室杀人案。凶手在室内杀人时，把吸尘器开启后对准门缝处，强大的吸力使得门外的纸封条附着在门上，造成无人在室内的假象。而在凶案现场出现睡袋的，只有一起发生在美国亚利桑那州的系列杀人案。但这两起案子都与本案差别太大，硬要联系在一起太牵强了。我认为金羡莲遇害案未必是凶手模仿作案。"

李观澜赞同地说："我也倾向于这种看法，我们不能局限于从以往发生的案子中寻找线索。凶手是通过睡袋和吸尘器以及残忍的杀人手段在向我们传达什么信息，也许是他（她）杀人的动机，也许是他（她）所认为的死者取死之道。"

十几个小时后，一线刑警反馈对睡袋和吸尘器的调查结果，对案情没有丝毫帮助。这种"静夜思"牌充气睡袋，在曲州市的大小商场、批发市场都有出售，在一些购物网站上也可以买到，以顾客为源头查寻凶手基本不可能。而凶案现场的红色便携式吸尘器，就是曲州市"全福"家用电器公司的产品，行销全国，近两年的零售量是每年两三百万台。

苏采萱分析比较过尸身上的伤口后，倾向于认为凶器是一种小手指粗细的不锈钢编织针，这是目前市面上能见到的最粗的编织针，长度在三十厘米左右，购买渠道也很多。

最大的收获则来自于对金羡莲尸体的解剖。金羡莲的子宫内膜很薄，是正常厚度的二分之一，而且有刮宫的痕迹。可以确定金羡莲曾经堕过胎。

李观澜得知这个检验结果后，嘱咐苏采萱暂时不要把消息泄露出去，尽量将知情者的人数控制在最小范围。

这是一个重要发现。俞豪是家里的独子，但是他和金羡莲结婚后一直没有孩子，如果金羡莲怀过的孩子是俞豪的，她为什么要打掉？如果金羡莲怀的是别人的孩子，那个男人是谁？这件事与金羡莲的遇害有没有联系？

出于对死者名誉和生者隐私的保护，李观澜派冯欣然不事张扬地启动对金羡莲堕胎一事的调查。

通过对俞豪的旁敲侧击，冯欣然了解到，金羡莲生前与俞豪从相识到结婚，共有六到七年时间，期间金羡莲从未怀过俞豪的孩子。俞家盼子心切，俞豪的父母曾多次到寺庙里上香，祈求神佛菩萨赐子，而且俞家的偌大家业也等待着有人继承。金羡莲一日无子，俞家媳妇的地位未免坐不牢靠。也就是说，金羡莲怀上俞豪的孩子后又偷偷堕胎的可能性几乎没有。

那么，金羡莲堕掉的应是别人的孩子。金羡莲与俞豪结婚时是处女，有婚前体检报告为证，这也是俞豪选择妻子的重要条件之一。这个孩子是金羡莲与俞豪结婚后怀上的，也就是说，金羡莲有一个秘密的地下情人。

金羡莲和她情人的保密工作做得非常好。冯欣然访遍了俞豪与金羡莲的亲朋好友，无一人知情。众人都说金羡莲生前洁身自好，深居简出，对男人不假辞色。倒是俞豪酷爱寻花问柳，时常夜不归宿，结下数不清的露水姻缘。金羡莲生前对俞豪的所作所为也采取了容忍的态度，毕竟她是贪恋钱财嫁入俞家，谁不想既得物质实惠，又要老公忠心体贴，但她知道自己没有这样的好运气，也就认命了，舍鱼而取熊掌。

破案工作像抽丝剥茧一样，进展得很缓慢。这是一起非同寻常的案子，凶手在现场留下了明显的物证，刑警们却无法据此找到有价值的线索，凶手是在故布疑阵扰乱警方视线，还是在主导一场猫捉老鼠的游戏？办案人员毫无头绪。

金羡莲遇害一周后，案子陷入胶着状态。李观澜不得不分拨出部分警力，投入到其他新上来的案子中，对金羡莲一案的关注度日渐减少。

第三节 藏尸再现

松江省属亚热带海洋气候，夏冬两季很长，春秋两季则很短，金羡莲案案发时还是春寒料峭，二十几天后，已经进入盛夏，烈日炎炎，而且空气潮湿，闷热得让人透不过气来。

志明和黄老三两人以同样的造型亮相，都光着脊梁，下身穿一条脏兮兮的短裤，趿着人字拖，手里提着一根仿制的警棍，耀武扬威地走进原曲州市重型机器厂待拆迁的厂房。

志明和黄老三原本都是混迹在农贸市场的地痞流氓，自从曲州市拆迁工作如火如荼地展开以来，两人如鱼得水，加盟拆迁大军后，身份骤变，一举成为"公家人"，既有面子，又广开财路，还能在更强大势力的保护下肆无忌惮地耍流氓，这拆迁工作简直就是为他们这样的人量身定做的。

两人晃晃悠悠地走进这片厂房。黄老三边走边说："老大做事也太仔细了，拆就拆吧，还派我们来打前站。"

志明说："老大这两年开始信佛了，初一十五都吃素，拆迁时能不弄死人就尽量避免死人，这片厂房空了一段时间了，万一有野吧（'野吧'是松江省土话，意指流浪汉）躲在里面，咱们机器一响，还不就把人砸死了。老大让咱们先来探探路，万一有人躲在厂房里就给撵出去，这是做好事呢。"

两人所说的"老大"，就是曲州市市长陈华秋的弟弟陈云秋，也是目前曲州市最大的房地产开发商。

志明和黄老三在光线昏暗的厂房里走马观花地转了一圈，转身要走时，黄老三眼尖，透过一扇乌涂涂的玻璃窗瞥见隔壁的房间里有一团白晃晃的东西，说："嘿，这破房子里还真的有野吧，走，过去看看。"

两人转到隔壁，志明还是吊儿郎当地踱着方步，脚下忽然一绊，踉踉跄跄地险些跌倒，仔细向脚下一看，骂道："谁他妈的把一个破吸尘器丢在这里？"

黄老三却不说话，瞪着眼睛张大嘴，盯着前面发愣。志明顺着他的目光向前看去，那个白晃晃的东西看上去像是一个硕大的透明塑胶袋，袋子上血迹斑斑，隐隐约约可以看见有一张脸贴在袋子上，怒睁着眼睛向二人瞪视。

两人愣怔了一会儿，只感觉后脊梁发冷，似乎有阵阵凉风吹过，忽然反应过来，同时惊叫一声，掉头向外就跑。

　　苏采萱和李观澜前后脚赶到现场，其时已有一众刑警在现场忙碌。见到现场的情形，苏采萱和李观澜对视一眼，心中同时掠过一个念头：与金羡莲遇害案如出一辙。

　　一具已经略有腐烂的女尸蜷缩在一个透明睡袋里，它似乎在用这种姿势诉说着对来自外界伤害的恐惧和无助。苏采萱看到它时，心中浮现出一个奇怪的念头：这具女尸的死状很恐怖，它在临死前也经受了许多折磨，但是它的姿态看上去却宁静安详，像是一个在子宫中沉睡的胎儿。

　　这具女尸的伤痕与金羡莲尸身上的一模一样，都是由坚硬的利器乱针攒刺造成的。苏采萱仔细数过，至少有三十一处针孔，伤口处已经开始腐烂，向外流淌着黄白色的黏液，散发出浓重的令人作呕的腥臭气味。

　　"死亡时间约在三十小时前。"苏采萱一边检视尸体一边说，"肉眼看上去，至少有三处针孔足以致命。死者是女性，三十到四十岁之间，在临死前曾遭受长时间的针刺折磨，表情中依然可以看出恐惧和痛苦。"

　　死者的挎包和衣物都遗留在现场。挎包里的身份证和工作证显示死者为曲州市妇婴医院护士马铃，今年三十五岁，家住铁东区朝阳社区。挎包里的财物俱在，显然凶手的作案动机不是劫财。

　　死者的衣物叠得整整齐齐地放在一边，挎包则端正地摆在衣物上面，显示出凶手在做这些事时镇定从容，有条不紊，而且未遭到被害人的剧烈抵抗。苏采萱想，看样子凶手的作案手段也与上一起一致，多半又是先用乙醚麻醉被害人，然后施加伤害。

在案发现场同样有一台红色便携式真空吸尘器，而盛着尸体的睡袋同样是"静夜思"牌充气睡袋，几乎是金羡莲遇害现场的翻版。

冯欣然在一个小时后查清被害人的工作和家庭背景。马铃，曲州市妇婴医院护士，昨晚二十一时下班后与外界失去联系，家人已经寻找了一整夜，并到当地派出所报案。马铃已婚，丈夫吴天在曲州市水务局工作，两人育有一子，今年五岁。

经调查确认，马铃与第一起案件的被害人金羡莲并不认识，两人的生活没有任何交集。

马铃与金羡莲案并案侦查后，案件的性质发生变化，从普通的谋杀案上升为系列杀人案，而且凶手的作案动机不明。曲州市公安局将案情上报到松江省公安厅，厅里很快做了批示：限期破案，严防凶手再次作案，将案件对社会产生的负面影响控制在最小范围。

如果不是随机杀人，两名被害人与凶手是什么关系？难道凶手与两人均有染，因奸情败露杀人？凶案现场出现的睡袋和吸尘器到底预示着什么？

李观澜率冯欣然来到曲州市妇婴医院，向马铃的同事和领导了解她的工作情况。

妇婴医院的护士长孟鸽介绍说，马铃从二十岁起就在妇婴医院做护士，十五年来，她工作认真努力，兢兢业业，对妇科和儿科的业务都精通，同事关系也很好，从未与同事发生过激烈的争吵。曾经有几次被卷进医患纠纷中，但是责任不在马铃。目前每家医院内外都活跃着许多专业医闹，几乎每位医护人员都或多或少地被卷入过医患纠纷，这些医闹的目的就是讹诈些钱财，过后挟私报复的从未有过。

据事发当晚与马铃一起值班的护士陈小敏介绍，她和马铃当天一直在妇产科病房值班，是早九点到晚九点的班。当班期间，有一位来堕胎的少妇与陪同她来的男人发生争吵，马铃曾出面阻止，除此之外，没有发生过任何意外情况。

经多方查找，并没有收集到值得进一步追查的信息。冯欣然感到有些沮丧，案子进展到现在，警队投入大量人力物力，警员们殚精竭虑，却一无所获，让他产生强烈的挫折感。

但是李观澜看上去却不动声色，态度从容，似乎丝毫没意识到情势和时间的急迫。他有一搭没一搭地和护士长孟鸽说着话，话题有时围绕着案情，有时又和案情完全挨不着边。冯欣然在一边听着，感觉云山雾罩，有点摸不准李观澜的脉搏。他听得不耐烦，就踱开几步，走到一间敞开门的空着的产科诊室前，打量里面的设施。

护士陈小敏二十五岁，还没有男朋友，她站在护士台后面，不时斜睨着长相俊俏的冯欣然，见他一个人走到一边，就勇敢地靠过去，笑嘻嘻地搭话说："这是妇产科诊疗室，冯警官看上去很感兴趣似的。"

冯欣然被这个年轻的女护士一说一笑，略感尴尬，遮掩地说："做我们这行，学习生活常识很重要，生活中的方方面面都要有所了解。现在有许多病人在外面排队，这间诊室怎么还空着？"

陈小敏说："这是吴大夫的房间，他今天是下午班，再过一会儿才会来。"

冯欣然"嗯嗯啊啊"地应着，没反应过来"吴大夫"是谁，那边李观澜问孟鸽说："吴国宾是在这家医院工作吧，怎么还没见到他？"

孟鸽说："吴大夫啊，"又抬起手看了看手表，"他要四十分钟后才来上班，李支队认识他吗？"

李观澜说："有过一面之缘。不久前他的一位朋友家里出了点事，我们找吴大夫了解过情况。"

孟鸽说："既然这样，你们要想见他，就先到我的办公室里去坐坐，喝点水，稍等一会儿。"

李观澜说："不用等他了，我们还有事在身，你见到吴大夫代我跟他打个招呼。"

出了医院的大门，冯欣然带着怀疑的语气对李观澜说："那个吴大夫，就是在金羡莲案里为俞豪做不在现场证明的吴国宾吧？你好像是早已经意识到他是被害人马铃的同事？"

李观澜说："吴国宾是妇婴医院的超声科医生，也是俞豪的大学同学兼好友，这两起案子貌似都和他没有关联，被害人却又勉强能和他扯上一些关系。"

李观澜的语调中不带有倾向性和感情色彩，冯欣然琢磨不透他的意图，就直截了当地问："接下来是不是对吴国宾上些手段？虽然他不是嫌疑人，但两起案子里都有他的影子，我们不能掉以轻心。"

李观澜点头说："你去查查这个人的背景，但不要和他直接接触，尽量别惊到他。既然凶手连续作案，我们从明处转到暗处，后发制人，才能化被动为主动。"

第四节 胎教音乐

金羡莲与马铃遇害案，并未因时间的流逝被淡化和遗忘。在办案刑警的持续努力下，这两起并案侦查的凶杀案在僵持中缓慢发酵，在重重迷雾中逐渐透出一丝光亮来，并终于因一个偶然的契机，取得重大突破。

契机的出现，仍要部分归功于曲州市市长陈华秋的无心插柳。在此之前，陈华秋支持其胞弟陈云秋在曲州市赵家乡搞强行拆迁，从而间接帮助警方和许罗丹揭开了许罗丹之母离奇出走之谜。

马铃案发生两周后，在市公安局局长金水的批示下，全市公安系统的体制内警员和聘任人员的当月工资条上都被扣除了七元五角钱，而且事先未得到任何通知。当然，这七元五角钱的去向还是明确的，因为每个人都随工资条得到了一张光盘。

冯欣然端详着这张光盘封面上印制着的一个咧嘴大笑的白人婴儿头像，不解地问发工资的出纳孙甜甜："这是什么东西？谁有这么大的能量，在公安系统内部搞强买强卖？"

没等孙甜甜说话，站在她旁边的一位西装革履的绅士说："这是胎教音乐，是松江省著名青年音乐艺术家林丽女士的最新作品，市场价每盘十五元，为照顾公安系统的员工，在咱们内部半价销售。"

冯欣然一头雾水，说："我还没结婚呢，买胎教音乐干什么。"看着眼前这位衣冠楚楚的绅士，忽然反应过来，"你不是在陈云秋手下搞强拆的黄老三吗？怎么改弦易辙，穿上西服卖起光盘了？"

黄老三也认出了曾和他有过一面之缘的冯欣然，嘿嘿地笑着说："我是代人出头。林丽女士不仅是咱松江省全省人民的骄傲，还特别受到陈市长的器重。这次在全市范围内隆重推出林丽女士的胎教音乐作品，就得到了陈市长的大力支持。"黄老三在说"陈市长"三个字时，显得格外亲切随意，似乎在谈论一位熟透了的老朋友。

冯欣然心领神会，说："既然这样，我出七块五毛钱支持下陈市长器重的青年艺术家也理所当然、义不容辞。"说着，把那张做工粗劣的光盘在手里抛一抛，走出门去。

回到办公室，见每台桌子上的电脑都在播放着胎教音乐，十几台电脑联播，蔚为壮观。年轻的刑警们有的摇头晃脑地故做出陶醉的表情，有的吹着口哨跺着脚起哄。正闹腾着，苏采萱踩着音乐的节奏走进来，笑嘻嘻地说："真热闹，像开联欢会一样。"

冯欣然说："这不是给市长大人捧场呢吗？这音乐的作者可是深受市长器重的人民艺术家。"

苏采萱撇撇嘴说："就这音乐水准，东拼一段西凑一段，像拼盘似的，还人民艺术家？现在'人民'这两个字，像万能胶一样，贴在什么东西前面都适用，就是骗子的通行证，无耻之徒的遮羞布。"

冯欣然啧啧地咂着舌说："看不出苏姐还是一愤怒女青年。"

苏采萱哼了一声说："要是愤怒管用的话，我就是愤怒到老年也无妨。"话没说完，忽然侧过头，仔细聆听音乐，似乎在辨别什么。

冯欣然狐疑地看着她："莫非听到妙处了？"

苏采萱不理他，目光中绽放出异样的光彩，又专注地听了半分多钟，抄起桌子上放置的一张光盘，转身走进李观澜的办公室。

近一段时间刑事案件频发，李观澜手头有几件案子积压，正忙碌得有些焦躁，见苏采萱面带喜色推门进来，李观澜心里咯噔一下，说："马铃的案子有新发现？"

苏采萱有点激动地说："重要发现。"虽然从警多年，屡破奇案，但是每逢案子出现转机，苏采萱仍然按捺不住兴奋之情。

她径自走到李观澜桌上的电脑主机旁，把胎教音乐的光盘放进光驱，播放起来。

李观澜还没去领工资，不知道关于这盘光碟的事，不解地问："这是什么音乐？"

苏采萱把音乐调到她关注的那一段，说："仔细听听这一段的背景音乐。"

李观澜的音乐素养不错，边听边说："小提琴、电子琴，还有苏格兰风笛，像是大杂烩一样，等等，是什么声音？"

苏采萱启发他说："仔细想想，你在家从来不做家务吗？"

李观澜脑海中灵光一现，噌地站起来，与苏采萱四目相对，说："吸尘器的噪音！"

苏采萱也兴奋得满脸放光，说："正是，你这样一说，更证实了我的判断。"顿了顿又补充说，"吸尘器发出的噪音可以模拟胎儿在子宫里听到的声音，我早该想到这一点，却直到今天受了启发才想起来，真是该死。"

李观澜毕竟是妇产科医学外行人，琢磨着苏采萱的话，尚未豁然开朗。

苏采萱继续解释说："胎儿在子宫里能听到许多种声音，像妈妈的心跳声、肠胃的蠕动声、血液的流动声，这些声音混杂在一起，产生很大的噪音，其音频就像是吸尘器、电吹风这些电器发出的沉闷、单调的声音，所以出生不久的婴儿在哭闹时，听到吸尘器的声音往往会立刻安静下来。我忘记了在哪里学过这个理论，由于和我的专业联系不密切，所以印象不深。"

李观澜也明白过来，说："凶手在案发现场留下吸尘器，是在模拟子宫的环境？！"

苏采萱说："九成九是这样。盛有被害人的透明睡袋，就是模拟的子宫，被害人赤裸裸地蜷缩在子宫里，恰如沉睡的胎儿，而吸尘器发出的噪音，就是他们在子宫里听到的声音。"

李观澜进一步推理说："凶手刻意制造了类似子宫的环境，来杀死被害人，其实是在向人们昭示，他杀人的动机是……"

苏采萱说："报复堕胎的行为。"说完，想起金羡莲和马铃的凄惨死状，禁不住打了个寒噤，"原来金羡莲和马铃被杀死的样子，就是模拟胎儿在子宫里被处死的过程。"

李观澜说："我想这两起案子已经有些眉目了，只是还缺少一个关键环节。"

苏采萱说："是的，我们缺少关键证据。凶手很狡猾，在现场留下许多线索，却没有一件可以给他定罪。"

第五节 堕胎的罪与罚

十七天后。22时许。

市妇婴医院的产科主治医师苗凤来在参加过一个同业间的饭局后，信步走出就餐的饭店。这里距他家只有十五分钟的步行路程，就没叫出租车，在夜晚的习习凉风中，向家里走去。

他稍微喝多了些，脚步有些虚浮，耳目都不大灵敏，好在头脑还清醒，还能清楚地辨别回家的路。

从灯火通明的大路上拐下去，是一条两百米长的小甬道，夹在几幢居民楼的山墙之间，没有路灯照明，只能借着居民楼的窗户透出的昏黄灯光，隐约看清甬道上的砂石。苗凤来已经走得熟了，这段路闭着眼睛也能走回去。

忽然，停在甬道边的一辆灰色轿车里钻出一个人来，蹑手蹑脚地跟在苗凤来后面。苗凤来喝多了酒，感觉迟钝，根本没意识到有人尾随。那人快步追上苗凤来，右手攸地绕过来，用力勒住苗凤来的脖子，左手同时捂上他的嘴巴。苗凤来没来得及做出反抗，就失去了意识。

那人双手夹在苗凤来的腋下，将他的身子倒曳着往车上拖。

距离车门不到半米远时，黑漆漆的甬道上突然亮起灯光，强力照明灯将那人和苗凤来的周遭照耀得锃明瓦亮，两人如同置身于一个舞台的中央，身上的一丝一发都暴露无遗。

拽着苗凤来的那人被不期然的光亮震撼到，脑海中一阵迷蒙，失手将苗凤来抛在地面上。光线照不到的黑暗处蹿出两个身手矫健的男子，一左一右，把那人的双臂反剪过去，咔嗒一声扣上手铐。有人走上去扶起苗凤来，把一块蘸过冷水的湿毛巾敷在他头上。

被抓获的那人过了好一会儿才反应过来，目光也适应了强光的照射，隐隐约约见到抓捕他的有七八名男子，就用力挣扎着说："你们是什么人？凭什么抓我？"

一个男子清朗的声音说："被捉到现行还理直气壮地反诘的，我还是第一次遇到。"语气中带着促狭和捉弄。

这名男子身形挺拔，剑眉星目，正是曲州市刑警支队队长李观澜。

而被捕的那人高大壮硕，一张黑红的脸膛此刻惊得煞白，正是曲州市妇婴医院超声科医生吴国宾，也是第一宗谋杀案受害人金羡莲的丈夫俞豪的好友、第二宗谋杀案受害人马铃的同事。

李观澜挥挥手，两名警员把吴国宾押上警车，带回刑警队预审。

吴国宾坐在刑警队的审讯室里，双手双腿被禁锢在沉重的铁制座椅上，强烈的白炽光直射在他的脸上，让他有些眩晕。吴国宾稍稍从恐慌中安定下来，回忆自己的作案过程，断定警方并没有确实的证据，无论警方使出什么手段，恫吓、欺诈或者殴打都好，自己只要一口咬死，抵赖到底，警方就只能以轻罪将案件移交到检察院，他仍可以保住一条性命。

李观澜坐在距吴国宾三米远的对面，一言不发，双目炯炯地直视对手。他知道对付吴国宾这样的高智商、具有反侦察能力、又心存侥幸的罪犯，寻常的审讯方式没有效用；但只要直接打击到他的命脉，将其心理防线瞬间击溃，他也就会老老实实地低头认罪，不再做困兽之斗。

桌上的电话响起来，李观澜接听。冯欣然在那头说："苗凤来已经醒过来，是被乙醚迷晕过去，没有大碍。吴国宾作案用的车子是从租车行租来的，已经核实过。我们在车子里找到了透明睡袋和吸尘器等作案工具，与前两起案子里的作案工具完全一致，除此之外，还找到一根不锈钢编织针，有小手指粗细，非常锋利，怀疑是杀人凶器。"

李观澜放下电话，把三起案子的过程在脑海里捋顺一遍，胸有成竹地讯问吴国宾："杀害金羡莲和马铃的过程，是你自己交代呢，还是我替你说？"

吴国宾瞄了李观澜一眼，又垂下头，以沉默对抗。这也是他从被动中争取主动的一种方式，让对方先开口，探探对方究竟掌握了多少情况。

李观澜压根儿不屑于和他玩这些迂回的心理游戏，直截了当地说："好吧，你有保持沉默的权利，我就受受累，替你把作案的过程回忆一遍，有没有你的口供也不要紧，我们已经掌握了你作案的确切证据，这次审讯就是走个过场。"

吴国宾冷笑说："既然只是走个过场，你们也不用再劳神问我了，咱们都省省力气。"

李观澜凝视他半晌，直至吴国宾感到浑身不自在，把头转向一边才说："这系列案件虽然都由你一手操纵，但是你未必知道全部内幕，至少，金羡莲打掉你们俩的孩子，在某种程度上也是不得已而为之。"

吴国宾闻言身上一震，又疑又怒，说："她有什么不得已，她……哼，你说什么孩子，我不知道。"

李观澜见吴国宾故意做出的冷静态度已经被他触动，继续不紧不慢地说："你怎么会不知道？你不仅和金羡莲保持着不正当的关系，还使她怀了孕。但金羡莲却瞒着你打掉了这个孩子，这触怒了你，以致你策划实施了这系列谋杀案，把无辜的医护人员马铃和苗凤来也牵扯进来。"

吴国宾不为所动，说："红口白牙，随便你怎么说。"

李观澜语气平静，却句句打在吴国宾的心上："你出身于松江省的偏远乡村，村人的传宗接代意识极强，偏偏你的家族人丁不旺，到你这里已经是三代单传，所以你非常渴望能有一个儿子。金羡莲瞒着你打掉属于你们两人的男胎，虽然让你极度恼怒，却也不至于就此大开杀戒。但让你无法忍受的是，你误以为这个胎儿是俞豪的，所以亲手用超声波导引，协助苗凤来实施了引产的全过程。在这个过程中，你眼睁睁地看到，那个胎儿在医生手中的尖利长针下，被一针针地刺死，那痛苦的样子在你心中留下难以磨灭的印象。等到你意识到被杀死的胎儿竟然就是你的亲生儿子时，你的情绪终于崩溃，萌生了不可遏制的报复念头。"

"够了！"吴国宾怒吼着，脸色涨得紫红，试图从审讯椅上跳起来。他将座椅挣得吱咯作响，却只是徒劳。他露出狰狞的神情，对李观澜叫道："你需要把引产过程描述得这样清楚吗？"

李观澜这样说的确有些残忍，不过这也许是让吴国宾配合审讯的唯一办法。李观澜见对手已经乱了分寸，就带着安抚的语气说："我无法体会你亲眼见到亲生儿子被活活杀死于母腹时的痛苦心情，但是可以确定这件事在你心中留下了厚重的阴影。你后来作案时，把受害人的衣服扒光，放置在睡袋里，模拟胎儿的生存环境，甚至用吸尘器制造出胎儿在子宫中听到的噪音，然后，你用一根纯钢的编织针，代替产科医生用来杀死胎儿的钢针，一针针地凌虐受害人，直至其死亡。"

吴国宾双眼紧闭，眼角挤出两滴浑浊的泪水，似乎沉浸在痛苦的回忆和无尽的懊悔中。

李观澜见水快烧开，趁热再添一把柴，说："你的犯罪智商很高，在现场留下睡袋和吸尘器，暗示你对堕胎者以及执行堕胎者的厌恶和痛恨，但是未留下任何能暴露你身份的蛛丝马迹。金羡莲和马铃被害案使我们很被动，如果不是市局法医在无意中受到外界启发，悟到凶手是模拟堕胎的过程来实施杀人，也许我们至今还蒙在鼓里，也许苗凤来已经被你成功杀死。在明确凶手的犯罪动机以后，线索越来越清晰地指向你，我们需要做的，就是找到你犯罪的确切证据。"

吴国宾冷笑说："所以你们设计了一个陷阱，让苗凤来深居简出，使我找不到动手的时机，心里难免焦躁。然后你们再设计一次苗凤来单独行动的机会，引诱我上钩。不过，你认为抓到现行就可以给我定罪了吗？我最多是麻醉了苗凤来，意图实施抢劫。金羡莲和马铃的案子又和我有什么关系？"

李观澜微笑说："你头脑这么清楚，无论做什么都会有所作为。"语气中有欣赏，有嘲讽，也有遗憾，"你少年时生活贫寒，受过许多歧视和欺凌，但老话说，受一番横逆困穷，就长一分器宇。你未被困境打倒，十四岁就走出家乡，独自外出求学；十七岁以全县第一名的成绩考取松江省医科大学的医学影像专业，是你们全村乃至全乡的第一个大学生。当时举乡欢庆，乡亲们奔走相告，甚至有老乡眼含泪水，跪拜苍天。是不是这样？"

李观澜的话勾起吴国宾的回忆，那些蒙尘的往事，忽而遥远缥缈，恍如隔世，忽而又如此清晰，历历在目。皇天后土，我的父老乡亲——吴国宾的嘴角不经意地流露出笑意，眼中却隐隐似有泪光。

李观澜知道他已开始引导吴国宾的思绪，接着说："你不负众望，在大学里成绩优异，毕业时又获得保送研究生的资格。取得硕士学位后，你被分配到曲州市妇婴医院影像部工作，不到十年时间，已经成为拥有副教授职称的主治医师，在同龄人中算得上佼佼者。但工作上的一帆风顺，并不能弥补生活上的遗憾。你已经快三十五岁了，却一直独身。你在刚毕业时，喜欢过一个同龄的女研究生，可惜那时候你一穷二白，那个女人对你的追求无动于衷。"

吴国宾从对往事的回忆中惊醒，有些气恼地说："这是我的私生活，和你有什么关系？你们这些灰皮狗，拿着纳税人的钱，专做挖人隐私的无聊事情。"

李观澜不理睬他的辱骂，继续说："对你的私生活进行调查，是查案的一部分，而且是至关重要的步骤，我们的工作对得起纳税人的钱。你在爱情上遭遇挫折，以致性情开始变得偏激。到三十岁后，你收入丰厚，又拥有了产权住房，主动靠近你的女人多了起来。可是你清楚这些女人贪图的无非是你的物质条件和名声地位，你对她们抛过来的橄榄枝心如止水，直到你调到了金羡莲。"

吴国宾听到金羡莲的名字，又是浑身一震。这个名字和他有着太多的恩怨纠缠，彻底改变了他的命运。从别人口中听到她的名字，难免有震动的感觉。

李观澜敏锐地捕捉到吴国宾的每一个微妙反应，明白他的心理防线已被突破，继续说："你认识金羡莲时她已嫁作人妇，而且她的丈夫是你最好的朋友——俞豪。你和金羡莲的地下情隐藏得很好，一直没被外人发觉。俞豪经常夜不归宿，而最清楚他的行踪的两个人就是你和金羡莲，这使得你们两个人有足够的时间和机会在他家里幽会。

你每次从地下停车场进入金羡莲家，以躲开监视器。你配有金羡莲家的电梯卡和房门钥匙，能够畅通无阻地出入。八个月前，你们的孽情终于酿成恶果，金羡莲怀孕了，而且，孩子是你的。"

李观澜的语气平静，吴国宾却像是遭到了极大刺激，情绪突然激动起来，身子在沉重的审讯椅中剧烈地扭动着，想要挣脱出来。他的脸上青筋凸起，血液涌上来，涨得面色通红，咧开嘴，露出白森森的牙齿，嘶哑地怒吼着："姓李的，闭上你的臭嘴"。一双眼睛红得像是要滴下血来。

李观澜自然不会遵命闭嘴，而是悠悠地说："金羡莲对你的感情也很复杂，她讨厌俞豪寻花问柳，用情不专，却又舍不得他的万贯家财，鼓不起勇气和他离婚，只好从你身上寻找慰藉。她发现自己怀孕后，很快就知道了孩子是你的，却一直哄你说孩子是俞豪的。毕竟，作为女人，她对自己的生理周期计算得最准确。我们已无法探知金羡莲当时的心理活动，也许她也渴望有一个孩子，也许她以为可以欺骗俞豪而把孩子生下来。总之，一直到孩子五个多月的时候，眼看着再也遮掩不住，她才选择去堕胎。"

吴国宾的脸上露出复杂的表情，痛苦、愤怒、激动、迷惑都交织在一起，他嘶吼着说："你到底是怎么知道这些细节的?"

李观澜说："若要人不知，除非己莫为，世界上没有天衣无缝的计划。你那时候也一直以为孩子是俞豪的，所以你对金羡莲堕胎的提议非常支持，甚至帮助金羡莲用假名字登记，到你们医院堕胎，而且你参与了她堕胎的全过程。"

这段记忆对吴国宾的刺激既深且痛，他瘫软在座椅里，鼻孔中喷出粗重的气息，仿佛一只被困住的野兽，无力再挣扎。

李观澜继续说："你在胎儿被引下来以后，心灵上经历了巨大的震撼和颠覆，因为在那一瞬间，你认出了那个孩子是你的，而辨认的依据就是，那个孩子的两只脚上的第二根和第三根脚趾是粘连在一起的，医学上叫作并趾。引发并趾的原因是遗传，术语叫作伯伦综合征，这也是你家族的遗传病。你愿不愿意把鞋子脱下来做个验证？"

吴国宾的脸色惨白，完全失去了血色，说："不可能，你没有可能知道。那引下来的胎儿早已经作为医疗垃圾被毁灭了，你无凭无据，妄想骗到我的口供，别浪费时间和力气了。"

李观澜明知这是困兽犹斗的挣扎，穷追猛打地说："你在见到胎儿足趾的那一刻，明白了事情真相，就动了杀机。你出身乡村，尽管离开家乡已有二十来年，身上却仍带着浓重的封建印记，把传宗接代视为人生第一大事。你迫切地想要一个孩子，当你知道金羡莲瞒着你，让你亲手用超声波引导，由产科医生杀死了你的骨肉，你就恨上了所有人。堕胎时胎儿在母亲子宫里痛苦挣扎的样子，对你的打击太大了，你无法摆脱那段痛苦的记忆。于是，在经过精心策划后，你把金羡莲、操作堕胎的医生苗凤来和护士马铃作为谋杀的目标。由于金羡莲堕胎时使用的是假名字，而你和马铃、苗凤来二人没有任何恩怨，杀死他们，没有人会怀疑到你。你选择的谋杀手段则前所未有，你用睡袋、吸尘器等物模仿出子宫内的环境，把被迷倒的受害人装进睡袋，再一针针地把受害人刺死。只有用这种残酷的手段，才能宣泄你心中的愤怒和仇恨。"

吴国宾冷笑说："就因为我迷倒苗凤来，你们就能确认是我杀死了金羡莲和马铃？别忘了，金羡莲遇害的当晚，我在子曰山庄过夜，和俞豪睡在同一个房间里。"

李观澜说："这是你精心设计的不在场证明。当晚，俞豪已经喝得烂醉，你有足够的时间从子曰山庄赶到金羡莲家，作案后再从容返回。在我们调查俞豪时，你还为他出具了没有作案时间的证明。你和俞豪在一起，排除了他的嫌疑，自然也就排除了你的嫌疑。所以在金羡莲案中，我们一直没有怀疑你，这是你的高明之处。你正式被列为怀疑对象，是在马铃遇害以后。她是你的同事，在这两起案子里，都有你的影子，但你又都洗脱得干干净净，从逆向思维的角度来说，你不能排除嫌疑。"

吴国宾说："那又怎样？你能证明你所说的这一切吗？这些都是你的推论，没有任何证据。金羡莲已经死了，如果没有我的口供，这个案子就会因证据不足被检察院退回。难道你要对我屈打成招吗？没听说过鼎鼎大名的李支队用这样下作的手段。"由于激动和紧张，吴国宾的表情显得很狰狞。

李观澜说："你在迷晕苗凤来时，车子里携带有睡袋和吸尘器，与金羡莲和马铃案现场的作案工具一致，你怎么解释？"

吴国宾狞笑着说："金羡莲案和马铃案并不是什么秘密，媒体都有报道，对案发细节描述得也很详细，我意图模仿作案，可是犯罪未遂，总算不上什么大罪吧？"

像吴国宾这样受教育程度较高的犯罪嫌疑人，都存有侥幸心理，不到最后一刻，不会低头认罪。

李观澜说："直到现在，你还顽固不化。我们既然掌握了这么多信息，你怎么会想不到，金羡莲已经死了，她堕胎时使用的又是假名字，关于她怀孕和胎儿的细节，我们是如何了解到的呢？"

吴国宾鼻孔里哼一声说："你不过是想诈出我的口供而已。"

李观澜凝视吴国宾的眼睛，那是一双泯灭人性的眼睛，残忍、暴虐、狡诈、冷漠、自私，拥有这样一双眼睛的人，是不可能良心发现，更不会感到丝毫愧疚的。李观澜摇摇头，说："我们现在无法探知金羡莲堕胎时的想法，可以肯定的是，她曾经考虑过把这个孩子生下来。"

李观澜的语气很轻，这句话对吴国宾却不啻于晴天霹雳，他睁圆眼睛盯着李观澜，一脸震惊的表情。

李观澜摇摇头，说："金羡莲在怀孕五个月时，去做过一次羊水穿刺，她一定是因为知道你家里有伯伦综合征这种遗传疾病，才在妊娠中期去做了胎儿基因测试，检验结果表明，胎儿也是并趾症患者。这个结果促使她坚定了堕胎的决心。金羡莲做羊水穿刺时使用的是真实姓名，胎儿的基因测试结果也完整地保存在医院里。这是我们能确定你是胎儿父亲的直接证据，当然，也是证实你就是金羡莲生前的情夫的直接证据。我们耗费了大量的警力和时间，才在市内各大医院浩如烟海的资料中找到这份证据。铁证如山，吴国宾，你是赖不掉的。"

吴国宾直到这一刻，才知道金羡莲曾瞒着他做过胎儿基因测试，她为什么最终选择打掉了那个孩子？是因为害怕俞豪发现真相？是担心孩子身有残疾，无法拥有健康快乐的人生？这一切他已无从知晓，唯一可以肯定的是，金羡莲在打掉孩子之前，一定经历过痛苦的纠结和煎熬。用那么残忍的手段杀死金羡莲，究竟做对了吗？

吴国宾汗流如浆，虚脱般地蜷缩在座椅里，嘴唇颤抖着，说不出一句话来。

吴国宾认罪伏法，证据确凿。两个月后，被处以极刑。

第八案

7664工厂

第一节 失 踪

午夜。繁星满天。

7664工厂宿舍区。

这是一片硕大、偏僻、陈旧、破败、阴森的厂区，坐落于曲州市东郊连绵数十里的苍莽山山脉中，除去工厂的两万多名工人外，方圆二十里内再无人烟。

7664厂是曲州市内硕果仅存的军工企业。改革开放后，曲州市原有的三十几家军工厂举步维艰，相继转产或改制，以往怀抱报效祖国的崇高理想而投身三线建设的知青们纷纷下岗，融入被城管们喝骂追打驱逐的流动小贩队伍，晚景凄凉。只有7664厂因承担着几种洲际导弹和军用卫星零部件的生产任务，一直吃着皇粮而勉强支撑。但由于保密和市内地价高等诸多原因，厂区只能设置在荒无人烟的大山里，市内的年轻人宁肯在街头做一份小买卖也不愿到山沟里来工作。厂里两万多名员工，倒有一大半是从农村招上来的合同工，都住在工厂的宿舍区里，两三个月才能乘厂里的通勤车到山外转一圈，生活封闭而单调。

好在一万多名年轻工人，都来自五湖四海，男男女女、容貌丑俊、高矮胖瘦，形形色色，不一而足，选择面够大够宽，倒是个择偶的好机会。于是，每天下班以后，月上柳梢头，人约黄昏后，7664厂的宿舍区里，就东一双、西一对地散布着相依相偎你侬我侬的鸳鸯，单单看这个时候，7664厂颇有些世外桃源的意思。而且厂区巨大无朋，宿舍区后面没有围墙，倚靠着郁郁葱葱的苍莽山脉，情侣们互不干扰，吸风饮露，赏月问菊，几多浪漫几多柔情。

当然，年轻人的热情，并不总是美丽的。依偎在厂区食堂后面槐树荫下的这一对，男的四十岁出头，豹眼狮鼻，五官狰狞，四肢粗壮，女的二十多岁，眉眼长得倒也齐整，可惜眼睛浑浊，布满血丝，盯着人看时有些杀气腾腾。这一对是当今社会大行其道的两个流行角色——劈腿男和小三，男的名叫叶立群，是厂里七车间的采购员。7664厂的一个车间有上千人，所以车间采购员的能量不可忽视，能捞到些油水，虽然和车间主任处长副厂长厂长这些领导相比，所得相当有限，但是已足够吸引到未见过太多世面的乡下妹子。叶立群怀里的这名女子，就是从边远省份来的打工妹，名叫郑丹梅，现在五车间做铣工。郑丹梅自以为是个美女，对同样从乡下进城务工的同事们不大瞧得起，而叶立群虽然年纪大，其貌不扬，但好歹有曲州市的户口，是城里人，而且出手大方，和车间主任处长等领导也说得上话，在郑丹梅眼里，是能帮助她改变人生境遇的贵人。于是，郎有情妾有意，两人一来二去就勾搭到了一起。

绝大多数小三都是以争取上位为最终目的的，郑丹梅也不例外。在两人的关系上升到一定阶段后，郑丹梅认为时机已经成熟，就开始向叶立群逼宫，要他限期离婚。这天，两人搂在一起亲热了一会儿，又开始就这个话题纠缠起来。

叶立群对郑丹梅抱着逢场作戏的轻率态度，并没有真正感情，何况他也知道，这种爱慕虚荣、道德感薄弱的女人绝不能娶回家去，就敷衍她几句，表面上答应着要抓紧时间离婚，心里却在暗暗盘算怎样才能甩掉这个粘上身来的大包袱。

叶立群轻轻拍一拍靠在身上的郑丹梅的肩膀，说："太晚了，我要回去了，你也回宿舍去睡吧，明天下班后我带你到市里去吃海鲜火锅，然后咱们到老地方去开心一下。"

郑丹梅身上穿着叶立群给她新买的亮黄色西装外套，娇嗔地扭一扭腰身，说："我就是不想让你回家去陪那个黄脸婆。"

叶立群心想，最多再有五年，你也是黄脸婆了，嘴里却说："没办法，为了咱俩以后长久的幸福，暂时还要做出一些让步。"

郑丹梅真真假假地湿了双眼，不知是委屈、气愤还是妒忌。她故意不看叶立群，把脸扭向一边，借着暗淡的星光，她隐约见到食堂后面的垃圾场里有两个模模糊糊的人影，背对着他们，弯着腰在寻找什么。郑丹梅吓了一跳，轻声说："那边怎么有两个人啊？"

叶立群顺着她的目光看过去，说："可能是厂里的工人。我听说最近由于经济形势不好，厂里的奖金发得少，有些农村来的人为了省下几个钱寄回家去，就趁天黑到食堂后面的垃圾堆里捡一些烂菜帮子，有时候还能捡到食堂丢的鱼肉蛋什么的。"

郑丹梅撇撇嘴说："这些农民，就是小农意识，爱贪小便宜，上不了台面。"听那语气，似乎已彻底忘记了她也是农村出身。

叶立群说："咱们过去看看。"

郑丹梅说："算了吧，有什么好看的。"郑丹梅担心撞上熟人。她虽然以傍到叶立群为荣，毕竟不光彩，在升任正室之前，不愿意招摇。

叶立群还没应声，郑丹梅害怕地捏紧了他的手，说："那两个人向我们走过来了。"

叶立群先是不以为意，向那两个人影张望，看了两秒钟后，也开始紧张起来。那两个人看起来比正常人略矮，却非常壮硕，肩部和腰部很宽，整个人看上去像是正方形的。他们身上的衣服很长，似乎有些褴褛，几缕破布条在夜风中飘摇。

不像是厂里的工人——叶立群感觉脑子有些混乱，拉起郑丹梅的手，说："咱们走吧。"

他们刚站起身，那两个人影发出"哦哦哦"的古怪声音，向他们飞快地跑过来。是什么人？流浪汉？流窜犯？都不可能啊。在这个荒凉的厂区，除去厂里的工人，从来就没有外人来过。难道是山魈鬼魅？

叶立群和郑丹梅的腿都有些哆嗦，两人拉着手深一脚浅一脚地在黑暗中觅路逃离，慌乱中还担心着奸情败露，不敢出声呼救。谁知走出没有三五米的距离，就感觉身后腥风拂体，一股像是腐肉又像臭水沟的异常难闻的味道直冲鼻子，随后一只冰凉、肥厚、腥臭、类似熊爪的东西搭在肩头。两人回过头去，在星光下赫然见到两张厉鬼般恐怖的脸。一张脸上没有眼睑、鼻子、嘴唇，而鼓凸的眼睛、黑乎乎的鼻孔和尖利肮脏的牙齿，都裸露在外；另一张脸上，一个硕大的红色肉瘤从额头一直延伸到下巴，上面散布着密密麻麻的小肉瘤，看起来像是一串硕大的石榴突兀地长在原本应该长着五官的地方。叶立群和郑丹梅原本已经非常惶恐，在暗夜里蓦然见到这两张恐怖的脸，惊叫一声，就昏厥过去。

也不知过了多长时间，叶立群在神志不清中睁开眼睛，脑中还在嗡嗡作响，眼前有几个模模糊糊的人影在来回晃动，有人在他胸口做着有规律的按压动作。他甫一睁开眼睛，就听见有人说："好了，醒过来了。"

叶立群坐起身，见自己还躺在原来晕倒的地方，身边围着一圈人，除去工友，还有两个穿白大褂的，圈子外停着一辆未熄火的急救车。

叶立群明白过来，一定是有人见到他晕倒，就打了急救电话，这么一闹腾，招来许多不相干的人围观。他向左右看看，没见到郑丹梅。他的反应还算快，把冲到唇边的一句问话又咽了回去，心想，这里人多嘴杂，不能把他和郑丹梅在一起的情况透露出去。

急救人员见他醒过来，张口就问："有事吗？去不去医院？"

叶立群想这事闹大了影响不好，就说："没事，不用去医院。"

那名工作人员面无表情地从口袋里掏出一张收费单子，划拉了几个字，递到叶立群手里："两百五十元。"

叶立群乖乖地从口袋里掏出钱包，数了两百五十元钱递到那工作人员手里，懒得说话，摆摆手让他们快点离开。

围观的人里有认识叶立群的，问："老叶，到底咋回事啊？"

叶立群摇摇头，慢慢站起身来，走向自己的车。他启动车子，把一群兴奋的、议论纷纷的、满脸狐疑的人们远远地抛在后面。

回去后，叶立群根本无法入睡，一遍遍地拨打郑丹梅的手机，电话里的回应却是对方不在服务区内。他想起晕厥前见到的那两张恐怖脸孔，禁不住打了个冷战。它们究竟是人是鬼？难道是仇家扮成鬼来害他？但现在回想起来，那两张脸分明是活生生的，不像是经过装扮。他这些年外出采购，暗箱操作在所难免，得罪的人也不少，可那些生意上的仇家，都是利字当头的人，想不出谁会做出这样损人不利己的事情来。

第二天迷迷糊糊地去上班，他没见到郑丹梅，也没有人过问郑丹梅的行踪。郑丹梅在曲州市举目无亲，而且她素日里为人刻薄，也没什么朋友，所以无人关心。只有她所在班组的组长吼了几声，发了一通脾气，说是要扣掉她当月的奖金。

叶立群暗自盘算，一定是他和郑丹梅晕倒后，那两个不知是人是鬼的东西把郑丹梅掳走，然后才有人发现他躺倒在地，所以人们并不知道事发前他和郑丹梅在一起。现在也不知郑丹梅人在哪里，是死是活。不过这样也好——叶立群想——如果郑丹梅不再回来，他倒是轻而易举地甩掉了一个大麻烦。

第三天、第四天都没人发觉异常。

一直到一个星期后，郑丹梅的一位名叫赵美美的同乡才咋咋呼呼地到派出所去报了案。

7664厂因距市区远，面积又大，厂里设有保卫处，平时除去重大刑事案件，基本不会惊动警方。赵美美到西郊派出所报案后，派出所所长张鲁自知没有能力处理这种大型国有企业的案子，而7664厂的工人失踪案也时有耳闻，不可掉以轻心，就向市局刑警队做了汇报。

许天华带着两名见习刑警，在张鲁的陪同下来到7664厂。工厂保卫处七科副科长钱景岳出面向他们介绍情况。钱景岳原本也是进城务工人员，因模样周正，嘴头油滑，为人八面玲珑，不仅搞到了正式编制，还混进保卫处做了副科长，是打工族中的"佼佼者"。

对上谄者对下必骄，对影响不到他仕途的路人自然也骄横无礼。钱景岳仰靠在老板椅上，并不把许天华和张鲁一行人放在眼里，开口就是埋怨的语气："张所啊，这么点事就把市局刑警队的人都招来了，有点小题大做吧？对我们企业生产也有负面影响。"

张鲁见他油头粉面大大咧咧的样子，也不禁有气，说："据我耳闻，7664厂这两年的失踪案可不少，你们也不上报，就由保卫处自行处理了，这恐怕不大合适吧。"

钱景岳呵呵笑着说："7664厂有一万多名临时聘用人员，流动性强，不见的几个人，多半是不辞而别，到其他地方打工去了。如果少了一个人我们就兴师动众地找，那么保卫处不用干别的了，企业也不用搞生产了。"

张鲁说："人在你们厂里打工，无缘无故地失踪，总要有个说法吧，难道你们就不怕失踪人员的家里来要人？"

钱景岳冷笑说："腿长在他自己身上，企业又不是保姆，他爱到哪里去我们管不着。他们家属凭什么找企业来要人？咱们邻省的台资企业，这两年里死了十几个人，定性为自杀不就什么事都没有了？这年头，GDP是最重要的。厂长、市长要的是什么？一个字，钱。钱意味着什么？政绩，升官。张所，亏你是混官场的，这个道理都搞不清楚，恐怕前途也有限。"

钱景岳大刺刺的语气里透出傲慢、冷漠和推卸责任的态度，一直没开口的许天华听得火往上撞，讥刺他说："不对吧，7664厂的失踪人员里可是出过人命案的。四年前的5月13日，在曲州市北三十公里的地方发现一具男尸，后来证实是7664厂的职工黄某，因遭遇抢劫被人杀害，死亡时间超过十五天无人报案。两年前的7月21日，在城南的一处烂尾楼里，发现一具重度腐烂的女尸，证实是7664厂的女工，失踪一个多月无人报案。这两起严重事件，如果认真追究起来，保卫处难逃渎职的罪责吧？至于你本人要承担多少责任，这是你们内部的事情，可是就凭你刚才的态度，恐怕难辞其咎。"

钱景岳听许天华"如数家珍"地道出7664厂近年来的两起人命案，正击中他的要害，心里一惊，知道这名刑警是个业务精湛不太好惹的角色，忙说："这位警官贵姓？是我疏忽，是我疏忽。哈哈，您的提醒是对我们工作的正确批评和大力鼓舞，快请坐，请坐。"说着从桌子上的一包高档烟里抽出一支，双手捧着向许天华敬烟。这前倨后恭的态度转变之快，心理素质之强，令普通人自愧不如。

许天华不愿和这种势利小人虚与委蛇、浪费时间，拒绝了他递过来的烟，直截了当地说："你们厂里有人报案，五车间的铣工郑丹梅已经失踪了七天，不能排除她遇到危险的可能性，希望保卫处能配合调查。最好能出一个人，带我们在厂内对与郑丹梅有关的人员进行走访。"

钱景岳说："郑丹梅这人我听说过，心气比较高，在厂里的工作状态一直不稳定，这次不告而别，多半是另寻高枝去了。你们做刑警的工作忙，有许多大事要做，这种小小不然的事情，您就别操心了。"

许天华说："据报案人说，郑丹梅的所有私人物品，包括衣物、化妆品、日常用品，都留在寝室里，显然不是有计划地出走。你这样大包大揽地打包票，万一她真的出了意外，你能否为这起案子负全责？"

钱景岳不快地说："郑丹梅这人我见都没见过，凭什么为她负责？"

许天华语气坚定地说："既然这样，你就履行你的职责，是例行公事也好，是浪费时间也好，无论结果怎样，你都不必再承担什么责任。"

钱景岳能从一个进城务工人员混到副科长的位置，自然有察言观色的本事，几句话过后，就觉察到许天华外柔内刚，应尽量避免和他硬碰。就打了几句哈哈，安排人带着许天华一行，到厂里去走访。

第二节 搜 寻

许天华用了一天半的时间在7664厂里调查走访，发现郑丹梅失踪案并不是一个孤立的案件。三年前，七车间的一个名叫张丹盟的钳工突然人间蒸发，从那以后，7664厂开始频发失踪案。有时一年发生两三起，有时四五起，截至郑丹梅，已经有十五人失踪。除去许天华提到的已遇害的一男一女，其余十三人至今活不见人死不见尸。由于这十三人均为外地进城务工人员，且居住地遥远兼家境贫寒，虽然曾有失踪人员家属到厂里来要人，但都被厂保卫处三言两语打发走了，而那些贫困卑微的家属申诉无门，连信访局的大门都进不去，只好灰溜溜地回家。在这个两万多人的大企业里，失踪的十几个人未引起任何人的注意。

许天华回到警队，向李观澜汇报了7664厂的系列离奇失踪案。李观澜听过后，立即决定，派出专案组进驻7664厂，一定要找到失踪案的真相，那十三名失踪人员，从第一个失踪的张丹盟起，逐个排查，活要见人，死要见尸。

专案组由许天华、张鲁和两名见习警员唐文成、许菲菲组成。许菲菲是女性，二十一岁，是曲州市刑警学院的四年级学生。

7664厂对专案组进驻有排斥感，但刑警队依法展开工作，厂方和保卫处也无法将其拒之门外。

专案组一行四人分头行动，对郑丹梅、张丹盟等失踪人口的个人情况、社会交往圈子及失踪前的表现进行摸底调查，并将调查结果分别记录在案，汇集在一起，试图从中找出可以串联在一起的线索。

根据7664厂保卫处的记录和知情者回忆，三年前的夏天，钳工张丹盟失踪，配合专案组办案的保卫处七科副科长钱景岳当时还未获提拔，和张丹盟住在同一个宿舍。张丹盟性格内向，又患有疾病，钱景岳说不出他所患疾病的名称，只知道那是一种以皮肤、骨骼和软组织的畸形过度生长为主要特点的疾病。张丹盟面部皮肤下面长有一个巨大的血管瘤，使得面部扭曲变形，遭到钱景岳和其他工人的歧视和嘲笑。后来，张丹盟的性格愈加孤僻，在失踪前，几乎不再和人交流。

张丹盟失踪三个月后，与他同宿舍的另一名工人失踪，此后接二连三，直到郑丹梅事发。

在调查中，有人向专案组透露了郑丹梅失踪当晚，叶立群在厂区食堂后面昏厥的事实，更有知情者说，叶立群与郑丹梅的关系有些暧昧。许天华四人经过讨论，认为就当前掌握的情况看，两起事件虽然尚不能联系在一起，但其中未必没有内在关系，而且两人的暧昧交往也值得引起注意，应在恰当时机与叶立群接触。

根据目击者提供的情况，许天华与许菲菲来到事发当晚叶立群昏厥的现场，以期寻找到有价值的线索。

这是整个厂区中最寂静的地方，背后就是高耸蜿蜒的苍莽山脉，山上的树木郁郁葱葱，怪石嶙峋，人迹罕至，没有通行的道路。前面则是厂区食堂的高大后墙，墙上除去几个通风孔，没有窗子，显得厚重而冷漠。只有墙边的几个垃圾桶，散发出腐臭的味道，引来成百上千只苍蝇和蚊虫围着垃圾桶发出嗡嗡嗡的声音，提醒着人们这是有人居住的地方。

叶立群昏倒的地点在距离垃圾桶七八米远的砂石地上，在这段距离之间稀稀落落地散布着几株粗大的松树。事发当天有许多人围观，距离现在又已过去一个星期的时间，现场足迹已没有提取的价值，只能寄希望于运气足够好，找到不被时间和天气侵蚀的微量痕迹。

许天华和许菲菲从墙根开始，像扫雷似的一寸寸地排查。这块地方平时很少有人来，地面上除去砖石瓦砾外干干净净。两人低着头仔细搜索，良久，许菲菲低声叫："师父，你看这是什么？"许菲菲在警队实习，李观澜指定许天华做她的师父，许菲菲为人乖巧又守规矩，虽然许天华比她大不了几岁，但她一口一个"师父"，叫得很顺溜。

许天华靠近一看，是一根破烂糟糟、已辨识不出本来颜色和材质的布条，摇摇头说："乍看上去不是有价值的东西，不过还是留起来，不漏过每一条线索。"

许菲菲戴上白手套，小心翼翼地从地上捡起这根布条，放进透明的证物袋里。才站起身，忽然听到隐隐传来的一种奇怪的声音，她侧过头，凝神聆听。

许天华也听到了怪声，屏住呼吸，竖起耳朵仔细分辨。

声音不是很清楚，但是随着风声传来，如虎吼狮啸般低沉浑厚，似乎隐藏在苍莽山丛林中的猛兽在致命一击前的发声预警，极强的穿透力摄人魂魄。这声音持续了十几秒钟，瞬间静寂下来。

许天华和许菲菲的脸色都变得煞白。

许菲菲说："是老虎还是狮子？"

许天华摇摇头说："不知道，不过以前没听说过苍莽山上有猛兽。这7664厂就在山脚下，如果有猛兽伤人，厂里人还不早就知道了。"

许菲菲说："但这声音分明就是野兽在咆哮，而且不是小动物，是成年的老虎狮子之类的。怎么办，要不要上山去看看？"

许天华毕竟沉稳一些，想了想说："暂时不要，我们回去后向厂里保卫处了解过情况再说。那声音听起来离这里很远，苍莽山又这么大，上去了也不见得能发现什么。而且万一真有大型的野兽，凭我们两个也对付不了。"

许菲菲说："7664厂的失踪案会不会和野兽伤人有关系？"

许天华说："如果是野兽伤人，现场一定会留下包括尸骨残骸在内的许多痕迹，但迄今为止，没有人发现过类似的现场，所以这种可能性基本可以排除。"

两人讨论了一会儿，还是没有头绪，就又低下头来，排查现场。

许天华走到案发当晚叶立群和郑丹梅依偎的老槐树下，抚摸着皲裂的树皮，若有所思，似乎要向这棵阅尽人间沧桑的老槐树索求答案。忽然，他眼角的余光扫到一线亮黄色的丝状物，夹在老槐树的树皮下，在山风中飘动。

许天华用镊子取下这丝状物，递到许菲菲眼前，问："这是什么？"

许菲菲辨认了一会儿说："这是桑蚕丝，是真丝类衣服的原材料。这根丝线应该是谁的衣服挂在树皮上后脱落下来的，穿衣服的人很可能在这棵树上靠过。"

许天华说："这颜色看起来很熟悉，我好像最近在哪里见到过。"他和许菲菲对视一眼，脑海中灵光闪现，几乎是异口同声地说："在郑丹梅的衣柜里。"

专案组在7664厂保卫处的办公室里传唤了叶立群。

叶立群做出一脸无辜状："我压根儿就不认识郑丹梅，你们找我打听她的去向是问错人了。"

许天华用力一拍桌子说："你狡辩的结果就是加深自己的嫌疑。如果你不想因这件事影响你自己的工作和生活，就老老实实地回答我的问话。到目前为止，许多熟悉你和郑丹梅的人都证实你们有婚外情，你们的手机通话记录也显示你们之间不仅认识，而且关系密切，你还要否认吗？"

叶立群掂量着这番话，想继续试探对方到底掌握了多少情况，以决定自己坦白到什么程度，说："对不住，我刚才确实没说实话，主要原因是胆子小，不愿意惹祸上身，我和郑丹梅是朋友。她失踪以后，我也很关心她的人身安全，希望你们能尽快找到她，我也就放心了。"

许天华说："你说话遮遮掩掩，从侧面显示你心怀鬼胎。我现在是传唤你，但根据我们掌握的证据，随时可以拘留你，结果如何，取决于你。说吧，郑丹梅失踪的那天晚上，你和她在一起做什么？"

叶立群仍不愿坦白，这个外表猥琐的中年男人，能够把持着军工厂采购这个肥差，还是有些心计的，他进一步试探说："郑丹梅和我在一起？我怎么记得不大清楚，你们不会搞错了吧？"

许天华做刑警几年了，接触过形形色色的罪犯，强悍的、疯狂的、狡诈的、冷血的，他都有办法对付，叶立群虽然狡猾，但在许天华看来，他的伎俩仅是雕虫小技。许天华从面前的桌子上拿起一个透明证物袋，亮给叶立群看："这袋子里面的东西你应该认得吧？"

叶立群沉溺酒色，视力受损严重，隐隐约约见到袋子里有一根细细的亮黄色的丝线，一时不明白怎么回事，说："这是什么？我不认得。"

许天华说："这是从真丝衣服上脱落的一根桑蚕丝，里面掺杂有少许化学纤维，我们在一棵老槐树上发现了它，而这棵老槐树，距离你晕倒的地方只有几米远。"

叶立群的脑海里一团糨糊，还没明白过来。

许天华说："这根桑蚕丝，与在郑丹梅宿舍里找到的一条裙子的面料完全相同。而且我们在那条裙子的口袋里找到了一张字条，是一套西装套裙的购买收据，显示这套桑蚕丝衣服是上下两件，是你在郑丹梅失踪的当天买给她的。郑丹梅穿着套装的上衣和你约会，而把裙子留在宿舍里。你们在老槐树下约会的当晚，究竟发生了什么，你还想继续隐瞒吗？"

叶立群脸上的汗水涔涔而下，连声说："我老实交代，你们可要替我保密，千万别把我和郑丹梅的事情泄露出去，我还有老婆孩子，有完整的家庭，我一时糊涂，求你们再给我一次机会。"

许天华对这种丑陋嘴脸已经见怪不怪，说："你和郑丹梅的私情不属刑警的管辖范围，只要你没犯罪，我们不会向外界透露你们的隐私。但是如果郑丹梅的失踪与你有关，我们一定会追查到底。你有家室，郑丹梅又一再向你逼婚，而且她失踪前和你在一起，我们有足够的理由怀疑是你害死了她。"

叶立群扑地跪倒，哀求说："我没杀郑丹梅，我说实话，全都告诉你们，求你们为我保密啊。我文化水平低，有今天不容易，求你们千万网开一面。"

叶立群把郑丹梅和他的奸情以及她失踪当晚的全部细节原原本本地描述了一遍。

许天华从叶立群的表情和语气判断，他交代的基本是事实。掳走郑丹梅的，是两个模样怪异、类似野人的动物。

叶立群的描述让许菲菲感到一阵阵寒意，她不禁联想起在寻找证物时听到的狮虎咆哮般的怪声。

难道7664厂失踪的人员是被野人或猛兽掳走的？可是什么样的野人或猛兽会有这种怪异恐怖的面孔呢？是不是叶立群在极度惊恐中辨识有误，做出了错误的描述呢？

在郑丹梅失踪现场发现的布条，经鉴定，是一种常见于市面的廉价织物，曲州市内至少有三分之一的人口拥有同类面料的衣服，而且也无法证明这根布条与掳走郑丹梅的两只"动物"有联系。

李观澜听过专案组汇报的调查结果，与公安局党委研究后决定，请求曲州市地理研究所等相关部门支援，与刑警联合组成调查组，入苍莽山寻找野人的踪迹。

第三节 上 山

联合调查组的成员有六人，除去专案组的四名刑警外，还有曲州市地理研究所的副研究员刑昊和曲州市立大学生物系副教授简淳，两人都是三十出头的年纪。有几个学界权威见猎心喜，觉得一旦发现新种类生物，是扬名的好机会，而且有刑警保护，相对安全，就也想跟随调查组上山，抢头功。公安局考虑到他们年纪都比较大，担心发生意外，就委婉地拒绝了。

在调查组登上苍莽山探求真相期间，李观澜率三名警员再次来到7664厂，与保卫处接洽后，将三年内失踪的十几名工人重新登记，对每个人的背景进行详细调查。

许天华一行人上山的过程称得上"披荆斩棘"。毗邻7664厂的这一侧苍莽山山脉，似乎从没有人上去过，调查组必须手持棍棒和砍刀，拨开树丛，斩去不知名的植物枝条上尖利的锯齿和倒刺，才能艰难地觅路前行。

调查组成员们事先做了充分准备，清晨六时，天才蒙蒙亮就开始上山。他们穿着厚实的登山服和登山鞋，每人都背着一个双肩挎包，里面装有对讲机、给养、外伤药、照明灯、指南针等设备。上午十时许，登到半山腰，几人都已累得大汗淋漓，气喘吁吁，身上的衣服也都被东一道西一道地刮开了好几处口子。

几人找到一处树木相对稀疏的地方，分别在岩石上坐下，取出水瓶来大口地喝着，以补充体内缺失的水分。在这几人中，简淳和刑昊最兴奋，对两位学者来说，这里面潜藏着建功立业的机会；对四位刑警而言，这一趟不过是千百次外勤任务中的一次。简淳在心里盘算着，如果这一趟有实际收获，以此为素材写出一篇有影响力的论文，明年就能在职称评选中胜出，摘掉教授前面的"副"字。似乎是为了鼓舞自己的斗志，简淳又一次问许菲菲说："根据你们的判断，郑丹梅遭遇的那两只怪物是野人的概率有多大？"

许菲菲被他问过几遍同样的问题，好在她很有耐性，不紧不慢地说："这需要你来告诉我们呀，你们是专家学者，比我更有发言权。"

简淳像是回答许菲菲，又像是安慰自己："松江省内从未出现过野人的行踪，各种文献中也没有过相关记载，从这些方面看不太乐观。但是根据当事人的描述分析，又不像是其他猛兽，否则叶立群没有机会全身而退。当然，那两只野兽如果是人装扮的，我们的这番努力也就毫无意义了。"

许菲菲明白简淳的患得患失的心情，就笑了笑，没接话。

几人休息了十几分钟，看看已经十点半了，许天华说："这才走了不到一半路程，为了赶在天黑前下山，咱们还是多受点累，继续上路吧。"一行人都表示赞同，陆陆续续地站起身，忽然，刑昊发出一声惊叫。刑昊说话的声音本就有些尖锐，这声突兀地尖声惊叫，高亢刺耳，每人都被吓得浑身一颤。许天华本能地背靠到一棵树上，右手按住腰间的手枪，问："怎么回事？"

刑昊用手指向他的正对面，不知是激动还是害怕，声音直打战："那……那里，它在那里。"

许天华顺着他的手指看过去，前面只有浓密的树林和灌木丛，在风中发出沙沙的声音。许天华说："别怕，告诉我们你见到了什么？"

刑昊意识到自己在众人面前失态，咽了口唾沫，稳定下情绪说："刚才有一张鬼脸向我们这里看，是鬼脸，很可怕，脸上没有五官，只有层层叠叠的瘤子，紫红色的瘤子，又恶心又……吓人。"

许天华双手持枪，向刑昊描述的地方摸索过去。张鲁紧随他后。许菲菲和唐文成则守在原地。

简淳没亲眼见到刑昊描述的"东西"，心里又焦躁又妒忌，听到刑昊的声音都有些失真，更加瞧不起他，说："老刑，你也稳着点，什么鬼呀鬼的，亏你还是搞地理学的。"

刑昊听出他语气中的讽刺意味，也没好气地还击说："那是你没看见，还痴心妄想地想找什么野人，那东西根本就不是人形，也不是野兽，我们是大白天见鬼了。"

刑昊话音没落，就听许天华在前面低声叫着："这里有情况，大家都聚到我身边来。"许天华的声音低沉严肃，几个人不敢怠慢，纷纷小跑儿步，聚在一起。

许天华的手里紧握着枪，双眉紧锁，密切注视着周围的环境。他脚下有一个直径很宽但浅浅的土坑，众人向坑里一看，都惊得起了一身鸡皮疙瘩。刑昊转过身去，弯下腰呕吐。简淳和许菲菲的脸色煞白，勉强抑制住恶心的感觉。

坑里重重叠叠，堆着几百块人骨，有整块的头骨，也有敲碎的肋骨、大腿骨和臂骨。此外有十余块骨头上还带着星星点点的撕碎的血肉，因天气热，已经严重腐烂，散发出刺鼻的腐臭味。

这里就像是一个脏乱、恶臭的屠宰场，遭屠宰后的动物躯体被剃光了血肉，随意地丢弃在坑里。所不同的是，这些被屠宰的动物是人。坑里的骨骼参差交错，不知有几具人体残骸。

张鲁虽然是派出所所长，也没见过这阵势，"嘿"地一声，说："看起来都是人骨，真……真他妈的……"

许菲菲想，这时候只有一句"他妈的"能形容自己的心情，但她终究不好意思说出口，只指着坑里的一块皮肉说："那上面还有毛发，像是女人的长发。"

简淳恶心了一阵，头脑渐渐清楚，惊恐中带着兴奋，说："这一定是野人搞的鬼，野兽没有这种挖坑埋骨的智力和能力，咱们曲州市也发现野人了，这将成为震惊中外的科学发现。"

张鲁见他面对着尸骨还表现得如此兴奋，只顾着自己的前程，全没有悲天悯人的情怀，不满他的冷血，吓唬他说："你小心些，如果被野人捉去生吃了，这发现野人的功劳可就没你的份儿了。"

简淳身上一哆嗦，想这句话倒是有些道理，不可不防，身体向后缩了缩，藏进几人中间。

许天华持枪在大坑周遭搜寻了一圈，没有什么发现，更没见到刑昊描述的那个奇怪生物。他低声呼叫大家："这里有危险，我们都聚到一起来，避免发生意外。"

话音未落，距离他们十几米远的丛林里发出一阵窸窸窣窣的声音，随后，一声狮吼虎啸般的长声嘶鸣，伴随着树叶摇曳的沙沙声，传进众人的耳膜，这声音低沉浑厚，撼人心魄。许菲菲被吓得花容失色，粉红色的脸颊瞬间变得惨白。简淳和刑昊这两位青年学者更是双腿打战，几乎要瘫软在地上。

许天华闻声而动，命张鲁等人留在原地，他和唐文成箭步奔向声音传来的地方。这一带丛林中绝大多数是灌木、榕树和藤属植物，枝条盘根错节，树叶密密匝匝。许天华和唐文成右手持枪，左手拨开枝叶，精神高度紧张，密切留意着周围的所有细微声响，一步步地试探着前行。

两人向前走了不到五分钟，走出不过七八米远的距离，却像是经过了一次漫长的艰险旅程，手心湿漉漉的，尽是汗水，精神如绷紧的弦，一触即发。

忽然间，一阵腥风飘过来，直入二人的鼻孔。两人透过层层的树叶，恍惚见到一个模模糊糊的影子在晃动。两人几乎同时双手握住枪，指向那个影子，加快脚步冲过去。

倏地，一张异常恐怖的脸孔出现在两人面前。那张脸上的皮肤像鳞片一样，层层叠叠，黝黑发亮且粗糙坚硬。五官的界限很模糊，没有眼睑、鼻子、嘴唇，浑浊的眼睛、鼻孔和尖利的牙齿都裸露在外面，仿佛是一只凶残而丑陋的鳄鱼，被人猛地撕去脸皮，留下一副奇诡的面孔。

唐文成虽然年轻，又是见习警员，没有实战经验，却表现得非常镇定，在遭遇危险时方寸不乱，枪口一抬，正对那怪物的胸口，微侧过头问许天华："开枪吗?"

许天华当机立断，在刹那间做出判断，说："抓活的，往腿上打。"

那怪物的双腿隐藏在灌木丛后面，唐文成放低枪口，凭着感觉和目测距离，迅速扣动扳机。清脆的枪声响起，惊得林中栖息的鸟扑簌簌地飞起，与此同时，许天华的枪也击发，两粒子弹钻进灌木丛中。

那怪物咧开血盆大口，尖利的牙齿一张一合，发出一声撕心裂肺的嘶吼——像是野兽受伤后的哀嚎，栽倒在地上。

许天华和唐文成心头掠过一阵惊喜，知道已经命中目标，此行不虚，但身处险地，不敢莽撞，仍谨慎地一步步向目标挪去。

张鲁他们听到枪声，知道前方发生了状况，也耐不住，拨开枝叶跌跌撞撞地跑过来。

这时，许天华和唐文成已经接近目标，手向腰间摸去，只需掏出手铐，铐住那怪物的两只前掌，此行的任务就已完成一大半，顺利得超过两人的期待。

谁知张鲁和许菲菲忽然在身后齐声高叫："小心，站在那里不要动。"声音急迫而高亢，正在靠近目标的两名警员身上震动，驻足在原地不动。

许天华和唐文成抬头向前一看，倒吸口凉气。在他们前方四五米处的一小块空地上，并肩站着十几只奇形怪状的生物，排成一排，有头有四肢，直立行走，从体貌特征上判断依稀是人形。但有的头部肿大不堪，有的细小扁平，完全不是人体头部的比例；而四肢也形态各异，有的短粗，有的细长，残臂断腿者众。有的身上有布条蔽体，有的则用简陋的树皮遮挡在阴部。皮肤均异常粗糙，像穿山甲的鳞片一样，坚硬、黑亮。五官则破损不堪，扭曲变形，有的甚至压根儿就没有五官，整个头部是一个巨大的肉瘤，肉瘤之上又有一粒粒的小肉瘤，泛着紫红色，似乎一触即破。

许天华和唐文成倒吸一口凉气，手里的枪险些掉在地上，向后连退了好几步。

被打伤的怪物卧在地上，又发出一声嘶吼，声音凄厉无比，是愤怒、痛苦、仇恨和苦闷。那十几只类人生物哀伤同类，随声附和，引颈长啸，各种怪声此起彼伏，似猿啼，似鸟啾，似枭鸣，似呜咽，丛林中一时间充斥着森森鬼气，虽是盛夏，每个人都感觉阴气袭体，不寒而栗。

刑昊的情绪突然在一瞬间崩溃，失声尖叫，脸上的表情极度恐怖，似乎已经吓破了胆子。一直在用数码摄像机记录探险过程的简淳原本就心惊肉跳，被刑昊突如其来的叫声一吓，手一松，摄像机掉在地上。

那十几只怪物也被刑昊的叫声触动，显得情绪激动，挥舞着四肢，嗷嗷怪叫，似乎要猛冲过来。许天华见情况紧急，当机立断，枪口上抬，朝天开了一枪，枪声响彻丛林，盖过了怪物们的怪叫声。

许天华见枪声暂时起到作用，低声对唐文成说："保持镇定，向后撤。"唐文成心领神会，两人双手持枪，黑洞洞的枪口对准冲在最前面的怪物的胸口，步伐一致地向后退去。

两人退后十余步，与张鲁等人会合在一起。几人合力，把瘫软在地上的刑昊拽起来，拖拽着向丛林外面走去。许天华顺手把简淳丢在地上的摄像机拾起来，挎在肩上。

十几只怪物见他们后退，都龇着牙齿，脸上的表情非常愤怒，似乎要冲上来把许天华一行人撕碎，只是碍于他们手中"神奇武器"的威力，不敢轻举妄动。

一行人退到一块较空旷的地方，那十几只怪物已被枝叶遮挡在视线之外。魂飞魄散的刑昊逐渐恢复了清醒的意识，双腿仍然打战，但已经无须别人搀扶。六个人加快脚步，跌跌撞撞地向山下走去。疲惫、恐惧和惶惑交织在一起，双腿下意识地挪动，竟然不像是自己的。

一路上无人说话，每个人都满腹疑团，在脑海里回放着方才那段平生从未有过的离奇遭遇。快到山脚下时，许天华强打精神，拨打电话，向李观澜简单汇报了他们在山上的经历。李观澜在电话里未明确表态，语气严肃低沉，只叮嘱他务必注意安全，不要让任何一个人掉队。

这噩梦般的一段路终于走到尽头，到达山脚下时，天色已微黑，几个人又渴又饿，精疲力竭，真想一头栽倒在路边，把所有的事情都暂时抛在脑后，好好地睡上一觉。

黑暗中突然迎面射来几簇强光，把他们笼罩在内，周身上下的每一个细节都暴露在强光下，一览无遗。他们的眼睛被光芒照射，几乎无法睁开。在惊魂未定之际又遭受突如其来的惊吓，偏偏又看不清楚对面发生的情况，一行人都手足酸软，心脏怦怦乱跳，不知又面临着什么未知的凶险。

十几名周身罩得严严实实、连脸部也遮挡得不留一丝空隙的不明身份的人冲到他们身边，在他们做出反应之前，一股淡淡的喷雾在鼻孔前飘散开来，几个人霎时间感觉头昏眼花、天旋地转，同时瘫倒在地上。

许天华在恍恍惚惚中听到有人说话："快，把他们抬到担架上。"

那声音忽远忽近，若有若无，却依稀仿佛是他熟悉的声音——苏采萱？她为什么要伤害我？

第四节 群山尽头

许天华一行人在山上历险期间，李观澜率人在7664厂厂内的调查取得了重大进展，随即一致做出由李观澜带队到山脚下迎接调查组一行、阻止他们进城的决定。

苏采萱在观看过简淳的摄像机里留存的资料后，脸色凝重，对李观澜点点头说："这进一步证实了我们的推断，这是一群极度危险的患者，我建议立刻组织专业人员，上山取证，只有找到确凿的证据，才能采取下一步行动。"

李观澜说："可以。不过再次上山取证，必须做好充分准备，人手贵精不贵多，避免和目标发生正面冲突。"

许天华一行人分别被隔离在密室里，经过反复多次的检验、消毒、灭菌、补充给养，确认他们已经恢复体能，且体表和呼吸道内已不含任何致病病毒，才由警队的办案人员向他们说明详情。

真相比许天华所见到的更加骇人听闻。

就在许天华率众人登上苍莽山时，苏采萱从郑丹梅失踪现场找到的那根不起眼的布条上检验出一种罕见的病菌，虽然含量微小，却让苏采萱极度震惊，因为这是在松江省内从未发现过的麻风杆菌。

一个可怕的想法袭上苏采萱的心头：在7664厂内吓晕叶立群、掳走郑丹梅的那两只"怪物"很可能是重度麻风病人。因长期患病，容貌损毁，肢体残缺，加上皮肤鳞甲化，身上的衣物又仅存几根布条，在黑暗中被叶立群误认为怪物。

问题是，麻风病在中国国内虽未绝迹，但是已经非常罕见，松江省内更是从未有过这方面的任何文字记载。麻风病是传染性疾病，麻风杆菌通过皮肤、呼吸道、消化道都有可能侵入人体而致感染。这些重度麻风病患者的出现，势必引起全省乃至全国医疗界的高度重视。万一消息泄露出去，会造成曲州市市民的极大恐慌。

更重要的是，麻风病人为什么要掳走郑丹梅？7664厂在近五年里失踪的十几名员工是否都和这些麻风病人有关？

苏采萱不敢耽搁，火速把这个重大发现汇报给李观澜。

苍莽山上的"怪物"竟然可能是重度麻风病人——李观澜事先设想了多种可能，却一星半点也没有联想到这上面。震撼之余，他立刻意识到，对此毫不知情的许天华一行如果和麻风病人遭遇，无论结果如何，都存在极大的被感染可能。

李观澜在心里念叨一句：苏采萱你真行，早两个小时告诉我检验结果，就会少出多少乱子。不过这话没敢说出口来，毕竟苏采萱连日来辛苦工作，不眠不休，已竭尽全力。

李观澜问："如果山上聚集的真是麻风病人，天华他们如果和其正面遭遇，被感染的机率有多大？"

苏采萱说："麻风病的传染率极低，百分之九十五的人对麻风病具有天然的免疫力。但是如果与患者近距离接触，体表或呼吸道里携带有害病菌的可能性在百分之九十以上，也就是说，非麻风病患者也有机会携带病毒，成为传染源。"

情况紧急，李观澜立刻把潜在的疫情威胁汇报给市局党委，又和市卫生局、省卫生厅取得联系，由警方和卫生部门联合启动紧急预案，从邻近省市运送来控制麻风杆菌的药物氨苯砜和氯苯吩嗪，以及防护服、防毒面罩等各种防疫设备。由二十七人组成的紧急防疫队，分乘六台医疗车，守候在苍莽山下，尽最大努力避免调查组成员与人群接触，以使得麻风杆菌不会传播到市区内。因此防疫队成员在与许天华一行人遭遇时，才立刻采取措施，把防疫药物注入他们体内，以期在最短时间内杀死病毒，并保证病毒不发生扩散。

目前，案情的焦点集中在一个问题上：麻风病患者为什么要掳走7664厂的员工？许天华他们在苍茫山上发现的森森白骨是否与这些被掳走的员工有关系？如果答案是肯定的，苍莽山上的麻风病患者们已经不仅是病人那么简单，而是杀人凶手，那些失踪的员工都已经遇害。对这一特殊群体如何处置，李观澜感觉非常棘手。

"或者不仅是杀人凶手那么简单，"苏采萱一边仔细观看简淳在苍莽山上用摄像机记录的画面，一边这样说，她的话让李观澜浑身上下都起了一层鸡皮疙瘩，"据我猜想，那些失踪的员工可能都已经成为麻风病患们的药人。"

李观澜似懂非懂地问："什么是药人？"

苏采萱说："历史上，麻风病是一种很可怕的疾病，在亚非、欧洲都曾有过大流行。麻风病人头发脱落，汗毛脱落，眉毛也脱落，有的耳朵残缺，鼻子残缺，四肢畸形，从外观上看非常可怕。所以欧洲、亚洲自古就有麻风病人遭受'天刑'的说法，对他们采取活埋、火烧的残忍措施。而麻风病人报复的方式是把正常人当作仇敌，吃他们的血肉，敲他们的骨髓，据说有诊治麻风病的特殊功效。麻风病人吃药人的事情，在中国、韩国、日本、美国、法国等许多国家的文献里都有记载。"

李观澜感觉从发梢到脚底都在发冷，说："这也是我一直迷惑不解的案情瓶颈。7664厂的员工连续失踪，凶手的作案动机成谜，如果按照你的解释做进一步推断，就可以突破这个瓶颈，使得整个案件的脉络更加清晰。至此还有关键的一点是，7664厂的失踪案是从三年前开始的，那么，这群麻风病人应该也是从那时起聚集在苍莽山上的，时间并不久远，不难找出他们的身世真相。"

苏采萱有些不太确定地说："从这群麻风病人患病的程度来看，他们都是重症患者，其面部和四肢受损程度极为严重，有的已经分辨不出原来的形态，所以目击者才会把他们当成怪物。而有的病人发出狮吼般的声音，也是病毒长期侵蚀声带，造成声带变形导致的。常人的声带狭窄细长，而麻风病人的声带却短而宽，呈方形，与雄狮、老虎这些猛兽的声带相似。这些损害至少都在十五年以上。"

"十五年以上?"李观澜的眉头紧锁，"如果他们都是长期病患，为什么松江省的公安和卫生部门从来不曾发现呢?"

苏采萱说："麻风病人因肢体残缺、容貌吓人，而主动选择与人群隔绝、在野外聚众生存的事例并不罕见。许天华在郑丹梅失踪现场发现的这根陈旧布条，除含有少量麻风杆菌外，还向我们提供了一个有价值的信息——这是一种'的卡'面料，是二十多年前流行的服装布料，现在已经见不到了。所以我推断，这些病人应该是在上世纪八十到九十年代从外省流浪到松江省，并聚集在苍莽山上生活的。当时的医疗条件较落后，信息不畅通，这些麻风病人深居简出，所以不为人所知。"

李观澜说："这些麻风病人从未进入过曲州市区，这点可以确定，而7664厂又是在近三年才连续发生失踪案。如果你的分析成立，那么在近三年里一定发生了什么特殊的事情，才造成这些麻风病人进入厂区内大肆行凶。根据目前的情况分析，找到并抓捕凶手并不为难，关键的问题在于7664厂的失踪员工是否已经全部遇害。当然，他们生还的可能性微乎其微，但只要还有一丝希望，我们就要全力以赴。"

李观澜又调出许天华等人统计的失踪人员名单，逐一研究其背景，似乎要找出隐藏在名单背后的巨大秘密。

就在李观澜陷入思考时，冯欣然打来的电话让他遽然惊醒："7664厂保卫处报案，钱景岳已经失踪近二十四个小时。"

李观澜下意识地追问一句："谁? 钱景岳，就是那个保卫科的副科长?"李观澜并没见过钱景岳，但是许天华在汇报工作时提到过这个人，他有些印象。

在挂断电话的瞬间，一个模模糊糊的念头突兀地掠过李观澜的脑海，他又扫了一眼失踪人员背景调查的资料，顾不上仔细考虑，拿起桌上的电话打进局长办公室："刑警队请求特警支援。"

三个小时后，一队约一百五十人的全副武装的刑警、特警、医疗专业人员，分别乘坐警车和救护车来到苍莽山山脚下。此时，旭日东升，阳光普照大地，苍莽山上树木葱郁，百花竞艳，一派生机勃勃中隐藏着多少未知的危险和恐惧！

全体人员下车后徒步登山。李观澜、冯欣然一马当先，走在队伍最前面，苏采萱和其他刑警队员紧随其后。这时，简淳的录像资料起到了至关重要的作用。李观澜根据录像中提供的线索，顺利地找到他们走过的路线，没费多少周折，就来到许天华他们与麻风病人正面遭遇的地点。一个堆满森森白骨的大坑赫然出现在眼前。

第五节 恶之花

这里是苍蝇、蚊虫和蛆的乐园。那森森白骨和白骨上附着的褐色皮肉，在烈日曝晒下散发出恶臭，与苍莽山的宁静、深邃和祥和的景象格格不入。

苏采萱站在坑边，目光掠过一块块白骨，仅凭着目测和经验，她断定坑里都是人的骨骼——这一点确切无疑，而且没有新骨，绝大多数是曝晒时间在三个月以上的陈旧骨骸。只有一块脊椎骨上残留着丝丝褐色皮肉，似乎是一周左右的新骨——难道是郑丹梅的遗骨？

想到郑丹梅可能已经被剥皮割肉，敲骨食髓，苏采萱浑身起了一层鸡皮疙瘩，光天化日之下，众人环绕之中，却感觉四周鬼气森森，脊背上掠过阵阵寒意。

好在肉眼看上去坑里没有二十四小时内的新鲜骨骼，苏采萱轻舒了一口气——也许钱景岳还活着！

苏采萱的注意力集中在坑里的骨骸上，李观澜却一直在密切关注四周的动静，好像一只精力充盈、肌肉健硕的猎豹，随时准备做出势不可当的凌厉一击。此时，在距离大坑几米远的树丛中传出轻微的窸窸窣窣声，像是微风吹过丛林，又像田鼠在树枝间穿梭觅食。李观澜的目光没有转向声音传来的方向，似乎并未予以关注，却在刹那间，蓦地转过身去，手一抬，一声短促清脆的枪声响起，没有任何心理准备的众人都悚然一惊。

丛林后面传来沉闷的声音，似乎有什么重物轰然倒地。两名全身着防护服的特警反应迅速，身手敏捷，枪声甫落，他们已经箭步冲到丛林后面，黑洞洞的枪口对准横卧在地上的一具躯体。那躯体外仅罩着几根布条，皮肤上生满层层鳞甲，头部硕大，占了身体的三分之一左右，脸上五官扭曲，四肢短粗，双手双脚都仅有一根手指足趾，完全看不出是人类的手足。

两名特警倒吸一口凉气，对走过来的李观澜说："李支队，好枪法，你打死了他？"

李观澜面带微笑，施施然地吹吹发热的枪口，说："这是麻醉弹，临时从动物园借来的。这次行动，只有你们特警的枪里装的是真子弹，所有刑警拿的都是麻醉枪。"

几名特警和医护人员也围拢过来，把倒在地上的麻风病人的双手双足捆绑好，抬上担架。李观澜在上山前预料到可能遭遇麻风病人的激烈抵抗，不大会顺利和他们步行下山，就嘱咐医务人员携带来二十副简易担架。

虽然捉到一名麻风病人，但是他还有十几位同伴，他们栖身在哪里？在幅员辽阔、郁郁葱葱的苍莽山上寻找十几个人，并不是简单的事，除去胆识和观察力，也许还需要一些好运气。

好在已经找到埋骨的地点，又在附近发现一名麻风病人，可以确定其他麻风病人的藏身地不会离这里太远。即便如此，置身在丛林里的警员们，也一时茫然失去方向，不知接下来该到哪里去搜寻。

李观澜做事爽快果决，在观察过周遭的地形后，当即做出决断，发布命令说："当务之急，是寻找到目标的栖身地。时机紧迫，我们必须分头寻找，全体警员分成四组，以我们的站立点为圆心，向东西南北四个方向展开地毯式搜寻，行动要快，但不许漏掉任何蛛丝马迹。一旦有所发现，立刻向其他组发出求援信号，不许轻举妄动，非到万不得已，不许随意开枪。"

领头的四名刑警声音响亮地答应着，率领众人分头行动。

李观澜、苏采萱等四十几人拨开浓密的枝叶和荆棘，步履维艰地前行。他们这组人选择的是向南行进，因为从简淳拍摄的录像上判断，许天华一行人与目标狭路相逢时，那群麻风病人是从南面聚拢过来的，那很可能就是他们藏身地的方向。所以李观澜所率的这一组人均是精兵强将，以期有所收获。

但是在广袤深邃的苍莽山上寻找一群麻风病人谈何容易，警员们披荆斩棘，深一脚浅一脚地挪动，同时还要照料着医护人员，防止他们掉队或发生意外。根据农林地质部门提供的相关资料，苍莽山上迄今为止未发现过狮虎等大型猛兽，但关于豺狼、野猪等食肉野兽的记载却不少，而毒花、毒草、毒虫、毒蛇等也种类繁多，数不胜数。因此一路走过来，困难重重，凶险无比。

眼看已经过去六个小时，直到下午四点，整组人除去稍事休息，吃些干粮喝点清水，一直在孜孜不倦地赶路和寻找。这时山下的世界正是天光大亮，十丈软红中行人如织、车辆如梭，但是在数里之遥的苍莽山上，阳光被郁郁葱葱的枝叶遮挡，已经灰暗下来。

一行人一无所获，都烦恼焦躁起来。其他组也未传来任何音讯，显然也在劳而无功地苦苦寻觅中。李观澜的面容平静，心中却焦灼不堪，每延迟一分钟找到目标，钱景岳生还的可能性就减少一分。而且这一次登山，从刑警、特警到医疗救助人员，浩浩荡荡一百多人，协调了近十个部门，如果无功而返，要想再组织一次同等规模的搜寻和救援行动，就会增加几倍的困难。

苏采萱与李观澜共事多年，熟知他的心意，见状安慰他说："这一次行动仓促，万一找不到也就只好算了。下次搜山时可以考虑带上十几只警犬，也许会有帮助。"

李观澜说："这次上山前我也动过带警犬的念头，但是想到目标比较特殊，麻风病毒可以同时寄居在人畜体内，所以……"话音未落，李观澜眼前一亮，停住脚步，蹲下来，仔细打量地面上的一丛植物。

苏采萱见李观澜突然心思旁骛，就顺着他的目光看过去。地面上的那丛植物，呈现淡淡的黄色，像丝一样细腻光滑，又纠结缠绕，如蛛网一般复杂稠密。

苏采萱对植物学一知半解，不太确定地询问："这好像是菟丝子吧？"

李观澜说："菟丝子是它的学名，咱们曲州的老百姓把它叫作无根草。"

见到李观澜专注的神情，苏采萱意识到这株叫作"无根草"的植物一定有什么特异之处。她略一思考，一个念头醍醐灌顶般地掠过脑海，脱口而出："菟丝子无须阳光就可以成活，这附近可能有山洞！"

苏采萱一语中的，李观澜赞同说："正是，菟丝子是极少有的无须光合作用就能生长的植物品种，我们一路走过来，并没有见到菟丝子，却在这里发现了它的影迹，说明这里的地形地貌很特殊。这一小株菟丝子很可能是从某个暗不见光的地方扩散到这里的，而且这个黑暗的所在离这里不远，如果我估算不错，应该在十米内就有山洞。"

十米！听见李观澜说话的人都悚然一惊，用双手裹紧衣衫，心情忐忑地向四周望。

李观澜的目光落在五六米远的一处植被上，那一小块植被的颜色明显比别处植被略深，沿着植被的边缘有两排苔藓，呈暗棕色，向纵深延伸。而在植被的表面，凌乱地缠绕着几株暗黄色的菟丝子。

李观澜没有作声，用手势示意其他人保持静默，全部半伏半蹲，向那块植被移动。李观澜示意一名走在最前面的特警用微冲枪筒拨开那块植被，果然，那后面黑洞洞的，有一个深邃的山洞。苏采萱眼明手快，从植被上拈起一根约一厘米长、辨认不出颜色的破烂布条，递到李观澜眼前。

至此，基本可以确定，这里即使不是凶手聚集的老巢，也至少有麻风病人出入。

从外面看进去，洞里一片黑暗，里面究竟有多少人，钱景岳和郑丹梅是否在其中，是否隐藏着其他风险，都是未知情况。如果贸然闯进去，危险性很大。

在动身上山之前，李观澜已经设想过多种方案，对麻风病人的栖身地点和救援队伍面临的风险，都有充分预测。他知道这些麻风病人虽然掳劫人质、杀人食尸，凶残恐怖到令人发指，但他们隐居深山，多半不会持有危险的攻击性武器，相较于其他智商体能均超常的犯罪分子，麻风病人们的攻击能力也有限。所要顾忌的，是存亡未卜的钱景岳和郑丹梅的人身安全，以及警员们感染麻风杆菌的风险。

天色越来越暗，战机不容延误。李观澜扫一眼警员们身上严密的防护服，下定决心说："冲进去，刑警在前面，特警保护，医疗人员留在最后。行动的原则是解救失踪人口第一，抓捕凶手其次，一旦遭遇危险，开麻醉枪致对手昏迷。在出现最坏情况并迫不得已时，特警可以开枪将凶手击毙，以把杀伤量控制到最小。"

冯欣然和特警队队长同时低声而坚定地回答："明白。"

话音甫落，数十名精选的警员像矫健的豹子一样，在一瞬间冲进一片漆黑的山洞，急促却不凌乱，前后紧随，秩序井然，除去衣服摩擦的窸窸窣窣声，几乎连呼吸声都细微不可闻。

前进三四米，山洞忽然出现一个弯路，转过去，眼前豁然开朗，原来洞里竟是别有天地。这里纵深不见底，异常宽阔，光线虽然仍昏暗，但已可勉强对面视物，不像初进洞时那样漆黑一团，却不知光线是从哪里射进来的。洞内比外面凉爽许多，空气也不沉闷。洞穴中央有一条小溪，水流淙淙，洗刷着两岸的苔藓和菟丝子。整个洞穴的四壁都非常坚硬，是不知已有几千几万年的巨岩。

向前再走两步，脚下陡地一沉，原来这洞穴是向地心深处去的。走在最前面的李观澜步履匆匆，但极为轻盈，向前疾行十余米后，忽地发现脚下出现一个巨大的深坑，坑内有绿莹莹的火苗跳动，借着火光可以看见火苗四周围拢着晃动的人影。李观澜立刻收住脚步，向后面打手势示意不要出声，注意观察前面的动静。

仔细看过去，十七名麻风病人围绕着火苗或坐或站。李观澜对比双方武力，二对一，而且己方个个是精兵强将，武器精良，占有绝对优势，心里安定了许多。

在麻风病人围成的圈子外面的地上躺着一个人，不停地蠕动着，似乎在做着痛苦无助的挣扎。是钱景岳？李观澜的心头掠过一丝喜悦。如果能把钱景岳解救出来，此行的任务就完成得相当圆满了。不过再仔细看过去，那人身上似乎并没有被捆绑，只是被随意地丢弃在地上。在这种情况下，他却似乎并没有逃跑或计划逃跑的迹象，只是瘫软在地上，那只有一种可能，他受了重伤。

那群麻风病人对李观澜一行的悄悄靠近似乎毫无察觉，他们对外界的危险反应迟钝，自我保护意识不强——这愈发增强了李观澜的信心。目前实施抓捕行动的唯一不利之处在于通往坑底的道路过于狭窄，仅容一人通行，警员们即使动作再快也难免有先有后，势必造成抓捕目标的混乱，增加变数。李观澜向特警队长示意，由特警队员冲到最前面，采用索降的方式，三十余名特警同时出现在目标面前，迅速制服对手。

所谓索降，即是通过软绳滑到地面的着陆方式。这种行动方式看似简单，却需要经过长时间的特殊训练才能掌握，即使在特警中，也不是人人具有执行索降的能力。在动辄数十米的高空中，左手执绳控制方向并掌握速度，右手持武器，耳畔风声呼啸，眼前岩壁飞掠而过。在这种情形下还要保持警觉，眼观六路耳听八方，对体能和心理素质都是极大的挑战。

这次到苍莽山上执行任务，险恶的地形是巨大挑战。李观澜在申请特警援助时特意要求了索降一项，这时果然派上了用场。

那巨坑距离李观澜等人落脚处有三十余米，足有十层楼高，如果拾级而下，要走上十来分钟，但特警队员执索而降，只需一眨眼的工夫。站在上面的刑警和医务人员只感觉眼前一花，飞身而下的特警们已经着地。那些久居深山不谙世事的麻风病人怎会想到神兵天降，来不及做出任何反应，甚至一声撕心裂肺的号叫还卡在喉咙里，就已经被齐刷刷地掀翻在地，戴上手铐脚镣。直到这时，麻风病人们的惨叫声才冲出喉咙，惊天动地，有的尖利高亢，有的则破烂嘶哑，声音冲击着警员们的耳鼓，说不出的难受。特警队长清点数目，十七名麻风病人，无一漏网。

李观澜这时已经跃到躺倒在地面上的那人身前。此前他在相片上见过钱景岳的模样，这时借着火光往那人脸上打量，立刻确认他正是失踪的钱景岳。再往他的胸腹部一看，李观澜倒吸一口凉气，钱景岳的肚子上血肉模糊，开了拳头大小的一个洞，甚至可以看见一截鲜红色的肠子露在外面，也不知其他内脏是否已经被摘除。钱景岳的脸色惨白，双眼紧闭，昏迷不醒，看样子已经奄奄一息。

李观澜指挥众人，有条不紊地把钱景岳及被抓获的麻风病人抬上担架，用带有铁扣的帆布带子在他们身上一圈圈地紧紧绑住，以确保即使抬担架的人脱手或跌倒，担架上的人也不会滚落。

这些绑架、杀死且吞食十三人、制造了一系列惨绝人寰血案的凶手就这样顺利归案，办案警员们都很兴奋。虽然事先已经预料到，这些麻风病人患病已久，不良于行，甚至神智也已不太清楚，绝不是训练有素、身手矫健的特警队员们的对手，但他们毕竟是特殊人群，携带有传染病菌，又隐匿在深山里，是否能够寻找到他们的藏身地，谁也没有把握。这一次凭着特警队员们出众的身手及李观澜的敏锐和智慧，竟然一举成功，打了一个兵不血刃的大胜仗。

冯欣然在躺在担架上的众多畸形脸庞中瞥见一张生满紫红色肉瘤的可怕脸孔，禁不住打个寒噤，脱口而出："简淳的摄像里拍到过这个人，他曾参与围攻许天华他们。"

那张肉瘤脸的双眼紧闭，似乎已昏迷过去，又似乎已不懂得人类语言，充耳不闻。

李观澜挥手把冯欣然叫到一边，低声嘱咐他一番，冯欣然又扫了一眼肉瘤脸，流露出既惊讶又将信将疑的神色。

随队带来的医疗车车厢足够宽敞，可以并排放下两副担架，在李观澜的指挥下，肉瘤脸和钱景岳的担架被抬上同一辆医疗车，李观澜、冯欣然和两名医护人员也相继上了这辆车。

肉瘤脸一直处于昏迷状态，医护人员和两名刑警的注意力都集中在钱景岳身上，能否把他从死亡边缘拉回来，不仅意味着挽救一条生命，更可以靠他提供的线索，彻底解开麻风病人聚集深山和掳劫、残害人命之谜。

但钱景岳的伤势比想象的更加严重，他的腹部被剖开，虽然内脏没有缺失，但是已经严重感染，而且失血过多，血压一路骤降，已经生命垂危，随时可能死去。

医护人员一边紧张地忙碌，一边向李观澜汇报着钱景岳的生命体征："高压75，低压47，心率51，伤者的情况非常不稳定，而且还在继续恶化……""伤者瞳孔扩散，我们回天乏术了。"

每一句话，都使李观澜心中残存的希望幻灭。虽然抓捕行动很成功，但钱景岳赔上一条命，又使得案子的脉络不够清晰饱满，萦绕在李观澜脑海中的疑云始终不能淡去，不能不说是重大缺憾。

冯欣然见状，说："如果钱景岳死去，还有这十七名麻风病人呢，我们逐一审讯，总能得到需要的口供，坐实他们绑人杀人的罪名。"

李观澜神色黯然地摇摇头说："没有用。这些麻风病人都是重症患者，不仅肢体残缺，而且神经和智力都受损，九成是问不出任何口供，即便问出来，法庭也不能采信。"

冯欣然气愤地说："那他们伤害了十三条人命，就这样不了了之?"

李观澜说："7664厂在近三年里有十三名员工失踪，在苍莽山上又发现了埋骨的巨坑，可是我们没有直接证据证明这十三人就是麻风病人害的。钱景岳如果不死，可以充当直接证人，可惜眼看他就不行了。这条线索一断，对麻风病人们的处置也多半是隔离治疗了事，毕竟他们是限制民事行为能力的人，不能承担完全刑事责任。"

两人低声说着话，李观澜却在用眼角的余光密切注视着肉瘤脸。在硕大的肉瘤两侧，有两条浮肿的肉缝，那是他紧闭的眼睑。李观澜的语气或沮丧或低沉，那人的眼睑也在随之轻微地扇动。

在车厢里压抑沉重的气氛中，两名医护人员忽然语带兴奋地失声喊叫："伤者醒了。""太好了，他的生命体征趋于稳定，这条命算是保住了。"

这两句话不啻是晴空炸雷般，让李观澜和冯欣然愕然却又激动不已："伤者现在能说话吗?"

"现在还不能，但是好好调养，两三天后就可以开口说话了。"

医护人员的话音未落，躺在担架上的肉瘤脸忽然激动起来，张开眼睑，露出两只黄豆大小、殷红似血的眼睛，喉咙里发出嘶哑的怒吼声，挣扎着要向钱景岳的担架扑过去，可惜他的四肢被牢牢地固定在担架上，动弹不得。

李观澜至此才面露微笑，突然呼喝出三个字："张丹盟!"

那肉瘤脸猝不及防，愣了一下，现出惊骇的表情，终于全身瘫软，不再挣扎，萎靡在担架上。

李观澜见到他的反应，更加坐实自己的判断，不温不火地说："张丹盟，不必再伪装了，你虽然外表看上去与麻风患者一样，其实在法律意义上，你也许是这十七人中唯一的完全民事行为能力人。"

肉瘤脸躺在担架上，似乎对李观澜的话充耳不闻。

李观澜直切他的要害："你脸上巨大的肉瘤，使你看上去完全不像是正常人，但你罹患的并不是麻风，而是'普罗蒂斯综合征'，又叫'变形综合征'。这种疾病可引起皮下瘤样病变，包括脂肪瘤、血管瘤、神经纤维瘤和其他结缔组织肿瘤，这些瘤样病变造成的后果是巨手、巨足、颅骨畸形、内脏异常。这些医学知识和术语是市公安局法医苏采萱讲给我听的，早在我们行动之前，她就已经分析过你的病情，并且认为你在近三年里，未接受任何治疗，病情已经恶化。你在失踪时肿瘤仅占据了面部四分之一的面积，五官已扭曲变形，经过三年的发展，肿瘤应该已经占据你面部一半以上面积，五官已无法辨识。市局法医从第一个调查组带回的摄像里挑拣并打印出你的影像，让警员们留意，所以我见到你后，立刻认出了你。"

李观澜取出一张电脑彩喷的头像，展示在张丹盟面前，但张丹盟双眼紧闭，丝毫不为所动。

李观澜微笑说："没用的，你的消极抵抗于事无补。你也许在奇怪，我们怎么会注意到你，并把你列为第一嫌疑人。事实上，从调查7664厂失踪案伊始，我们就已在怀疑，为什么失踪案集中发生在近三年里，而且经过对十三名失踪人员的逐一调查，我们发现，这其中有五个人曾经和你住过同一间宿舍，另外八个人也都和你熟识，你在7664厂生活工作期间，曾受到过这些人的嘲笑和排挤。这些线索都让我们无法忽视你。"

张丹盟依然双眼紧闭，但双睑下面的眼珠在急速转动。

李观澜说："在看到调查组带回的录像后，我们把你锁定为第一嫌疑人。你在三年前，面部肿瘤不断长大，被周围人视为异类，你身心俱创，终于断然出走。"

张丹盟的身体轻微地震动了一下，两滴浑浊的泪水沿着面颊流下来。

　　李观澜叹口气，说："你上了苍莽山，无意中与聚居在这里的麻风病人相遇，因为都是面容受损、肢体残缺，互相引为同类。而在这里，你是唯一智力正常的人，这个环境让你如鱼得水。故老相传，麻风病人吞食正常人的血肉，是疗病的良方。这个荒诞不经又灭绝人性的方子广泛地流传于亚洲、美洲和欧洲等地区，也许是人们对麻风病的无知和恐惧使得这个方子大行其道。我不知道你用了什么方法，让这些麻风病人相信了你，并服从于你的指挥，每逢夜深人静时进入厂区。掳走那些和你有宿怨的人，把他们杀害，吞食他们的血肉，尸骨则抛弃在山上的坑里。你们的作案手法并不隐秘，只是由于7664厂的临时雇用人员众多，流动性大，工人们不断失踪并未引起厂方的注意，这使得你们在三年时间里频频作案、屡屡得手。"

　　张丹盟终于睁开了双眼，黄豆般大小、殷红如血的眼睛里流露出又仇恨又哀怨的光芒，喉咙里发出"哦、哦"的声音，像是野兽绝望的哀鸣。

　　李观澜说："钱景岳是你最憎恨的人之一，你一直想杀死他而后快，但是钱景岳的运气比较好，你才失踪不久，他就被提拔为保卫科的副科长，搬出宿舍区，这使得他远离危险，你在三年里一直没有找到下手的机会。"

　　张丹盟终于不再沉默，试图发出声音，但是他的嘴全部被肉瘤遮住，话语哽在喉咙里发不出，只听得到沉闷的呜呜声。

　　李观澜凝视张丹盟半晌，说："这个案子的案情并不复杂，作案人的手段也很原始，只是缺少证据，没有目击证人，有受害人却又没有报案人，调查起来困难重重。我原本尚未想清楚这一切的前因后果，直到受到法医的启发，又听到钱景岳失踪的报案，才在刹那间豁然开朗，理顺了卷入这起案子的全部人物之间的错综关系。我们预料到你会混在麻风病人之间，目前情况下很难找到物理证据来证实你的身份，最简单直接的办法是让你自己承认，所以我有意安排你和钱景岳乘同一台救护车。"

张丹盟挣扎着，终于挤出含糊不清的三个字："你是谁?"

李观澜说："我姓李，是曲州市刑警支队队长。我在上这台车子前，向两位医生交代过，让他们配合我演了一出戏，用钱景岳的生死来刺激你暴露身份。我猜想到向钱景岳复仇是你一直以来的心愿，当你听到他死里逃生的消息时，果然按捺不住，露出了你的真面目。"

张丹盟的声音似乎是从腹部传出来，沉闷难辨："你很狡猾。"

李观澜苦笑说："不过现在我可以告诉你，钱景岳因流血过多已经死了，早在上车前就停止了呼吸，是你杀了他，你报了仇，可是又背负上一笔血债。"

张丹盟面部的肉瘤不断抖动，似乎要从他的皮肤上剥落下来。李观澜一怔，随即意识到那是他在无声地狂笑，叹口气说："患上这种病，是你的不幸，但普罗蒂斯综合征并不是不治之症，而那些嘲讽你的人也罪不至死。你不主动寻医问药，却把自身的不幸转化成对社会和他人的仇恨，借麻风病人之手大开杀戒，就算你有千条理由，也逃脱不了法律的制裁。"

经过异常艰难的审讯，张丹盟承认了他怂恿麻风病人掳劫、杀人、分食尸体血肉的犯罪事实。其残忍暴虐，让见多识广、久经历练的刑警们也耸然动容。

而对麻风病人们的量刑却在法律界引起沸沸扬扬的争议。不杀，他们犯下的罪行过于骇人听闻；杀，他们是患病之身，是否应该承受极刑的惩罚？

三个月后，松江省高级人民法院做出裁决：判处张丹盟及另外两名具有完全民事行为能力的麻风病人死刑，立即执行。其余十五名麻风病人为限制行为能力人，送往黑山区麻风病医院隔离治疗。

此为终审判决。

第九案

恐怖的鱼缸

第一节 大火夺双命

酷夏，太阳像一个熊熊燃烧的火球，烘烤着大地。行走在路上，鞋底也被烤软了，似乎要融化一样，热气沿着脚底向上延伸，头顶上则热气蒸腾，每个人都烦乱不安，焦躁的情绪在心底蓄积膨胀，像是一触即发的爆竹。

江宁社区里有十栋住宅楼，一千多户人家，下午三点多钟，院子里只有稀稀落落的几个闲人。忽然，社区居委会的姚大妈隔着窗子见到一栋楼顶上冒出滚滚浓烟，失声惊叫："着火了。"

居委会里除去姚大妈，还有张五娘和裘细妹两个老太，她们闻声透过窗户向外面张望着，都叫道："是七号楼，失火了，快叫消防车。"

三个老太有的打电话，有的跑到室外大呼"救火"。七号楼里陆陆续续跑出来一些惊恐的居民，有的满脸黑灰，有的衣冠不整，有的裤裆里是湿的，还有的双腿发软，出来就一屁股坐到地上站不起来。不多时，路人也围拢过来，观众越聚越多，向着火的人家指指点点。

姚大妈跺着脚说："是三单元七楼二号，黄满华家。刚才还看见她出门，这下完喽，不知道家里还有没有别人。"

裘细妹说："怎么没有，她老公和孩子好像都在家。"

正说着，十几辆消防车拉着震耳欲聋的警笛先后驶进江宁社区，穿着全套制服的消防官兵安静而迅速地跳下车，架梯、上楼、安装水龙，有条不紊。

灭火工作并未持续太长时间。火势原本就不大，主要集中于三单元七楼二号，略波及左邻右舍和楼上住户，未造成实质损失。只是黑烟非常浓重，充斥在楼道里，引起楼里居民的极大恐慌。好在正是上班上学的时间，居民家里没有多少人，都得以及时逃脱。

但火灾现场损毁严重。着火的是一套一室一厅的房子，室内家具几乎燃烧殆尽，四面墙壁漆黑，地板烧成木炭，在火被扑灭半小时后还有热浪袭人。厨房的地面上撒满摔碎的瓷质和玻璃器皿的碎片，被烟熏得漆黑。最惨的是卧室里赫然躺着两具尸体，一大一小，小的卧在已烧成焦炭的床上，大的趴在地板上，都已经焚烧得无法辨认容貌。两具尸体都蜷缩着四肢，身上蒙着一层焦炭。它们大张着嘴，嘴唇烧去了一半，牙齿露在外面，令人联想到两人在死亡前曾大声呼救或痛哭的画面。

率先冲进火灾现场的消防队长梁文萱虽然身经百战，见到这惨烈的场景也不禁直龇牙，说："看上去像是父子俩，真惨。"又对消防兵宁卓说，"通知派出所没有？"

宁卓说："江宁路派出所的所长赵铭伟已经带人过来了。"

梁文萱环视室内，说："宁卓，考察一下你的业务水平，能不能判断出起火点在哪里？"

宁卓有点不好意思地挠挠头说："我琢磨一阵子了，既然梁队问，我就在专家面前献献丑。"他走到厨房，站在厨房和卫生间的间壁墙旁，"起火点在这里"。

梁文萱不置可否，说："说说理由。"

宁卓说："这个位置的地板已经全部烧毁，残存的木龙骨下部炭化呈波纹状，墙面是钢筋混凝土，烧成灰白色并有条状痕迹。这个地方，"宁卓用手指着距地面约一米半高的墙面，说，"变色部分从地面开始向上呈半V字形痕迹，围绕V字形痕迹有明显的受热面，这些特征都表明这里是起火点。"

梁文萱露出笑容，说："不错，能把理论和实战结合起来，活学活用。"宁卓是消防队里的业务考试尖子，但从警时间不长，出现场的机会很少，才华尚未得到充分展现。

宁卓说："不过火灾原因暂时还判断不出来。"

梁文萱说："很难目测出来，蚊香、电路、烟头和小孩子玩火都可能是失火原因。从现场来看，没有可资判断的痕迹，需要技术人员进驻，全方位检验。"

两分钟后，江宁路派出所所长赵铭伟和火灾家庭的女主人黄满华前后脚走进失火房间。打扮时尚、穿着清凉的黄满华隔着门见到俯卧在卧室里的两具黑乎乎的尸体，惨叫一声后瘫倒在地，汗出如浆，小便失禁，身上立刻就湿透了。她在乌黑狼藉的地面上挣扎前行，试图爬到卧室里去。

赵铭伟才和消防队员们寒暄两句，见到黄满华失态的情状，急忙走到前面拦住她，说："你是黄满华吧？我已经通知了市局刑警队法医来验尸，在他们到来之前，你不能接近尸体。"

黄满华用撕裂般的沙哑声音说："那是我的丈夫和孩子，凭什么不让我接近？他们死了，他们死了啊——"黄满华说到一半，哭得声音都哽在喉咙里。

现场没有女警，赵铭伟又不好伸出手去拦阻穿着清凉的黄满华，正手忙脚乱之际，刑警队的人走了进来。赵铭伟像见到救兵一样，长吁了一口气。苏采萱和另一名女警好不容易安抚好黄满华，把她劝到楼下的警车里坐好，又回到火灾现场。

苏采萱检视过两具烧焦的尸体，说："目测是被火烧烟熏致死的，但是要想排除他们在死前是否曾遭遇袭击，还要进行尸体解剖才行。"

第二节 奇怪的起火原因

经DNA鉴定，两具尸体分别是黄满华的丈夫李琼和三岁的儿子李维维。关于尸体检验结果，苏采萱的法医报告上是这样写的：两具尸体的呼吸道内有烟灰、炭末附着，证实死者在遭遇火灾前尚有生命体征。血液中有高剂量的一氧化碳成分，是燃烧产生的一氧化碳随着被烧者的呼吸运动被吸入体内，与血液中的血红蛋白结合，形成碳氧血红蛋白。此外，由于高热作用，两具尸体的喉头、气管和支气管黏膜有充血、水肿、形成水疱等现象。两具尸体的体表、软组织及骨骼均无创伤，内脏无中毒迹象。

结论是，两具尸体均是在具有完整生命体征时被烧死，而非死后焚尸。

消防局则始终未对起火原因有明确的结论。现场损毁严重，电路没有起火痕迹，更无人为纵火迹象。对燃烧现场的损坏物品及焦炭进行化验，均为家居日常用品的遗迹，未发现易燃易爆品的蛛丝马迹。

起火原因则圈定了烟头引燃、小孩玩火等诱因，消防队无法给出准确的判断。

接下来，李琼和李维维的遗体火化、出殡。一切按部就班。一场凄惨的火灾造成的伤害在逐渐愈合，从人们的记忆中淡去。

但仍有两个人对这场火灾耿耿于怀，无法释然。

李观澜坐在办公室里，手里把玩着一片透明的、厚厚的玻璃碎片，眉头微锁，若有所思。

严格来说，这场火灾没有明显的疑点，法医鉴定报告也显示死者无被杀害焚尸的迹象，与刑警队没有关系，李观澜完全可以放手不管。毕竟，曲州市是一个人口数量超过一千五百万的省会城市，流动人口近四百万，刑事案件多发，李观澜的事情已经足够多，即使不眠不休，也管不过来全部案件。

但李观澜却做不到那样潇洒，这场火灾像一块巨石，沉沉地压在他的心头。有一个挥之不去的疑点，让他无法罢手。也许是与生俱来的追根究底的性格所致，也许是作为刑警的职责所在、使命所在，也许是对生命的尊重，在他内心深处，不肯让任何一条生命枉死。

展开调查？师出无名。而且就算追查到底又能如何？大火已经毁灭了一切证据，只要凶手足够强悍，顽抗到底，坚决不承认不交代，警方即使明知前因后果，也只能束手无策。

恰在这时，苏采萱敲开门走进来，也是脸色凝重、一脑门官司的模样。李观澜和她共事多年，二人早有默契，见状问："还在为火灾的案子纠结？"

苏采萱说："嗯，很压抑，明知有疑点，却无法调查。"

李观澜说："什么疑点？"

苏采萱说："是关于黄满华的。保险公司的一个调查员在一个小时前和我联系，向我求证李琼父子的死因。据这个调查员说，黄满华给她丈夫和孩子投保了一百万元意外险，保险公司要例行调查，如果不能找出破绽，就要如数支付赔偿。保险公司在前期调查中发现黄满华的行为和反应有很大疑点。她虽然在火灾现场情绪失控，其实她和丈夫李琼的感情并不好，对儿子李维维也疏于关心照料。保险调查员掌握的情况表明，李琼的身体状况很差，年纪轻轻就罹患糖尿病，兼有高血糖、高血脂、易倦、嗜睡，早早就办理了病退手续，从单位领一份微薄的劳保。黄满华好逸恶劳，贪慕虚荣，对李琼的收入非常不满意，两人经常吵架。最重要的一个疑点是，黄满华在两年前有了外遇。"

李观澜心里一动，对黄满华的怀疑加深，插话问："她的外遇对象是谁？两人关系怎样？"

苏采萱说："保险公司的调查员还没掌握黄满华外遇的详情，因为调查起来要耗费许多财力、物力和人力，而且即使查清她的外遇事实，也无法确认黄满华有犯罪嫌疑。在没有实质证据的情况下，保险公司必须而且只能如数支付赔偿金。"

李观澜说："保险公司如果介入调查，倒比我们方便得多。在没有证据的情况下，执法机关无法贸然展开侦查，保险公司却可以打法律的擦边球，有更大的调查空间。"

苏采萱说："话虽如此，不过保险调查员也无从查起，有点'老虎吃天无处下爪'的意思。"忽然瞧见李观澜手里捏弄着的一块厚厚的圆形碎玻璃，问："那是什么？"

李观澜说："玻璃碎片。"

苏采萱说："难道我还看不出是玻璃碎片。你这么珍而重之地拿在手里，有什么特别的意义？"

李观澜说："这是从黄满华家的火灾现场捡来的。"

苏采萱仍不明白，说："火灾现场的地面上有许多碗碟杯盘的碎片，我倒看不出这块有什么特别。"

李观澜启发她："是啊，那些玻璃和陶瓷碎片没什么特别的地方，可是这一块不同，你看它本来是什么东西？"

苏采萱接过那片碎玻璃，端详一会儿，不太自信地说："像是比较厚的玻璃容器上的，比如鱼缸、花瓶什么的。"

李观澜说："没错，这是一块鱼缸边沿的碎片，我在火灾现场拾到了许多片这种碎玻璃，有大有小，可以凑成大半个那种家用的圆形小鱼缸，可以肯定，在火灾现场原本是有一个小鱼缸的。"

苏采萱说："黄满华家里有一个小鱼缸，这很奇怪吗？"

李观澜说："居民家里有鱼缸并不奇怪，奇怪的是这些鱼缸碎片出现的地方不对，它们散落在厨房的地面上，距离起火点约两米远，而且地面上没有观赏鱼的尸体。一个空鱼缸放在厨房里，又离起火点较近，加上你向我描述的黄满华的家庭情况，这些事情凑在一起，就很值得怀疑。"

苏采萱聪明颖悟，经李观澜稍加点拨，在脑海中将整个事件的发生发展过程捋顺一遍，终于逐渐明朗而至恍然大悟："你是说……"

这两个搭档合作多年，心有灵犀，在关键环节一点即通，商量过后，一个设计精巧的计划渐渐酝酿成形。

第三节 真情假意

两具烧成焦炭的尸体，一大一小，牵着手，足不沾地飘过来。一个披头散发的女人在前面拼命奔跑，边跑边瞪大惊恐的眼睛回头张望。那两具尸体飘行的速度不缓不急，紧随在那女人后面三四米远的距离，不过分逼近，也不会被她甩掉。

那女人在狂奔几百米后，终于精神和体力双重崩溃，求生的欲望无法再支撑身体，腿一软，瘫倒在地上。

那具小小的尸体一步步走近她，焦煳的脸上露出童稚的笑容，用奶声奶气的声音说："妈妈，我想你——"两只炭黑的胳膊伸过来，扑到那极度恐惧的女人身上。

那女人大张着嘴，想要呼叫，却发不出声音。她哽咽着，憋得脸色紫红，冷汗从额头上直流下来，稠密得像是被水泼过一样。她捏紧喉咙，似乎随时会背过气去。

一个急切的男声在她耳边响起："华华，你怎么了？又做噩梦了？"

那女人大叫一声，惊醒过来，在黑暗中睁开眼睛，半晌才缓过神。睡梦里可怕的情景，仍活灵活现、如在眼前，她禁不住双手掩面，哭出声来。

这是黄满华和她的情夫于自得，两人在黄满华的丈夫和儿子被大火烧死的十天后，登记结婚。

黄满华从睡梦中惊醒，看看表是清晨四点钟，清冷苍白的月光透过窗帘的缝隙洒在地面上，说不尽的冷漠凄清。黄满华被噩梦惊扰得睡意全无，在床上辗转反侧了几十分钟，索性穿上衣服，在房间里来回走动。

她信步走进厨房，取过灶台上的一只杯子，倒了半杯热水，凑到嘴边轻轻啜了一口，任那热热的液体沿着喉咙缓缓流进肠胃，感觉舒服了许多。她的目光漫无目的地在室内逡巡，无意间掠过窗台时，一个玲珑剔透的东西突兀地映入眼帘。她全身倏地一颤，杯子从手中跌落到地上，摔得粉碎。

于自得迷迷糊糊地听到声音后翻身从床上跃下，走进厨房，见黄满华呆呆地站在灶台旁边，盯着窗台的方向，面无血色，嘴唇颤抖，上下牙齿不停地叩击，说什么也停不下来。

于自得见到黄满华恐惧的样子也感觉汗毛都支起来，走过去揽住黄满华的肩头，声音轻柔地说："华华，什么事情这么害怕?"他尽量放松语气，不知是在抚慰黄满华还是在给自己壮胆。

黄满华用手指着厨房的窗台，结结巴巴地说："鱼缸，鱼缸……"

于自得抬眼看过去，那是一个空空的圆形玻璃鱼缸，静静地摆放在厨房窗台上，他有些迷惑地说："不就是一个鱼缸吗? 有什么不对?"

黄满华的声音颤抖着："它，它是哪里来的?"

于自得说："这是昨天出去吃饭，一个学生家长送的纪念品，说是自家工厂生产的三维立体雕刻的压克力精品鱼缸。我本来不想收，那家长说过后还有厚礼赠送，我才勉强留下了。现在不知吹的是什么风，就流行花鸟鱼虫猫猫狗狗什么的，大领导玩玩古玩字画，咱们鼓捣鼓捣这个也就行了。"

于自得是区里教育局的干部，掌握着孩子入学择校的重要权柄，经常有饭局，昨晚十点多钟才回到家，当时黄满华已经躺在床上了。

黄满华从恐慌中恢复过来，愤怒地说："把它拿走，我不要看到它。"

于自得有些莫名其妙，敷衍地说："好，拿走拿走。"说着放开黄满华，走过去拿起鱼缸，拉开橱柜门，准备放到里面去。

黄满华尖叫说："不要，把它丢出去，丢到外面去。"

于自得诧异地看着她："你说你，跟一个鱼缸犯什么别扭啊。"

黄满华歇斯底里地喊叫："丢出去，你听到没有，我让你丢出去。"

于自得有些不满，嘀咕一声："泼妇。"但还是走到房门外，把鱼缸放到垃圾袋里。

一场风波过去，却在两人心头都留下了些许阴影。

黄满华和于自得的奸情早在三年前就开始了。于自得比黄满华大五岁，六年前结婚，在蜜月期间就因搞婚外情被妻子捉奸在床而离婚。那以后他如鱼得水，周旋在各色女人之间，也不着急再婚。但他的父母想抱孙子，就催促他快些找女人生孩子，至于他婚后会不会再出去乱搞，并不在两位老人的考虑范围之内。

于自得有着炉火纯青的勾搭有夫之妇的本领，邂逅黄满华后，郎有情妾有意，两人很快勾搭成奸。于自得爱她漂亮风骚，黄满华爱他工作稳定，收入丰厚。在黄满华的丈夫和孩子被火烧死以后，两人就迫不及待地住到一起，对外界的议论纷纭全不放在心上，颇有些"走自己的路，让别人说去吧"的矫矫不群风范。

黄满华在一家相亲交友网站做营销总监。现在网络公司遍地开花，"总监"的头衔也用滥了。黄满华这个营销总监，手下只有两三个兵，因队伍极其不稳定，今天三个，明天两个，无法统计准确数字。

鱼缸风波过去一周后，一天中午黄满华临时有事回家，见于自得逍遥地坐在客厅的沙发上，边嗑瓜子边跟着电视节目哼着歌。于自得上班时间赖在家里是家常便饭，据说即便这样他所在的区还在争取公务员每周四天工作制。黄满华也没在意，有一搭没一搭地说话，翻找着自己需要的物什。

黄满华走进厨房，一只脚刚踏进去，就感觉有物体反射着夏日午时的强烈阳光，耀眼生花。黄满华一阵晕眩后才看清，一只圆形的、玲珑剔透的玻璃鱼缸赫然摆在厨房的窗台上。

黄满华勃然大怒，大喝一声："于自得，你给我过来！"

于自得正沉浸在靡靡之音的缠绵中，被突如其来的"河东狮吼"吓得浑身一震，下意识地遵照命令小跑进厨房，说："怎么了？"

黄满华并指如戟，指向鱼缸狂吼："这是什么？"

于自得一脸诧异："咦，鱼缸？哪里来的鱼缸？是不是你带回来的？上次你不是说不喜欢在家里摆放鱼缸。"

黄满华不满地推于自得的肩膀，把他推得一路趔趄，险些坐倒在地。黄满华盛气凌人地叫着："于自得你别装糊涂，你知道我不喜欢鱼缸，故意买回来气我是不是？"

于自得被她一推，也是火往上撞，想这女人真不得了，谈恋爱时小鸟依人做娇羞可爱状，登堂入室后则不再掩饰本来面目，撒泼耍赖，狮吼骂街，悍妇本质暴露无遗。于自得也提高嗓门，大吼说："你他妈的别不分青红皂白就动手动脚，这鱼缸要是我带回家的，我出门就被车撞死，活不过今年年底！"

黄满华见于自得双眼通红，动了真怒，又恶狠狠地赌咒发誓，不像是在说假话。一阵恐惧从心底泛起，颤声说："你别吓我，这鱼缸真不是你带回来的？"

于自得余怒未消，啐她说："一个破鱼缸，我犯得着撒谎吗？你这个女人真是不可理喻。"

如果在平时，于自得用这样的口气说话，黄满华早就知难而上针锋相对了，坚决要把他的风头打压下去。但是今天她全没有心思，看着窗台上耀眼生花的玻璃鱼缸，身上一阵阵发冷，汗毛孔都扩张开，能够感觉到原本被汗水粘在皮肤上的汗毛根根直立起来时的麻痒感。

黄满华越想越怕，小便失禁，洇湿了大半条裤子，滴滴答答地滴到地上——这是她童年时期有一次深夜过坟地时落下的病根，一遇到紧张或害怕的事物就尿裤子。恐惧在胸腔里郁积，终于转化成痛哭声爆发出来："老公，他们来找我算账了，他们来找我了……"

于自得见她示弱，又真的像是怕得非常厉害，就换了一副口气说："好了，别怕，什么来找你了？你别犯糊涂，不就一个破鱼缸吗？没事。"

黄满华泪落如雨，大张着嘴，浓重的眼影和口红被泪水混合着口水冲成一道道的，在嘴角和下巴上描绘着先锋派的图画："老公，报应啊，报应。"

于自得觉察到了什么："你说什么？你是不是有事瞒着我？"

黄满华毕竟尚未彻底失去理智，猛然意识到自己的处境，收敛了些许哭声，抽噎着说："没事，我是被吓到了，这鱼缸自己跑到厨房里来，越想越叫人害怕。"

于自得也附和说："可不是。咱家没来过外人，我们俩都没买过鱼缸，这鱼缸是哪里来的？真是见鬼了。"

两人互相一印证，都感觉毛骨悚然。最后还是于自得夵起胆子，用一块破布把鱼缸一包，扔进了垃圾道。那鱼缸在垃圾道里挟带着风声呼啸而下，重重地砸在地面上，发出一声四分五裂的巨响。

这鬼气森森的鱼缸还会再次不请自来吗？

第四节 天上掉下来的火灾

黄满华受到强烈刺激，自那以后总是心神不宁的样子。大白天也不敢独处，常常是呆呆地坐着，半晌不说一句话；或者突然无缘无故地惊叫起来，把在场的所有人都吓一跳。到了晚上，更不敢自己待在家里，必须要有人陪伴。于自得的应酬又多，什么游水海鲜、卡拉OK、洗澡按摩，都是公款消费或学生家长买单，晚上比白天要忙碌得多。要他牺牲宝贵的娱乐时间，陪伴一个疯疯癫癫的婆娘，是说什么也不肯的。没办法，新婚不久，总不能这样就把黄满华扫地出门，而且还要指望她生个一儿半女。后来只好给黄满华请了一个小保姆，寸步不离地陪伴她。

这个新请来的小保姆名叫周乔悦，据她说是黑龙江极北极寒地区的农家女儿。今年二十二岁，长得漂亮大方，温柔可爱，皮肤白皙娇嫩，一双大眼睛又黑又亮，顾盼之际有聪慧乖巧的眼波流动。

周乔悦青春逼人的模样让黄满华有些嫉妒，但又想到这漂亮女孩给自己当保姆，听从自己的呼来喝去，也就释然了。相信只要多使唤她一些，多甩几句狠话，保管没多久，这明丽的脸庞上就会蒙上一层荫翳——那才是黄满华喜闻乐见的。

黄满华有着在网络公司蹂躏新员工的丰富经验，所以对折磨周乔悦很有信心，唯一需要防备的是不能让于自得勾搭上她。于自得是在风月场里见过世面的花花公子，这点黄满华早就知道，她自己也是道中高手，自信能够制衡他——毕竟在这个婚内出轨蔚然成风的花花时代，穷男人富男人都不大靠得住，两害相权，宁愿选择一个花心却有钱的男人。黄满华虽然一时糊涂一时明白，却也知道周乔悦万一被于自得上了手，就会恃宠自骄，再也压制不住，甚至有夺权上位的可能，这一点必须要防备。

好在周乔悦十分勤快乖巧，又受得了委屈，任凭黄满华颐指气使无理取闹吹毛求疵，她总能大度包容，微笑处之，绝不还嘴顶撞，委曲求全地顺着她的意思去做。黄满华好似抡圆了重锤却一锤锤地砸在棉花上，时间一长，自觉胜之不武，也就减少了发作的频率和程度。

黄满华和周乔悦朝夕相处，时间一长，难免互相倾诉些心事，表面看来隔膜渐渐消除，黄满华再看到周乔悦的青春美丽的脸，也就觉得不那么讨厌了。

　　半个月过去，家里一切如常，波澜不兴，黄满华的情绪逐渐恢复平静，也重新开始正常上班下班。就当过去发生的事都是一场噩梦吧——黄满华想——这清平世界，朗朗乾坤，鬼魂是不敢滞留太久的，它们必须回到自己的世界去。只是再过几天，得想个理由把周乔悦辞退，这个不要脸的婊子——虽然她迄今为止还没做出不要脸的事情，但就凭她那张勾引男人的脸，可以断定她迟早会做出来的，早辞退早安心——诶，当初怎么就忘了问于自得是从哪里把她找来的呢？

　　这样想着，黄满华回到了家。这时是下午两点多钟，正是一天里太阳最毒的时间。黄满华有些心浮气躁，打开家门就没好气，准备把周乔悦提溜过来教训几个来回，好好地顺一顺郁积在胸腔里的怒气。

　　谁知打开门后站在玄关，就听见客厅里有窸窸窣窣的声音，黄满华的警惕性一向很高，察觉到异样，连鞋子也来不及脱掉，就冲进客厅。

　　两个人从客厅的沙发上站起身，满脸绯红，神情慌乱，衣冠不整，虽尚能勉强遮住身体，但猥亵之意已暴露无遗。黄满华对这两个人再熟悉不过，男的便是她的新任丈夫于自得，女的正是新请来的风情万种的小保姆周乔悦。

　　真是怕啥就来啥，黄满华不禁怒从心头起、恶向胆边生。像她这样在男女情事中千锤百炼过来的人，往往自己出轨时没有任何道德和心理上的障碍，却对配偶有着超乎常人的苛刻要求。这种自相矛盾的心理状态绝不能用"爱之深责之切"来解释，更无关感情洁癖，而是一种近乎"只许州官放火不许百姓点灯"的霸道情结。

黄满华此时心中百味杂陈，屈辱、背叛、欺骗、恶心之感聚集在血液里发酵，使得她头部的血管和神经激烈地膨胀和跳动，迅速进入战斗状态。她把束起的头发打开来，弄成披头散发的模样，一声长啸，挥舞着"九阴白骨爪"冲了过去，对两个偷情男女劈头盖脸就是一顿乱抓乱挠。

于自得被捉奸在床的经验丰富，何况这次方启动前戏，尚未入港，算不上十分理亏，自然不肯逆来顺受，便奋起反抗。黄满华虽然战斗意志极强，但战斗力有限，很快被他制服，倒在沙发上呼呼地喘着粗气，一双血红的眼睛恶狠狠地瞪着，似乎要从眼眶里挣脱出来。

于自得的脑门上青筋凸起，向她咆哮："你不要得寸进尺，我和小周清清白白，就他妈不是你想的那回事。"这话倒有一半是真的。周乔悦这女人不知是怎么回事，够骚够媚，可总是在关键时刻不让他得逞，把他心里弄得瘙痒难耐却又无计可施，愈发充满着无限憧憬、无限渴望。这时把心底压抑的情绪半真半假地表达出来，有一点发泄委屈的意思。

黄满华冲动过后，渐渐恢复平静。她虽然愤怒，毕竟还有个利弊之间的衡量，底线就是不能和于自得弄到无可挽回的地步。于自得虽然是花心大少，她自己也不是贞节烈妇。在利益面前，这些感情和身体上的污渍是可以容忍的，毕竟于自得是她目前能掌握在手中的绩效最优股。

黄满华理清利弊后，把怨气转而发泄到周乔悦身上，指着她的鼻尖骂："小婊子，你马上给我滚，滚得远远的。"

周乔悦年纪虽轻，却处变不惊，出奇镇定。她整理下衣服，拢了拢头发，慢条斯理地说："黄满华，你说话放尊重些，这可是你老公对我图谋不轨，要不要追究，主动权在我，走或不走的主动权也在我，就算本姑娘要走，也得有个说法。"

黄满华咒骂她："要什么说法，回家找你妈要说法去。"

周乔悦不理她，目光如炬地盯着于自得。

于自得反应倒不慢，心领神会，当即挺身而出，连拖带拽地把黄满华拉到厨房门边，低声说："你闹啥呀，闹大了对你有啥好处？别以为我在教育局当干部就怕你撒泼耍赖，这些年多少女人想搞臭我，又是录音又是录像的，我还不是官照当、钱照收，谁能奈我何？你把事情闹开了，最终还是人家小周得利。"

黄满华对前面几句话还勉强听得进去，耐着性子听到最后一句话，又发作起来，一口唾沫啐到于自得脸上，骂道："一口一个小周地叫，你不肉麻我还嫌肉麻，她不就是个臭保姆，小婊子，嘚瑟什么？"

于自得被这些带着肠胃反刍气味的唾沫星子激得心头火起，热血上涌，抬手一个响亮又结实的耳光打在黄满华的左脸颊。黄满华猝不及防，只感觉一股大力击中头部，瞬时间眼前发黑，脑海里嗡嗡作响，天旋地转，趔趄几步退到厨房里，手扶灶台勉强站住。

这一巴掌把她彻底打蒙了，也打灭了她的嚣张气焰，几乎有一分钟时间，她完全失去意识，不知自己是谁、身在哪里、在做什么事情。等到终于明白过来，只觉窗外阳光耀眼，心底悲凉，天地一片苍茫。

黄满华以为悲剧至此已触到底线，人生的苦达到极致无以复加，哪知真正的悲剧才刚刚开始。她手扶灶台，暗自运气，准备养精蓄锐后迎头反击，不料此时，潜意识里最不愿看到的一件物什蓦地进入她的视线，刹那间她所有的强悍和愤怒都被击溃，巨大的恐惧将她重重包围。眼前的一对狗男女何去何从已经微不足道，那冥冥中眷恋着萦

268

绕着缠绵着纠结、着死也不肯离去的索命冤魂才是她要全力应付的强敌。

那不期然的物什正是一个做工精致的圆形玻璃鱼缸，里面空空如也，安静地、无辜地摆放在厨房的窗台上，反射着灿烂的阳光，精美中却透出阴森森的杀气。

怎么回事？早晨出门时这鱼缸还不在那里，难道是于自得或周乔悦搞的鬼？这两个狗男女有害她的心思，这她相信，可是她不相信他们知道这个鱼缸对她意味着什么——他们几乎没有可能知道，否则只要向警方举报，就能置她于万劫不复之境地，何必这样曲折婉转地自找麻烦呢？

鱼缸，要命的鱼缸。惊恐异常的黄满华不知哪来的力量，对这个鱼缸怒目而视半晌后，突然发疯般地奔过去，把鱼缸捧在手里，高高举起，又快步跑回客厅，对着那对准备临阵脱逃的狗男女用力丢过去。可惜膂力有限，鱼缸才飞到中途就跌落到地板上，"砰"的一声摔得四分五裂。周乔悦用刺耳的声音夸张地尖叫着，躲闪飞溅的碎片。

黄满华摔完鱼缸，全身像是虚脱一样，瘫软在地，伏在地板上哀声痛哭。

于自得见到摔碎的鱼缸，也很诧异，问周乔悦："这鱼缸是不是你买来的？"

周乔悦白他一眼说："见鬼了，我一早起来就没出过门，你又不是不知道。再说我买个不能吃不能穿的破鱼缸干什么？"

趴在地上的黄满华听两人的语气不像是做戏，更坚定了自己的可怕猜想，哭得越来越大声。不知这神秘诡异的事情怎么会发生在自己身上，难道真的是因果循环报应不爽？

于自得回忆起这几次鱼缸凭空出现的奇怪经历，也怕得厉害，加上黄满华哭得他心烦意乱，就有些压不住火气，大声吼叫："你他妈哭丧啊，真是丧气，老子的好运道都被你哭走了，这鬼房子没法住了，明天搬家。"

这是一套四室三厅三卫的房子，以曲州市的房价，市值至少在四百万元以上。黄满华曾用尽浑身解数要求于自得在房产证上添加她的名字，才同意和他登记结婚。这时听于自得说要搬家，而且不大像是气话，内心纠结，哭得更加震天撼地。

第五节 往事并不如烟

于自得和周乔悦被"捉奸"后，黄满华贪恋于家的富足，采取了息事宁人的做法，只把周乔悦赶出家门了事。

于自得暂时也不想和黄满华离婚。毕竟才结婚不久，还指望她生个孩子延续于家的香火。虽然以他的经济条件，愿意给他生孩子的女子不乏其人，不过没有一个女人是省油灯——人以类聚，物以群分，于自得能接触到的女人也都不是善类，这使得他对全体中国女人形成了一个错误而固执的成见。出于这种偏狭的考虑，只要和黄满华还能凑合下去，他就懒得再求什么变化，以免生出更多波折。

两个人同床异梦，为着各自的目的，生活在同一个屋檐下。经过郑重商讨，两人决定把目前居住的这套房子卖出去，再添点钱，在市中心最好的地段买一套同等面积的房子。可是房子毕竟不是小件商品，短时间内未必能如愿卖出去，两人暂时还只能住在老房子里。

可是一件更加不可思议的事情不期然地发生了。

黄满华在"捉奸"后，精神受到不小的刺激，加上最近发了两注横财，一是她的前夫和孩子被烧死后，一百万元人身伤害保险费的申领程序已经启动，预计再有六七个工作日就能拿到手；二是和于自得结婚后分到价值约两百万元的房产。从一个生活窘迫的少妇陡然变成身家数百万的富婆，角色的转换使得她对工作不太上心，三天打鱼两天晒网，大部分时间都赖在家里。

　　这天中午，阳光火辣，天气炎热，黄满华上午趁着凉快在美容店做过护肤后回到家，勉强吃了五个蟹黄小笼包和三块蚝油芥蓝，懒洋洋地不想再动，倒在床上昏昏欲睡。

　　也不知睡了多久，迷迷糊糊之间，闻到一股焦煳的味道。黄满华睁开眼睛，感觉头昏沉沉的，太阳穴处一跳一跳地疼痛。她挣扎着爬起来，四肢酸软，双腿似乎支撑不住身体的重量，险些跌倒在地上。她扶着墙一步步向门口挪去。奇怪的是卧室门紧紧地关着，黄满华站在门前，犹豫了十几秒钟：她恍惚记得睡觉前没有关上卧室门，家里没有别人，天气又这么闷热，没有必要关上门。她下意识地回头打量一下，窗子开着！

　　黄满华的心忽地跳了一下，有那么一瞬间几乎停止了跳动。她整天开着空调，没有可能打开窗户，唯一的解释是，在她睡觉期间家里进来了人！

　　不会是于自得回来了吧？他早晨出门时说是去省教育厅开会，这是他一年里除去吃请之外难得的正式上班的日子，没有可能中途回来。那么会是谁在这套房子里？

　　黄满华感觉冷汗已经洇透了薄薄的衣衫，后背上嗖嗖地冒着凉风，一颗心剧烈跳动，似乎要跳出嗓子来。黄满华不敢再多想，鼓足勇气，握住门把手，用力一拽——门开启处，一股浓烟扑面而来，呛得黄满华险些背过气去。出于应激反应，她又用力把门关上。失火了——这坐实了黄满华的猜测，该来的终究要来，躲不过逃不掉。早知道天理循环报应不爽，当初何必要做那丧尽天良的事？一时间，惶惑、惧怕、恐慌、羞愧、歉疚等复杂情绪纷至沓来，黄满华几乎失去了求生的欲望，背靠房门跌坐在地上，双手抱头，泪流满面。

就在这时，随着一声巨响，她家的进户门被人从外面打开，杂乱的脚步声响起，有许多人冲了进来。黄满华还没来得及做出反应，她背靠的门就被人用力撞开，黄满华的身子应声向前扑出，脸触到地板上，蠕动着爬不起来。冲进来的人在烟雾中看见地板上有人俯卧，不知是死是活，便弯腰把她抱起，负在背上，来到室外安全的地方。黄满华连呛带吓，已经昏厥过去。

冲进门的是接警后赶来救援的消防队员。带队的就是曾出过李琼和李维维被烧死现场的消防队长梁文萱及队里的后起之秀宁卓。其实室内虽浓烟滚滚，声势惊人，但火势并不大，仅厨房里的一个角落发生燃烧，未蔓延到其他地方。消防队员们训练有素，动作敏捷，只两分钟就扑灭了火。

宁卓盯着厨房角落里的一堆灰烬，若有所思。梁文萱让人打开房间里所有的窗子，保持室内外空气流通，然后摘下防毒面具，走到宁卓身边，说："有疑点？"

宁卓说："烟大火小，倒像是虚张声势。"

梁文萱满意地点点头说："那是用锡箔和微湿的棉布混合在一起，点燃后造成的后果。"

宁卓摇摇头说："这房间里起火时只有一个女主人，不知这些易燃物是怎么烧起来的？"

梁文萱心中早有答案，却故意问："如果你处心积虑地想在这套房子里制造一场火灾，这些易燃物已经摆在角落里，你如何能不在现场，却又把它们点燃？"

宁卓一时难以解释，盯着角落里尚未燃烧干净的灰烬出神。这时阳光炽烈，烤炙着大地万物，令人燥热难当。宁卓见灰烬上有一个极明亮的光斑，在洒满一地的强烈光线中，依然刺眼夺目。他回过头，沿着光斑射来的方向望去，只见窗台上有一物熠熠生光，宁卓刹那间豁然开朗，恍然大悟。

梁文萱见到宁卓的神情，知道他已经有了答案，对他的期许更增加几分，说："一个多月前发生在江宁社区的那起火灾，有一对李姓父子遇害，我们始终没能找到起火原因，也许这起火灾可以给我们一些启迪。有一个重要疑点你注意到没有，刚才被救出去的女主人就是上次在火灾中丧生的李姓男子的妻子，那个小男孩的母亲。"

宁卓赞同说："咱们的人把她背出去时，我留意到她的脸，认出了她。如果这两起火灾的起火原因相同或类似，那么上次的火灾由于过于严重，导致窗台垮塌，引火物摔碎在地上，与厨具的碎片混合在一起，未能引起我们注意。而这场火灾却要小得多，现场保留完好。奇怪的是，这些锡箔和沾湿的棉布混合在一起，只能造成浓烟，无法引发大火。而起火期间女主人的卧室门紧紧关闭，窗户却打开着，显然是不想被烟熏到，难道这火是女主人自己出于某种原因故意放的？"

梁文萱还没来得及表态，黄满华已从短暂的昏厥中苏醒过来。她悄悄溜进房间，战战兢兢地隔着厨房门向窗台上望去，可怕的猜测终于被证实——有一个精致的、晶莹剔透的圆形鱼缸端端正正地摆放在窗台上，反射着夏日里明亮耀眼的七色阳光。

黄满华在那一刻仿佛看见了世界上最可怕的事物，所有的伪装、凶悍、贪婪、狡诈在巨大的恐惧面前都不堪一击，她的情绪在瞬间崩溃，心理防线彻底失守，弯曲双膝跪倒在地，泪水潸潸而下，对着鱼缸像鸡啄米似的磕头，口中念念有词："老公，儿子，你们走吧，不要再纠缠了。我杀了你们，也是没有办法啊。你们要是不死，于自得就不娶我，我就只能一辈子过穷日子。你们走吧，让我安安静静地享受生活，我一定给你们买最好的墓地，让你们在那边也有大房子住。"

黄满华一边哭泣一边忏悔，梁文萱和宁卓虽然事先已隐约猜出些端倪，但听到她坦白亲手烧死丈夫和儿子的惨烈事实，仍感觉不可思议。她那张姣好的面孔，这时看上去却像魔鬼一样狰狞可怖。

这时楼里的邻居及小区的物业人员也陆续围拢过来，都听见黄满华的忏悔，耳闻那耸人听闻的人伦惨剧，人人义愤填膺，一时间议论纷纷，骂不绝口。有情绪易激动的人和浑水摸鱼的无赖跃跃欲试，要冲上去对她大打出手。

"都不要动，"随着低沉却威严的吼声，李观澜带领三名刑警出现在现场，"是非自有公论，请大家不要因为一时意气用事，触犯法律。"

梁文萱与李观澜早就认识，走上前打招呼说："李支队，我正要给你打电话呢，你们的消息可真灵通，反应也够快的，这边才露出端倪，你们就到了。"

李观澜说："不是我们反应快，自从一个多月前江宁社区的父子双尸案后，我们就一直在监视那场火灾中幸存的女主人，也就是她——这个在众人面前自认犯罪事实的女人，黄满华。"

黄满华跪在地上，扭转头，用布满血丝的双眼盯着李观澜："他们的鬼魂就在那鱼缸里，我砸了好几次，怎么也赶不走他们。这该死的父子，活着的时候拖累我，死后还不肯放过我。"

李观澜鄙夷又怜悯地扫她一眼，对一名刑警说："把她铐上。"

梁文萱满心好奇，说："你们是怎么开始怀疑她的？上次那场火灾几乎可以称得上天衣无缝，她既没有作案时间，现场也没有纵火痕迹，我们当时都没能找出火灾原因。难道你们刑警一专多能，越界到我们的专业领域来了？"

梁文萱半真半假地询问，李观澜只好陪笑两声，说："绝不敢越界。案子侦办的详情不便在这里透露，梁队要是感兴趣，日后我一定原原本本向你汇报。"

已经失去反抗意志和能力的黄满华在刑警队讯问室里对所犯罪行供认不讳，原原本本地交代了她利用鱼缸点火、烧死李琼父子的犯罪事实。

鉴于嫌疑人为女性，李观澜在主审时，特意邀请一位从事内勤工作的女警作陪审和记录。当黄满华在供述她以精心设计的残忍手段害死自己的丈夫和孩子时，那名第一次参加审讯工作的女警数度打断她，怀疑自己听错，反复询问和确认后，仍双眼含泪，双手颤抖，写的字歪歪扭扭，大失水准。

梁文萱和宁卓两人对黄满华纵火杀人案的侦破过程满腹疑问，始终难以释怀。在黄满华入狱待审后的一个月明风清的晚上，两人邀请李观澜和苏采萱到一家茶馆小坐，以解开内心谜团。

李观澜不沾烟酒，连日连夜地办案时全靠咖啡和茶提神，对茶的品种产地、味道优劣辨别得尤其精细。这时他坐在茶桌边，轻啜一口芬芳清冽的明前茶，露出心满意足的表情说："这茶尝起来不错，要说梁队是真有品位，别看眼下在消防队，脱了消防服，那就是个温文儒雅的文化人。"

宁卓在他们三人面前算是小字辈，听李观澜调侃梁文萱，忍着不敢笑。梁文萱自己却憋不住笑出来，说："李支队，要说你也是个省会城市的刑警队长，怎么张口就拿人开涮。得，我也不和你计较，咱开门见山，你就说说江宁社区的那起火灾案子，你们怎么一开始就怀疑到黄满华身上了？"

李观澜不再卖关子，认真地说："术业有专攻。同样一场火灾，你们关注的是电路、起火点、消防栓、燃烧度这些技术层面的东西，而刑警关注的只有一点，是自然起火还是人为纵火。从这点出发，所有值得怀疑的蛛丝马迹都不能轻易放过。确实，黄满华家起火时她已经离开家一个多小时，没有作案时间，现场也没有发现纵火痕迹。"

苏采萱补充说："尸检也显示两名死者确是因一氧化碳中毒而死，死后尸体又遭火焰烧灼，但没有任何外伤、内伤，以及服食镇定药物的迹象。这些都显示，火灾是一场意外。"

李观澜点点头说："如果定性为自然火灾，案子可以尽快了结，曲州市的刑事命案发生率降低几个百分点，大家少了许多麻烦，是皆大欢喜的结局。只是苦了两名死者，沉冤永远不能昭雪。"

梁文萱面有愧色地说："对这起案子，消防队要承担一定责任。"

李观澜摇摇头说："你们在职权范围内已经尽职尽责，不必自责。我们开始关注黄满华，起因于外围的调查。她是个爱慕虚荣的女人，与丈夫的关系也不好，最重要的是，她有一段为期不短的婚外情，而且她的丈夫和孩子死后，她还有机会获得一百万元人身伤害保险金。这说明，她有杀人动机。尽管当时我们也有些动摇，因为能够对自己的孩子下毒手的女人毕竟极罕见，这使得我们产生怀疑的基础不是很坚实。但是作为刑警，一个微小的决定就可能关乎一条或几条人命，我们必须追查下去。"

梁文萱和宁卓听得入神，连连点头，颇以为然。

李观澜说："我们进入江宁社区火灾现场勘查时，在烧得一片狼藉的厨房地面上见到许多碗碟的碎片，由于表面乌黑，几乎不可分辨。"

宁卓说："我们在救火时也见到了这些碎瓷片，并未引起注意。"

李观澜说："我对这些碎片进行筛检时，注意到其中有一块玻璃碎片，比寻常的碗碟要厚一倍，而且更加弯曲一些，倒像是家用鱼缸的碎片。"

宁卓赞叹说："到底是老刑警，目光就是比平常人独到，听你的叙述，我都想投诚到刑警队去。"

梁文萱半真半假地呵斥他："怎么说话呢？还投诚，消防队怎么委屈你了？你倒不说是弃暗投明。"

李观澜微笑说："宁卓开玩笑呢，不过看你这聪明劲，要是做刑警，还真是块好料，就怕梁队舍不得放你走。继续说鱼缸的事，我找到那块碎片后，起了疑心，就在地下的碎片中一块块地找，最后找出大大小小几十块玻璃碎片，几乎能拼成一个完整的鱼缸。根据鱼缸摔落的位置判断，在失火前它应该是摆在厨房的窗台上。鱼缸里没有鱼，也没有水，无缘无故地摆在窗台上，不符合常理。厨房的窗户朝向西方，当时是下午五点多钟，阳光依然很毒，起火时是下午两三点钟，正是一天里最热的时间。根据我们上中学时学到的凸透镜原理，鱼缸可以将阳光聚集在一点，如果刚好照射在易燃物上，应该可以点燃。"

梁文萱说："我在七八年前还真救过一次鱼缸引发的火灾，这次怎么就没想到呢？"一边说一边摇头，神情非常沮丧。

苏采萱说："李支队和我事后回到江宁社区的火灾现场做了一个实验，在下午两点多钟把一个鱼缸放在厨房窗台上，让阳光穿过它投射在墙角的一堆沾过汽油的棉布上，仅用了三分钟，就引燃了棉布。如果不沾汽油，也只用十来分钟就使棉布燃烧起来。而且棉布燃烧的最佳地点就是你们测定的起火点。我们当时推测，黄满华的丈夫李琼患有糖尿病和高血脂等疾病，嗜睡，孩子李维维才只有三岁。如果黄满华趁两人午睡时布好局，离开家门，棉布或其他易燃物在一段时间后开始燃烧，产生大量浓烟，能迅速导致熟睡中的李琼和李维维窒息死亡。火苗又进一步吞噬橱柜和窗棂，使得餐具和鱼缸相继坠地，碎片混合在一起。那么，这场火灾就天衣无缝，看上去完全是一场意外。"

宁卓说："再狡猾的狐狸也逃不脱猎人的手掌，黄满华毕竟还是被你们纳入了怀疑范围。"

李观澜说："仅有怀疑完全无济于事，因为所有的证据都已被大火吞噬，鱼缸碎片又能说明什么？总不能因为人家家里有个鱼缸就给人定罪。除非黄满华自己承认，否则这个案子就是死案，即使我们明知案发过程是怎么回事，也无能为力。可是像黄满华这样丧心病狂的人，连丈夫和亲生儿子都忍心杀害，又怎么可能良心发现，投案自首呢？"

梁文萱在脑海里合计着当时警嫌双方的处境，说："如果我是办案人，也会一筹莫展。"

苏采萱笑笑说："如果循正常途径，这个案子基本就没法破了。给我们带来曙光的是一位保险公司的调查员。我们囿于刑警身份，许多手段都不能用。但是那名调查员却可以打法律的擦边球，换句话说，只要不违法，她可以采取任何方法去揭开这件事的真相。"

苏采萱所说的保险调查员并非别人，正是曾在黄满华和于自得家中做了二十几天保姆、和于自得保持着若即若离的暧昧关系、让他求之不得却又欲罢不能的周乔悦。

周乔悦并不是她自己描述的那样出身农村、进城务工，而是曲州市土生土长的女孩，只是她的家境非常困难，父亲常年卧病在床，母亲是下岗职工。周乔悦靠社会捐赠和助学贷款从松江政法大学毕业，之后进入保险公司任调查员。凭着努力、敏锐和工作的热情，迅速成长为部门的骨干力量。在李琼李维维父子被烧死一案中，保险公司面临着支付一百万元巨额赔偿的局面，而对黄满华的背景调查中又发现许多疑点，保险公司就委派周乔悦对此案进行调查。

周乔悦非常聪明，知道仅凭正常途径的外围调查无法探知真相，而采用非正常手段又涉及许多法律问题，就主动与刑警队联系。李观澜办案子原本就不拘一格，与周乔悦正面接触时已有成型的方案在胸中，虽然作为刑警队长，他不能主动指点周乔悦如何去做，但把黄满华可能利用鱼缸杀人的手段透露给她，加上苏采萱旁敲侧击煽风点火，聪明颖悟的周乔悦很快明白了怎样行动最有效果——那就是利用凶手作案后的恐慌情绪，加以强化和放大，从心理上全面摧毁她的防线。

周乔悦虽然年轻，却情史丰富。她天生漂亮妩媚，言行轻佻，又少了父母的约束，从初中起就招蜂引蝶，周旋于各色男人之间，是风月场中打过滚的女战士，在经验和手段方面都不比于自得逊色。

周乔悦略施小计，于自得立刻乖乖地咬钩，被她迷得五迷三道、言听计从——那是他和黄满华登记结婚的第二天。周乔悦轻而易举地，就瞒着于自得配了一套他家房门的钥匙。

周乔悦第一次在黄满华家厨房窗台上偷偷放置鱼缸投石问路，事后通过于自得了解到黄满华的激烈反应，她已经成竹在胸，知道黄满华有八九成就是凶手，或者是帮凶。

以后她看准时机，一步步推进，更在恰当时候进入黄满华家做保姆，并故意让黄满华看见她和于自得"偷情"的场面，使得黄满华的情绪整日处于沉浮和波动中，并对她所坚持的和于自得的婚姻产生怀疑。黄满华不惜杀夫杀子才和于自得成婚，却在婚后的一个月内就遭遇背叛，这对她的打击无疑是巨大的。

在时机成熟时，周乔悦模仿黄满华的手段，利用鱼缸制造了一场浓烟滚滚声势惊人但火苗微弱的火灾。这场大火，在黄满华那已经绷紧得一触即断的神经上又添加了一股力道，终于使她坚信李琼和李维维的冤魂不散，她已无处遁逃无可抵赖，才在众人面前坦白了自己的罪行。

梁文萱和宁卓听完这曲折离奇的侦破过程，都充满兴味却又感到愕然，良久才缓过神来。宁卓说："刑警队不费一兵一卒一枪一弹就侦破了这起案子，确实了不起。但是那个叫周乔悦的保险公司调查员，多次潜入居民家中，最后一次竟然纵火，险些酿成火灾，那可是犯法的事。"

李观澜说："不错，周乔悦在这个过程中确实做了些触犯法律的事情，不过她和于自得有半真半假的恋爱关系，潜入他家算不上什么大事。民不举，官也不究。而那次纵火，并没造成严重后果，而且她在起火后立刻报警求助，属于犯罪中止，在量刑上有从轻情节，事后又积极主动赔偿，所以只对她处以十五天拘役，没追究更多的法律责任。"

宁卓说："十五天拘役也不值得啊，谁愿意为了工作惹来牢狱之灾。"

李观澜说："但她从保险公司那里获得了重奖。经过这一次调查，周乔悦在保险公司调查部炙手可热，而且你知道保险公司怎么分配她为公司省下来的一百万元保费吗？按照规矩是四六分成，周乔悦一次拿到四十万元奖金。为了四十万元付出十五天拘役的代价，值不值得，是见仁见智的事。至少对于周乔悦这样出身草根又迫切渴望出人头地的年轻人来说，是绝对值得的，那是她的父母辈奋斗一辈子也赚不来的巨款。"

宁卓默然不语。他神游物外，想起了遥远的故乡，在那块贫瘠的土地上，有一对老人面朝黄土背朝天劳碌了一生——那是宁卓的父母。他们的面庞凝聚着沧桑和苦难，他们的双手粗糙皲裂，他们的步伐迟缓，他们的笑容怯懦，他们的泪水浑浊。他们辛苦劳作三百六十五天，所得收入还不够支付穷奢极欲者的一餐。

宁卓扪心自问：为了四十万元巨款，我肯不肯付出十五天拘役的代价？他苦笑着摇摇头，没有答案。

断脚疑云

（下）

第一节 漂流瓶

2012年4月。河水解冻，春暖花开，雏燕发出新声，柳树也抽出了新芽。

这时，距第一次在凌波浴场岸边发现断脚已经过去近四年时间。光阴荏苒，物是人非，李观澜率属下刑警"东征西讨"，侦破许多大案奇案，为曲州市民的安乐和平立下汗马功劳。四年里，前公安局局长徐常委得偿他父母的夙愿，升任市政法委书记，成功跻身常委之列，金水接任他空下来的职位。四年里，苏采萱嫁了人，两年后又黯然分手。而许天华和女友何晓顺终于修成正果，两人已于半年前登记结婚，并且何晓顺已有了四个月的身孕。

一天下午两点左右。曲州市凌波浴场里已有三三两两不惧寒冷的市民在水中劈波斩浪，更多的是兴致高涨的孩子们，面颊和双手都被料峭的春风吹得通红，却依然在岸边沙滩上不知疲倦地奔跑嬉戏。

丹丹和闹闹一前一后地追逐，稚嫩而尖锐的笑声和叫声引起岸边人群的注意，向他们投来关注和喜爱的目光。

丹丹在沙滩上深一脚浅一脚地跑着，由于急躁而乱了节奏，脚下一绊，脸朝下摔倒在沙滩上，啃了一嘴沙土。

丹丹的妈妈李晓媚已经见到她摔倒的样子，大惊小怪地跑过来，骂骂咧咧地说："都十来岁了，还像个男孩似的淘气。那年就是在这里捡到一只死人脚，还不知道吸取教训。"

丹丹见妈妈走近，忙站起来。她满脸满身都是泥沙，眼睛里闪着委屈的泪光，右手提着一只运动鞋。

李晓媚骂着："要死啦，还捡这脏东西。"劈手夺过运动鞋，抬手要抛得远远的，才感觉到重量有异，向鞋里一看，脸色立刻变得苍白，"妈呀，又是一只断脚！"

直到李观澜带人来到现场后，李晓媚还在惊魂未定地念叨着："真是倒了大霉，连着两次捡到死人脚，买彩票怎么没有这运气。"又埋怨站在她身边的刑警许天华，"你们这些警察都是白吃饭的？浴场里有这么多的死人脚也不知道清理。"

许天华不愿意搭理她，把头转向一边。

苏采萱戴着雪白的棉布手套拾起断脚，对李观澜说："又是一只。右脚，36号女鞋，和以前发现的断脚如出一辙。"

李观澜点头说："第十四只，中断了一年半时间，又出现了。"

苏采萱说："真是奇怪，还以为到前年秋天就不再有了。按照专家的说法，如果这些断脚都来自空难遇难者，怎么漂到浴场来的时间差了这么多？就算途中有涡流、风向、礁石等因素阻碍，也不会相差一年半吧？"

李观澜心中也充满疑问，他从苏采萱手中接过断脚，凝视良久，似乎期待着断脚能开口说话，说出它的来历。

李观澜带来了五名刑警，加上浴场主管派出所的三名民警，以及苏采萱、马德中等四名技术人员，共十三人在浴场岸边展开地毯式排查。按照李观澜的要求，不放过任何蛛丝马迹，哪怕是一根可疑的毛发，也要拾起来留作证据。

李观澜看似下了决心要办这起案子。其实他自己也说不清现在是什么想法，有一些无能为力的挫折感，也有些愤怒和气恼，更多的是迷茫。

按照专家的结论，这些断脚是空难遇难者的残骸。可李观澜却感觉自己必须做些什么，这些源源不断地漂来的断脚，带给市民的是猜测和恐慌，带给他的却是嘲讽、耻辱和挑战。

可是，即使殚精竭虑不辞劳苦地排查，又能找到什么呢？这些断脚不知已漂流了几百里，浩浩汤汤的巨流河水早已洗刷去了一切痕迹。迄今为止，他们连这些断脚是怎么形成的都无从知晓。

放弃吧，有一个声音在他耳边说，你永远找不到答案，放弃是聪明的选择，如果继续被断脚拖得团团转就是自取其辱。

一向明智含蓄、进退有据的李观澜这时忽然变得非常执拗，甚至倔强到显得无比愚蠢。在十三人排查过沙滩后，他又脱下警服，从浴场的商店买来泳装换上，又戴上泳镜，不顾早春的彻骨寒意，率领四名通水性的警员，纵身跃进凌波浴场的河水里，向河中央游过去。李观澜命令，不放过每一块礁石，连石头缝里也要仔细摸索，如果有人能找到有价值的线索，诸如鞋子、断脚、人体残骸之类，他会撰写书面材料，为其向省公安厅申请立功嘉奖。

这时岸边已经围满了看热闹的人。苏采萱和许天华不会游泳，都没有下水，和其他警员站在一处，忧心忡忡地看着在河面渐去渐远的李观澜等人的身影，不知道他为什么要做出这样疯狂而愚蠢的行径。

这样大海捞针般的徒劳，只能给他已拥有的名声和美誉涂抹上浓重的斑斑黑点，成为仇视他的人茶余饭后的谈资。

凌波浴场的管理人员雷波也来到许天华面前，向他抱怨说："你们这几个同行在搞什么行为艺术？这河水中间有十几米深，这可不是闹着玩的。他们前面没多远就是防护网，叫他们回来吧，就当我求你们了。"

许天华用目光向苏采萱征求下意见，对雷波说："离这么远了，怎么叫？你倒试试看，能听到吗？"

雷波今年才二十五岁，在浴场工作没多久，处理这种突发情况的经验不多，被许天华一反问，有些不知所措，期期艾艾地回答说："可以用浴场的广播把他们叫回来，那声音传得很远，他们一定能听到。"

许天华反驳说："兄弟，不是故意让你为难，在河里游泳的是我领导，我必须听从他的指挥，怎么能叫他回来？"

雷波在穿着制服的警察面前原本就有些胆怯，见话不投机，更是张口结舌，无言以对。苏采萱见他神情尴尬，有些不忍心，安慰他说："你放心，他们的水性都很好，而且应对危险状况的经验丰富，不会有事的。"

雷波感激地对她咧开嘴笑一笑，笑容里带着无奈。

李观澜带着四名警员，在初春的冰冷河水里游弋搜寻了约四十分钟，才逐一回到岸上。每个人都冻得嘴唇发紫，苍白的皮肤里透出暗青色，浑身颤抖着滴下水来，上下排牙齿控制不住地叩击，显然那寒冷已经渗透进骨髓。

岸上的警员早把准备好的毛巾和干爽衣服包在他们身上，苏采萱不知是心疼还是埋怨，嘀咕一句："为一件不能立案的怪事付出恁多代价，折腾出恁大动静，值得吗？"

五名警员冻个半死，却没有太大收获。有两人手里分别握着一只从石头缝里掏出来的空鞋子，李观澜的手里则握着一个瓶子。许天华见状，心里微感失望。

那两只空鞋子都是女式运动鞋，一看即知是国内厂家仿制的国外品牌。均有七八成新，这样的鞋子在岸上很常见。从寒冷中稍缓和过来的李观澜对苏采萱说："以前我们对这些空鞋子没怎么留心，能不能做个分析，这两只鞋子和盛有断脚的鞋子是否有联系，比如能否配成一双？"他一边说，双腮还在不由自主地颤抖。

苏采萱说："这个检验有价值吗？就算能配成一双，能说明什么？还是不能立案，白白浪费时间。"

李观澜被她没好气地顶一句，翻翻眼睛，无话可说。他手里握着的倒不是空瓶子，里面装着半瓶子药片。这瓶子是塑料材质的，很大，约二十厘米长，直径七八厘米，装的像是维生素之类的保健药片。由于瓶子的密封性很好，里面的药片都没有浸湿，但瓶子外面的商标已经被洗刷干净。苏采萱扫一眼那瓶子，又说："你们在水里泡了四十来分钟，就捞上来这几样乱七八糟的东西？"

李观澜见她态度不善，敷衍地笑笑，没有说话。

回到警队，已是下午六时许。苏采萱随手把装有断脚的鞋子丢进盛放证物的冰柜，收拾东西准备下班。忽听实验室外面有人敲门，是李观澜。

苏采萱有些意外，站在门口问："有事？是不是对断脚的事还不死心？"

李观澜侧过身子挤进来，把门关上，说："今天在浴场有所发现，也许案子可以查下去。"

苏采萱诧异地说:"就凭那两只空鞋和一个药瓶,怎么查?"

李观澜扬了扬手里的一个棕色纸袋,说:"这里可能会藏着重要线索。"说着,把袋子放到办公桌上,从里面取出一个棕色的塑料瓶子。

苏采萱不知道他在搞什么把戏,静静地看着,没说话。

李观澜说:"这个瓶子是我在凌波浴场的沙滩上排查时找到的,当时人多眼杂,我就藏了起来,没对别人说。"

苏采萱说:"好啊,原来你藏了一手。不过说实话,我真想不出这个瓶子和断脚有什么关联。"

李观澜把瓶盖打开,倒出里面的东西,是许许多多用彩色亮光纸折叠的幸运星,差不多有近千只。李观澜说:"是九百九十九只,我数过了。"又从瓶子里取出一个折成心形的字条,展开,上面写着:"顺与华,心相知,愿此生,永相依,纵白首,不分离。"下面写有一个手机号码。

苏采萱说:"是情人搞的小玩意儿,"在心里默念两遍那几句话,说,"这个顺与华,倒和何晓顺与许天华的名字有些像,有意思。"

李观澜说:"就是他们两个,下面的电话号码是何晓顺的,我核对过了。"

苏采萱不解地说:"就算是他们俩的玩意儿,你不还给他们,反而藏起来干什么?这和断脚也不挨着。你不是怀疑许天华吧?"她说出最后一句话时,身上起了一层细细密密的鸡皮疙瘩。

李观澜严肃地说:"不是在怀疑他,而是希望这个瓶子能够帮助我们揭开断脚之谜。两年前曾经有专家论证过,断脚是从空难遇难者身上脱离的,随着河水漂浮到凌波浴场。可是,这里面有两个重大疑点,专家的论证完全无法解释。一是为什么漂流过来的断脚都是年轻女性残肢，而且都穿着运动鞋，这与飞机乘客的多样性不符；二是为什么在时隔两年后，断脚再次出现。空难遇难者都是同时落水的，断脚漂流的时间即使有差异，也不该相隔这么长时间。这两点解释不通，专家的论证就不足信。"

苏采萱说："就算是这样，我们又有什么办法？在三四年前已经努力尝试过了。"

李观澜在手里掂了掂那个漂流瓶说："这个瓶子装进那九百九十九只幸运星后，重量是一斤一两，和装有断脚的鞋子的重量接近。瓶子的材质是乙烯塑料，与制作运动鞋鞋底的材质相似。此前曾有水利专家论证过，在巨流河流域，凌波浴场因地势特殊，使得上游漂流过来的杂物集中到那里。而且还有几处地方也与凌波浴场的地势相似，因巨大的管道形石壁造成中心负压，形成一个硕大的旋涡，成为水中漂流物体的聚集地带。这个瓶子与装有断脚的鞋子的重量和材质都接近，我们是否可以假定，两者漂流的路线也一致。当年许天华与何晓顺丢下漂流瓶的地点，就是断脚随河水漂流的起点。"

苏采萱听他分析时始终紧扣许天华夫妇，感觉身上一阵阵发冷，但深入思索，他的分析其实很有道理，就说："当年专家认为断脚是从 H 省与松江省交界处的巨流河上游漂过来的，那也是 H 省空难的发生地点，还曾有专家就断脚的漂流路线做过分析，结合天气、风向、水流、水温等诸多因素得出结论。我当时也读过那份专家报告，科学性很强，还是比较令人信服的。"

李观澜赞同说："我倒没怀疑这些专家在各自专业领域的素养，他们做出的结论，不能全盘推翻。但是天气、风向这些因素都是变量，在计算时有偏差也是不可避免的。"

苏采萱说："只要计算偏差在合理范围内，就是允许的。"

李观澜提醒她说："你记得四年前我们曾到诏安县植物园度假吧？后来我才了解到，何晓顺家就住在那里，而诏安县就位于松江省与H省的交界处，与H省空难发生地相距不到五十公里。"

苏采萱替许天华辩解说："就算两人的漂流瓶是在诏安县境内丢进水的，和断脚漂流的路线相同，那也只是巧合而已。"

李观澜不置可否，说："但这个巧合却帮助我们圈定了调查范围。如果这是一起刑事案件，案发地很可能在诏安县内。"

这时门外又有人敲门进来，是冯欣然，他向李观澜报告说："经过核对，你从河里捞出来的那个药瓶是诏安制药三厂的产品，里面装的是半瓶钙片。"

苏采萱这时才明白过来，不无讥刺地对李观澜说："原来你急赤白脸地带人下水，是去寻找佐证了。在岸上发现漂流瓶后却不动声色，你隐藏得真好。"

李观澜毫不计较她怪异的语气，说："今天的谈话内容仅限于我们三个人知道，绝对不要在警队里扩散。"

苏采萱听他语气严肃，也不敢再表现出大大咧咧的态度，有点结巴地低声说："李……支队，你到底要干吗呀？难道许天华……"

第二节　两探家塘湖

许天华与苏采萱共事多年，对她没有丝毫戒心，被她迂回婉转地三言两语就套出他与何晓顺当年在诏安县植物园的家塘湖边投下漂流瓶的往事。许天华还笑何晓顺愚痴，这么多年过去了，她始终没换过手机号码，但也没有人打过电话来，那瓶子早不知漂到哪里去了。

苏采萱按照李观澜的吩咐，套出许天华的话，心里非常过意不去，事后向李观澜絮叨好长时间。李观澜安慰她说："咱们也不是有意瞒他，本来这事就没有太多根据，属于小范围秘密调查，如果最终不能立案，就更没必要让他知道了。"

苏采萱说："你打算怎么调查？咱们这可是跨界执法，要不要请诏安县的警方配合？"

李观澜说："还没最终确定诏安县就是案发地，暂时不要惊动他们。断脚是在曲州发现的，我们当然有管辖权。到必要时再通知诏安县警方。"

李观澜、冯欣然、苏采萱三人于次日天蒙蒙亮时就驱车赶往诏安县，到达时才上午八点钟左右。

三人都穿着便装，从劳动力市场聘请了十余名年轻力壮水性又好的民工，一起来到植物园山脚下的家塘湖边。这是巨流河在诏安县内的唯一分支，搜寻范围更容易锁定一些，如果支流众多，李观澜真不知道要从何处着手了。

李观澜站在湖边打量下周围的地势。家塘湖距离公路有二十多米远，只有一条两米多宽的土路通向湖边，由于行人众多，路上的泥土夯得很结实，看来就算是下暴雨也不会翻起太多泥浆，仍可通行。土路两边是齐膝深的野草和密密的小树林，林内幽暗阴森，看来即便是天光大亮时，也极少有人到林子里去。

到了湖边，土路向两侧岔开，在林子和湖边仅有一条窄窄的甬道。经河水长期浸泡，甬道上泥泞不堪，人踩上去，倒有一半鞋子陷在泥里。

李观澜对民工们说，他是省城来的商人，不久前带女朋友来家塘湖边玩，不小心把一个敞开口的背包掉进河里，包里的物件都沉在河底。虽然不是什么值钱的东西，但都挺有纪念意义，所以请民工们下水去打捞。包里的东西杂七杂八的什么都有，总之只要在河底摸到什么就带上来。如果没有收获，每人每天的工钱是一百二十元，如果有收获，奖金另算。

诏安县在曲州南面，气温高着好几度，这时已经春意融融。家塘湖靠近岸边的水深在一米半到两米半之间，对于水性好的人来说算不上什么。而且湖水远离市区，除去泥沙外，并没有太多生活垃圾，水面还算干净。民工们都挺乐意接这个活儿。

三名警员在岸上看着民工们下水打捞，表面虽然平静，心中却焦急如焚。这是一块烫手的山芋，在专家们有理有据的结论面前，他们对不时从河面上漂来的断脚置之不理，任谁也不能责怪他们。但他们都不是明哲保身的人，李观澜不是，苏采萱不是，在刑侦技巧和为人处世方面都日趋成熟的冯欣然也不是。他们怀抱着理想和责任感，即使现实使得这理想千疮百孔，使得他们的前进之路步步荆棘，他们也绝不会妥协。人生短暂，率性而为，但求俯仰天地，无愧于心，又何必委曲求全？

刑侦，是一种似"成者王侯败者寇"性质的职业，上级和公众要的只是结果，至于这结果是垂手而得，还是历尽艰辛淘尽黄沙始见金，并不在他们的考虑范围内。那些大量的繁重琐碎的排查、蹲坑、调查走访是刑侦工作的主要内容，而在付出这许多努力之后，刑警们已经疲惫到心力交瘁却依然一无所得，更是寻常事。

李观澜的心一直在揪着，耗费了这么多时间精力和金钱，如果一无所获，空手而返，纵然别人不追究，自己的这一关就过不去。

民工们不断从河里爬上岸来，把捞上来的五花八门的东西丢到地面上。除去塑料水瓶、泡沫饭盒、绳头等垃圾外，还有一些布条、鞋子、头发之类能够引起警员们兴趣的东西。但李观澜在眼睛一亮后又感到失望，即使这些物体与断脚属于同一名死者，凭借现在的技术手段，也无法检测出来。尽管如此，他们还是挑选出一些可能对案情有帮助的东西，分类装进证物袋。

十几名民工在河水里摸索一阵就游上岸来，吃喝一些东西，补充体力。这样断断续续地打捞了两三个小时，民工们都已感到有些疲惫，警员们的失望也在逐渐加深。李观澜做事一向稳健，谋定而后动，擅于通盘考虑，运筹帷幄。像现在这样既似大海捞针又似刻舟求剑的撞大运做法，在他的刑侦生涯中极为罕有。

中午时分，一轮烈日当空，照耀得地面上有些灼热。苏采萱为缓和李观澜和冯欣然的焦躁情绪，半真半假地开玩笑说："真热，我也想跳到河里去凉快凉快。"

李观澜还没答话，有人在他们身后嘶哑着声音喊："不可以，谁也不能下水。"众人的精力都集中在水面上，被这突如其来的喊声吓了一跳，回头去看，一个矮小的人影气喘吁吁地跑过来，由于身体胖，已经跑得大汗淋漓。

那人跑到湖边，向湖水里的几名民工挥手大叫："上来，赶快给我上来。"

李观澜伸出手在他眼前晃一晃，把他的注意力吸引过来，说："这里湖面开阔，湖水不深，怎么不能下去呢？"

那人大吼大叫："这块水域里有食人鱼，谁也不能下水，马上上来。"

岸上的人都一惊，李观澜问："这是真的？怎么没听人说起？"

那人似乎不喜欢用正常方式交流，面对面说话也要大声喊叫："我现在不是在告诉你们吗？不想被吃掉的都给我上岸来。"

李观澜见他说话一味吼叫，不得要领，就让苏采萱和冯欣然把民工们都叫上岸来，他自己把那人拉到稍远的地方，耐心地和他沟通。费了好一番功夫才弄清楚，那人名叫梁满贵，四十多岁，是植物园附近梁家乡河前村的人，因光棍一人，不事劳作，最喜欢打架斗殴，做事蛮横，植物园开发成旅游区后就聘用他做了巡园的保安。

李观澜问他："你说这湖水里有食人鱼是怎么回事？"

梁满贵瞪着眼睛说："胡子鱼，不知道吗？"

李观澜听说过这种鱼，悚然一惊，说："家塘湖里有胡子鱼？"

梁满贵翘起右手大拇指，高举过耳，噘着嘴说："最大的有一米多长，三十来斤，见过吗？"

李观澜低声嘟囔一句："没见过，吃过，味道不错。"

梁满贵没听清楚，高声说："什么，你说什么？"

李观澜没回答他，招呼上同来的十几个人后，有点垂头丧气地离开。

回到车里，冯欣然请示说："接下来怎么办？就这样回去？"

苏采萱没有主意，看着李观澜。

李观澜没直接回答，而是问苏采萱："胡子鱼真的吃人吗？"

苏采萱说："不知道吃不吃活人，但是吃人和动物的尸体。这种鱼的味道很好，我们在植物园度假时品尝过，你们没印象吗？"

李观澜感觉肠胃在缓缓蠕动，有点恶心，说："当时只知道它是食肉鱼，谁知道是吃尸体的，这样你也能吃得下去？"

苏采萱笑笑说："人吃的肉不都是动物的尸体，怎么没见你说恶心？别假慈悲了。"

李观澜不和她斗嘴，对冯欣然说："咱们到市区去，买两套潜水服，那些民工并没潜到湖底，打捞上来的都是没有什么价值的东西。我想，家塘湖里一定隐藏着一个巨大的秘密，我们要让它重见天日。"

苏采萱愕然说："什么，你，还要下水？"

返回家塘湖时已是下午三点多钟，湖边静悄悄的，一个人也没有。李观澜和冯欣然都穿上顺路买来的劣质潜水服，戴上塑料潜水镜，背负着小型氧气瓶，把两块大石头绑在身上，纵身跳进湖水，瞬间就沉得没了踪影。

苏采萱悄然站立在湖边，目送两位有点疯狂有点不靠谱的战友消失在湖水里，想象着胡子鱼牙齿尖尖的凶猛模样，胸中泛起"风萧萧兮易水寒"的悲壮情绪。

李观澜和冯欣然一路向水底沉下去，很快双脚就踩到了实地上。两人努力摆动腰肢，勉强在水里站定，向四周打量。这劣质潜水镜的镜片原本就模模糊糊，家塘湖水又混浊不堪，两人仅能望出一尺多远的距离。

冯欣然虽然擅长游泳，但以前都是在游泳池里卖弄身手，从未有过野浴和潜水的经历。到水底后有些心慌，再联想起梁满贵所说的食人鱼，更加惴惴不安，只是职责所系，不得不硬着头皮下去。

水里的阻力大，冯欣然身上又绑着一块沉重的石头，才走出两三尺远，却像是在平地上走过几千米，累得双腿酸软，心跳加快。忽然感觉额头触到什么硬硬的东西，猝不及防，心脏猛地一跳，从头到脚的皮肤都泌出一层细密的冷汗。他把头偏开二三十厘米的距离，眯起眼睛仔细一看，隐约见到一个骷髅头，龇着两排参差不齐的牙齿，两个黑洞洞的圆圈紧紧地盯着他。冯欣然有心大叫一声，可是嘴巴被氧气罩堵住，发不出声音，使得恐惧都郁积在五脏六腑里，没有渠道发散出去。

冯欣然毕竟是刑警，遏制住恐惧感，长舒一口气，在氧气罩周围吐出一串串气泡。他缓慢地抬起手，想把骷髅头拿在手里，谁知入手沉重，才发现那骷髅头下面还连着一具骨骸。这具枯骨竟然直挺挺地站立在水底！

就算冯欣然胆子再大，可眼前的事情也过于怪异，而且水底光线暗淡，又看不到李观澜的身影，陌生无依的环境里的他恐惧感加倍。他不确定水底潜藏着什么危险，不敢再耽搁，想着上岸后请求支援，弄清水底状况后再行动。

冯欣然解开身上绑缚的大石头，四肢划动，缓缓浮上水面。看见离岸边才只有三四米远，他摘下氧气罩，提高声音对苏采萱喊："李支队上来了没有？"

苏采萱用手握成扩音器状放在嘴上："还没有。"

冯欣然浮在水上，拿不定主意是再下水去寻找还是上岸等待，忽然身旁的水面碎开，哗啦一声响，钻出一个人来，正是李观澜。他高举着左手，右手划水，但是动作明显变形，似乎正在经历巨大的疼痛，凭着一股狠劲韧劲强行忍耐。

冯欣然见状，来不及细想，竭尽全力向他游过去。李观澜似乎没看见他，头也不回地游向岸边，只是速度异常缓慢。冯欣然离他只有两尺之遥，触手可及，李观澜却仍不理他。正感觉奇怪，两人中间忽然"泼剌剌"地翻起一阵浪花，一条大鱼从水中跃上来。那条鱼似乎被什么东西拉扯着，身体才跃出一半，倏地又没入水中。

李观澜虽然戴着氧气罩，苏采萱仍可隐约见到他脸上的痛苦表情，心里一紧，明白了他正在遭遇的危险。她几乎未加思索，扬手把一条早准备好的绳索向李观澜抛过去。那条绳索带着呼哨声在空中画出一道弧线，准确地落在李观澜一伸手的范围内。李观澜的左手仍紧握着，右手抓住绳索。苏采萱使出吃奶的力气，在岸上用双手拼命拖曳，李观澜则挺直腰，借着湖水的力量，努力向岸边扑去。两人这样配合了两三次，李观澜终于合身扑到岸上，右腿脚踝处赫然拖着一条十几斤重、相貌凶恶的黑色大鱼，正是家塘湖里盛产的食人胡子鱼。

那条鱼离开水以后，凶恶程度大减，但是仍紧紧咬住李观澜的脚踝不放。苏采萱拾起一根成人胳膊般粗细的树枝，竭尽全身力气击打那条胡子鱼的头部。不知是她在情急时力量大得惊人，还是那条鱼已是强弩之末，在苏采萱一击之下，那条鱼的身子挺了两挺，终于松开牙齿，躺在李观澜脚边，扇形大嘴一翕一张，剪刀似的尾巴犹在蠕动。

这时冯欣然也爬上岸来，取下氧气罩，惊得脸色苍白。

李观澜疼得龇牙咧嘴，暗红色的鲜血从右脚踝处汩汩流出，一道深深的伤口从筋腱延伸到右腿肚子，竟然被胡子鱼活生生地撕掉一条七八厘米长的血肉。

苏采萱略一查看他的伤势，不敢耽搁，疾步跑回车上，取下急救包，手脚麻利地帮李观澜擦洗、消毒，然后涂上止血生肌的药物，用绷带整整齐齐地缠好，又打了一针消炎止疼针。她业务娴熟，冯欣然在旁边看得眼花缭乱，还没反应过来该怎样帮忙，苏采萱已经把这一套动作干净利落地完成。

那止疼针见效很快，打上以后，李观澜的痛楚明显减轻，只是绷带上还是不断渗出血来。苏采萱又取出医用冰袋，用力压在他的伤口上，说："到底怎么回事？这胡子鱼还真的攻击活人啊？"

李观澜咧开嘴笑笑说："没事，在水下见到这条大鱼，可惜没有渔具，就用腿把它钓上来了，今天晚上有的打牙祭了。"

苏采萱鼻子里哼一声说："得，咬得这么狼狈，就别逮机会表现你的革命乐观主义精神了。幸亏这条鱼不算太大，要碰上一条三十几斤的，说不定你就埋在湖底了。"

冯欣然想苏采萱的担心不无道理，身上起了一层鸡皮疙瘩，忙岔开话题说："李支，你在水下还见到了什么？"

李观澜摊开左手，露出两片直径在一到两厘米之间的碎骨："在湖底的一块石头上摸到两块骨头，正琢磨着，就被这家伙一口咬中，别的一无所获。"

冯欣然把他在水底与一具骷髅面对面撞在一起的遭遇描述一遍。

李观澜兴奋得苍白的脸上泛起红晕："此行的结果比预想的还要圆满，有你这个发现，断脚之谜就算解开一半了。你现在就和诏安县刑警队联系，让他们找一支专业打捞队过来。"

第三节 特大系列杀人案

月上柳梢头。

十几名全副武装的刑警在家塘湖畔一字排开，紧张地注视着湖面上专业打捞队的船只。几盏强力照明灯把湖面照耀得亮如白昼，数尺距离内纤毫毕现。

如此大的阵势，吸引了许多家塘湖附近的居民，在警戒线外围拢得里三层外三层，有数百人之多。民众不明所以，胡乱猜测，议论纷纷。

人群中有一张李观澜熟悉的面孔，黝黑、肥大、扁平，正是植物园的保安梁满贵。李观澜看似专注地盯着湖面、对围观人群并未留意，其实在梁满贵乍露面时就已看到了他。在梁满贵旁边还站着一名男子，两人的头凑在一起，正在低声交谈。那名男子年约五十岁，与梁满贵一般高矮，精瘦，看起来比梁满贵羸弱许多。

打捞队员们这时正把一具几乎完整的骷髅从水底拖上来，装进船舱。岸上的刑警队员们之间起了一阵骚动，这中间大多是诏安县当地的刑警。在辖区内发生了这么大的案子，而他们竟蒙然不知，要靠外市的刑警帮助立案，对他们来说是很羞辱的事情。

围观人群也乱起来，有人惊叫，有人咒骂，也有人兴奋得双眼放光。一名警员站在人群对面的最佳角度，正用一台极隐蔽的红外线摄像仪扫描每一个围观群众的面孔。这是李观澜吩咐他做的——如果凶手就是家塘湖周边的居民，警员们在湖边闹出这么大动静，凶手没理由不来察看事情进展。

那具骷髅暴露在强光下后，苏采萱和冯欣然都变了脸色——它没有右脚，右腿骨上松松地搭着一条电缆线，一部分缠在膝关节上，另一端则绑着一块大石头，这也许就是骷髅能在水底漂浮而貌似"直立"的原因。胫骨以下折断，断裂处的骨骼似狗齿状参差不齐。

难道它就是某一只断脚的主人？

打捞队在水下又工作了四十几分钟，无功而返。十几只断脚，一具骷髅，在数量上对应不起来。

李观澜与诏安县刑警队协商后，决定两家联合办案。而从水底打捞上来的骷髅，则暂时由曲州市公安局留作物证进行检验。李观澜一行三人马不停蹄，在骷髅出水的第二天清晨就赶回曲州。四年里，断脚案像一块巨石沉甸甸地压在他们心头，而此时案情露出曙光，怎不叫他们欣喜异常，忘记了疲累？

检验结果未令他们失望。骷髅与在凌波浴场最新发现的断脚属于同一人。苏采萱完成的检验报告上写着：女性，年龄在三十五岁到四十岁之间。生前身高约一百六十厘米，体重四十五公斤。从骨盆的形态分析，她可能没有生育过。

其中一条检验结果让李观澜眼前一亮：在骷髅的腰部脊椎中发现

微量锶原子，怀疑是L省南部人。

苏采萱进一步解释说，锶在自然界的含量极少，目前在我国境内仅见于L省南部的几个矿藏中，所以怀疑死者是L省当地的居民，因长期饮用地下水，而纳入微量的锶，仅留存在紧邻肾脏的脊椎中。

李观澜当即派出一支精兵强将，火速飞往L省，在当地警方的配合下，按照已知的死者特征查找其身源。

李观澜才分配好工作，许天华一脸郁闷地走进他的办公室，开口就问："李支队，你是不是铁了心把我排除在案件之外？现在苏采萱和冯欣然对我说话时表情都不自然，我身上像是长了刺似的不自在，到底有什么把柄被你们抓住了？"

李观澜像没嗅到他语气中的火药味，招呼他坐下，说："急什么？出于案情的需要，暂时没向你透露详细情况。你是资深刑警了，对这些纪律应该非常了解。"

许天华说："还不是让苏采萱和冯欣然两个人给搅和的。我手头还有别的案子，是不是掺和断脚案和我也没关系。关键看到他们俩的表情就来气。"

李观澜从抽屉里取出漂流瓶，说："这是不是你的东西？"

许天华不解地问："那是什么？"

李观澜扭开瓶盖，倒出里面的物什，除去九百九十九只用彩色亮光纸折叠的幸运星外，还有一张折成心形的字条。李观澜对许天华说："字条上的内容我看过了，这上面写着何晓顺的电话号码。"

许天华回忆起来，说："这是四年前，我和何晓顺在诏安县植物园约会时，她扔到家塘湖里的漂流瓶。当时我就当作是个玩意儿，过后就忘了，没想到竟然在你这里。是从哪里来的？"

李观澜说："在凌波浴场的沙滩上找到的，与发现断脚的位置大致相同。据专家考证，凌波浴场的地势较低，而且在它附近，有一个巨大的管道形石壁，中心为负压，使得周围的水向中心补充，形成一个硕大旋涡，这是水里物体集中向凌波浴场漂流的主要原因。被河水冲上岸的这个漂流瓶的材质和重量都与一只装有断脚的运动鞋相仿，所以漂流瓶入水的地点可能就是断脚漂来的地点，这给我们提供了基本的办案思路。"

许天华心想，怪不得前几天苏采萱转弯抹角地问关于漂流瓶的事情，原来只瞒住我一个人。他心中不满，却没说出来。

李观澜猜到他的心思，微笑着解释说："这件事没跟你说，绝不是怀疑你，只不过在梳理出一个基本思路之前，不想把事情闹得沸沸扬扬。如今传统媒体和新兴媒体都高度发达，断脚案又非常敏感，凡事要更加谨慎才行。现在我们已经证实何晓顺当年抛在湖里的漂流瓶用了四年时间才漂到凌波浴场，而苏采萱也已通过骨龄测试确认最新发现的一只断脚的主人死亡时间在四年左右。这说明，我们掌握的最后一起凶杀案发生在四年前，而四年前相继出现在湖边的断脚则发生于更早时间。现在有两个问题还不确定，一是凶手为什么在沉寂两年后又再次出手杀人，这两年时间他干什么去了；二是最近发现的断脚是否就是最后一只。"

许天华的情绪从被误解的愤怒和委屈中恢复过来，沉浸在对案情的思考中。

李观澜说："现在，我希望你能加入断脚案的侦破工作。据我所知，何晓顺家就住在家塘湖附近，近水楼台，也许能够帮助我们提供一些内幕消息。"

许天华对李观澜的话似懂非懂，脑海中一片茫然，良久才说："目前可以确定尸源的只有一只断脚，而迄今为止在凌波浴场已经发现十四只断脚，分属于十二名死者。这些死者是否都是被抛尸在家塘湖里的？断脚又是怎样形成的？"

李观澜说："这正是我们急需解决的问题。"

两人正说着话，苏采萱敲开门径直走进来，面无表情地看一眼许天华，转向李观澜说："你冒着生命危险从家塘湖里捞出来的两块碎骨的化验结果也出来了，是人类的头骨，而且与在凌波浴场发现的第一只断脚的基因配型完全一致，属于同一名死者。"

李观澜按捺不住激动的心情，从座椅上猛地站起来，被胡子鱼咬伤的右腿传来一阵刺骨的疼痛，"哎哟"地叫一声，又坐回到椅子上。苏采萱见状忙说："李支队，你倒是悠着点啊，别一高兴就忘乎所以。"

李观澜疼得龇牙咧嘴，却掩饰不住喜悦的情绪："只要能确认两名死者，就可以把家塘湖定性为系列杀人案的抛尸现场。至于还有多少具尸体被抛在其他地方，是可以暂缓侦查的问题。至少目前我们已经有了明晰的侦破方向，足以供我们寻找到凶手。"

第四节 爱与凶残之间

李观澜率人在诏安县补充侦查时，在半路上接到在L省调查最后一只断脚身源的刑警们反馈的消息。按照苏采萱的检验结果，根据断脚主人的体貌特征，把死者锁定为一个名叫胡海燕的失踪女子。

胡海燕的父母在一年前才为她报了失踪。胡海燕原本是农村户口，与父母同住在L省南部某乡村，因容貌出众，被所在县的县长看中，给她父母过了五万元彩礼，就把她迎进家门做了大儿子媳妇。县长的大儿子因在襁褓中罹患脑膜炎，智力发育迟缓，县长又不肯屈尊迎娶同样有残疾的姑娘，选来选去，最后就选中了家境贫寒的胡海燕。后来在县长的帮助下，胡海燕调进县城某机关做公务员，是他们村第一个吃皇粮的人。

没过两年，胡海燕的妹妹胡海鸥考上了松江大学，成为村里第一名大学生。姐妹花各有精彩，胡家在村子里名声大振，扬眉吐气。

谁知好景不长。胡海燕因不能生育，在婚后第三年被县长公公赶出家门。县长因正值竞争县委书记的关键时期，不愿给对手留下以权谋私的证据，又找个借口把胡海燕踢出公务员队伍。胡海燕人财两空，无颜回家面对父老乡亲，就到邻县做了一名三陪小姐，用出卖泪水和肉体换来的钱供胡海鸥读书。

胡海鸥在读大学三年级时参加了一个叫作"穷游之友俱乐部"的社团组织，趁暑期独自骑车出游，谁知一去再无消息，就此人间蒸发。胡海燕心急如焚，隔段时间就换个地方做三陪女，以此打听妹妹的下落，却一直杳无音讯。

后来胡海燕听人说胡海鸥失踪前，曾在诏安县植物园一带露过面，就只身到诏安去寻找。此后，胡海燕也失去了踪迹。

胡家姐妹的父母接连遭受沉重打击，都卧病在床，甚至失去了寻找爱女的力气和勇气。直到一年前，才在村民的帮助下，到辖区派出所给两个女儿报了失踪。如果没有那次报案，恐怕曲州市的警员也无法顺利地顺藤摸瓜，找到胡家姐妹的线索。

胡海燕的年龄、身高体重、骨盆特征，无一不与家塘湖底的骷髅相吻合。最重要的，胡海燕的老家地下矿藏丰富，饮用水里含有微量锶原子。这在L省地质研究所的资料中有明确记载。

李观澜听过汇报，沉思不语。所有支离破碎的线索聚合在一起，脑海中逐渐勾画出一个粗线条的案情轮廓：残忍的凶手，悲惨的死者，水下的冤魂，漂流的断脚，像电影的回放镜头，一帧帧地在思绪深处掠过。凶手的身影在他眼前晃来晃去，似乎一伸手就能捉到，却又模模糊糊，看不清楚模样。

李观澜摇摇头，耳畔的颞动脉剧烈跳动，太阳穴一阵阵地胀痛。他用食指在头部两侧和颈部风府穴上用力揉搓，疼痛稍稍缓解了一些。

曾经漆黑一团如沉沉黑夜般的案情已经露出了一线光亮，可是，仍有四个重要问题在困扰着他：杀人的第一现场在哪里？为什么死者都是女性？为什么绝大多数断脚是右脚？凶手是用什么手段杀死她们的？这几个问题彼此关联，环环相扣，解决了其中任何一个问题，都可能成为侦破案件的关键。

当李观澜一行人的车辆行驶到诏安县城关时，他的手机铃声蓦然响起。看一眼屏幕上的号码，是苏采萱打来的。李观澜心里"突"地一跳，在案情进入关键阶段时，苏采萱若没有重大发现，绝不会给他打来电话。

苏采萱的声音中透出按捺不住的喜悦："老李，我找到湖底尸骨的致死原因了。"

李观澜闻言欣喜异常。在他动身去诏安县之前，曾向苏采萱询问过被害人的死因。苏采萱的回答是骷髅的颅骨无碎裂，喉骨无骨折，肋骨无伤痕，可以排除重物打击、刀刺、勒颈等常见死因。骨殖中未化验出毒素，非中毒死亡。事实上，除断脚外，这是一具相当完整的骷髅——这使得李观澜非常失望，一度以为也许无法根据骨骼检验出死因。谁知才过去几个小时，苏采萱就取得了重大突破，让他有意外的惊喜。

苏采萱笃定地说："被害人是遭到电击致死的。我借助电子显微镜，在她右腿胫骨的断折处发现了稀疏的骨珍珠颗粒。"

李观澜不解，重复一句："骨珍珠？"

苏采萱解释说："所谓骨珍珠，是由人骨中的磷酸钙融合形成。骨头在遭遇高压电击时发生坏死，无机物熔化，在受损骨表面形成珍珠大小的灰白色物休。骨珍珠是电流作用的指征。通常来说，人体骨骼上形成骨珍珠，意味着遭受了高压、高强度的电击，没有生还的可能。"

李观澜虽然并不完全理解，但他对苏采萱的专业能力一向信之不疑，就说："有你这个结论，这件困扰我们四年的案子等于已经告破了。"声音中带着掩饰不住的兴奋。

同车的许天华有些诧异地看着他。

抵达诏安县时，已经是下午两点多钟。正值暑期，一轮烈日当空，灼热不堪，似乎大地是一面铁砧，要把万物都烤熟烤化一般。

为了办案方便，曲州市刑警队一行驻扎进诏安县植物园派出所。李观澜请户籍警小陈从电脑中调出植物园内一百零三户、四百二十一名居民的资料，一手持矿泉水瓶、一手拿着鼠标，目不转睛地盯着持续刷新的屏幕。

一个多小时后，李观澜手中的鼠标终于不再滚动，电脑屏幕定格在一个男人的户籍资料上。李观澜端详着那张身份证照片上的并不陌生的脸孔，目光炯炯，似乎要看穿那貌似朴实的脸庞后面隐藏的巨大秘密。

他的食指轻轻点击，把那张头像照片打印出来。

在所长黄大淼的办公室里，李观澜又把在家塘湖里打捞尸骨时拍摄的围观群众影像重新观看了一遍，最后把画面停止，选定一张男人的脸，拉近，放大。

黄大淼几乎不敢相信自己的眼睛："李支队，你怀疑他？这个人是我辖区里最老实巴交的，杀鱼他敢，杀人？再借他两个胆子啦。"

李观澜笑着摇摇头，不置可否，说："能不能把你的办公室借我用二十分钟？"

黄大淼满腹狐疑，嘴里却连声答应："当然，当然可以。"

这是许天华在一周内第二次与李观澜严肃地对话，心结未除，气氛有些压抑和沉重。许天华感觉浑身的毛孔都刺痒难当，像是有小虫在爬，说不出的不自在。

李观澜递给他一瓶冰凉的矿泉水。这两个人都不沾烟酒，只能借用矿泉水来舒缓情绪和气氛。

许天华莫名其妙，直勾勾地盯着李观澜，脑海里飞速转动，揣摩着他的意图。

李观澜不动声色，单刀直入地说："找你来是想和你谈谈断脚的案子。虽然你没有参与案件的前期侦破工作，但是对案情的大部分细节并不陌生。"

许天华含糊地"嗯"一声。

李观澜说："从四年前在曲州市凌波浴场发现第一只断脚起，至今共发现十四只断脚，分属于十二名女性死者。目前可以确定的是，至少有两名受害人是在诏安县家塘湖被抛尸在水里的。当然，由于时间较长，许多受害人已经尸骨无存，实际数字可能远远大于这个数字。可以断言，这是一起残忍、罕见的特大系列杀人灭尸案。"

许天华点头表示赞成："同意这样定性，凶手极度冷血，罪大恶极。"

李观澜说："确定家塘湖是抛尸现场，是本案告破的关键，把嫌疑人的排查范围从方圆数千里缩小到方寸之地。家塘湖位于植物园脚下，三面临山。要接近家塘湖，必须通过植物园的大门，很难想象园外的人会不辞劳苦不惮危险地把这里选作为抛尸地点。而且园里的保安和居民众多，外来车辆接近家塘湖，很难不引起怀疑。"

许天华说："所以凶手很可能就是植物园内的居民，他们常年在家塘湖畔转悠，丢些东西下水，谁也不会怀疑。植物园里的居民人数相对稳定，近年来只准迁出不许迁入，目前共有一百零三户、四百二十一名居民，在这个范围里查找，凶手无处遁形。据我分析，凶手把家塘湖选择为抛尸地点，还有一个重要因素。当地人都知道，家塘湖里生存有大量的胡子鱼，这是一种嗜食动物血肉的鱼类，尸体被抛进湖里以后，短时间内就会被胡子鱼吞食，不留痕迹。这也是园内居民作案的一个佐证。"

李观澜露出赞许的神色，说："我知道你会掌握这些数字，也会把胡子鱼吃人的特点考虑进去。凶手要在不引人怀疑的情况下多次进行抛尸，还应具备哪些条件，相信你已经深入考虑过这个问题。"

许天华忘记了对话开始时的猜忌和不快，沉浸在案情里："凶手平日和家塘湖打交道比较多，经常在湖边转悠，这既有助于他萌生抛尸入湖的念头，也有利于他隐藏身份。此外，凶手还应有一个中小型的运输工具，像农用机动车、脚踏三轮车之类，否则很难完成运尸、抛尸的行为。高档轿车接近家塘湖很容易引人注意，可以排除这种可能。"

李观澜说："到现在为止，我们的侦破思路完全吻合。还有一个案情要素是你不知道的，苏采萱在一个多小时前才在电话里告诉我，被害人的致死原因是电击。"

许天华略感意外，说："电击？以电击为手段制造系列杀人案，在我印象里还是第一次听说。"

李观澜说："对，电击杀人案原本就不多见，系列电击杀人更相当罕见。这必须满足几个条件，作案现场在室内，受害人毫无防备，凶手有趁手的电击设备。你知道，在家塘湖底发现的尸骨是在水底直立的，当时尸骨的右脚踝绑在一块大石头上，因浮力作用，使得尸骨像是站立起来，尸骨的右脚已经遗失。这应是凶手惯常的抛尸手段，由于湖水浸泡，加上胡子鱼蚕食，如果再晚些时候，这具尸骨也将荡然无存。"

许天华打了个不易察觉的寒噤，说："凶手的手段毒辣，案子设计得也很周密，如果不是断脚引起我们的注意，这十几个冤魂可能将永远深埋在湖底。"

李观澜说："是这样，凶手也许是觉得被害人的鞋子不好处置，焚烧、掩埋或丢弃都难免留下线索，不如和尸体一起抛到湖里，不留一丝痕迹。谁知这种具有防水功能的鞋子，使得尸体的断脚躲过胡子鱼的利齿，随波逐流，最终成为追凶线索。这里面还有一个细节应引起我们注意，把尸骨绑在石头上的是一种特殊材质的绳子。"

许天华脱口而出："电线？"

李观澜说："对，是一截长约五米的白色铝芯双股护套电线，两头有裸露的导端，这是植物园居民用来电鱼的典型电线。"

许天华茫然地重复说："电鱼？"

李观澜说："对，电鱼。据我所知，植物园里的居民中至少有三分之一的人常年在家塘湖里电鱼。所用的方法很原始，一个电瓶，两根长木杆，一截电线，一张金属质地小网，危险性很大，近五年里至少有两名居民在电鱼时被电死。但家塘湖里的胡子鱼味道鲜美，很受游客欢迎，能卖上好价钱，所以植物园的居民罔顾危险，乐此不疲。"

许天华说："这样，嫌疑人的范围又缩小了许多。"

李观澜赞同说："是这样。此外，遇害者的身份也很有参考价值。目前已经确定身份的两名死者是亲姐妹，其中妹妹是一个穷游俱乐部的成员，而姐姐是在妹妹失踪以后独自去寻找她的过程中遇害的。两人都不是诏安当地人，都是独自出游，社会关系简单。不妨想想，在植物园的居民中，哪些人最有机会和这对姐妹近距离接触？甚至有机会在封闭的房间里单独接触？"

许天华的脸色忽变，泛起潮红，潮红退后又变得苍白。他感觉喉咙干渴，就喝了一口矿泉水，费劲地咽下，说："据我对植物园居民的了解，他们原本都是农民，植物园开发以后，就都转行从事与旅游相关的小生意。有的拉人力车，有的开家庭旅馆、小餐馆，有的出售旅游纪念品，这里面，最有机会和外来游客在封闭空间里单独接触的，应该是家庭旅馆的从业者。植物园里做这个小生意的至少有十户以上。"

李观澜说："如果把这些特点集中在一起，诸如开家庭旅馆、经常在湖里电鱼、有三轮车等交通运输工具，凶手就呼之欲出了。此外，死者为什么均是女性？而断脚为什么绝大多数是右脚？回答这两个问题，是否也有助于我们锁定犯罪嫌疑人？"

许天华的脑海里一片空白，期期艾艾地说不出话。

李观澜早预见到他的反应，但为让他有足够的思想准备，继续说："可以这样设想，也许凶手自身的体能有限，不敢对男性游客动手，而残害女性游客则更有把握，这是趋利避害的犯罪心理。而被害人遭电击的部位集中在右腿，是否凶手的潜意识里存有对正常人右腿的敌视？"

许天华的冷汗涔涔而下，嗫嚅说："不，不是，也许还有另外的可能。"他的声音细不可闻，显然对自己的话没有丝毫信心。

李观澜叹口气，无论怎么不情愿，这是许天华必然要面对和接受的结局。李观澜在电脑上调出打捞家塘湖底的尸骨时所摄录的围观群众影像，说："当时我已想到，如果凶手就是植物园里的居民，我们闹出那样大的动静，他一定会混在人群中观看，而且凶手的表情会与围观者有所不同。凶手会刻意掩饰内心的恐惧和慌张，做出若无其事一脸茫然的模样。而围观者的表情更加自然，惊讶、害怕、好奇，都是凑热闹者正常的反应。所以我让人把围观者的影像拍下来，事后逐一观察他们的微小表情，果然留意到一张与众不同的脸孔。"

许天华久经历练，无论在多么危险的局面和怎样冥顽、凶残的犯罪嫌疑人面前都镇定如恒，这时却说什么也不敢去看李观澜在电脑里调出的影像。两条腿像是灌了铅，沉重而僵硬；又像是不受大脑控制，颤抖不止。

正僵持间，派出所所长黄大淼推开门冲进来，说话声音都变了调："李支队，你指给我看的那个嫌疑人何洪海自杀了。"

李观澜和许天华的脑海里都嗡的一声，几乎同时从座位上跳起来："人在哪里？"

何洪海就是许天华的岳父，在植物园里经营一家由民房改建的名为"如归客栈"的家庭旅馆。许天华在与李观澜分析案情时，所有的疑点都指向何洪海，这使得许天华如坐针毡，如芒在背，既感到突兀和难以置信，又在事实面前，为岳父的命运担忧，为妻子何晓顺将遭受的巨大打击担忧。

但剧变横生，快得容不得他仔细考虑。黄大淼回答两人问话："人在如归客栈的客房里，已经不行了。"话音才落，许天华和李观澜相互对视一眼，一前一后地急匆匆冲出门外，跳上车，油门一踩到底，风驰电掣般向如归客栈驶去。

所谓如归客栈，其实只是一排四间平房，隔成六个小间，后院建有两间小房，作为卫生间。前院则姹紫嫣红，鲜花开得正艳。

　　率先赶到的派出所警员已经在客栈门前拉上警戒线，外围则站满了附近的居民。在一周内，家塘湖底出现尸骨，何洪海又在家中自杀，两起突兀的命案打破了植物园里幽静和祥和的气息，恐怖的阴影笼罩在每个人的心头。虽然阳光普照，围观民众却感觉阴风阵阵，身上发冷。

　　何洪海的尸身静静地蜷缩着躺在床上。深蓝色的棉布床单已经褪色，但洗得干干净净。何洪海穿一身黑色纺绸套装，脚蹬黑色布鞋，四肢收缩，似乎非常怕冷，皮肤泛黑，嘴角流出一摊鲜血。显然已经死去多时。

　　许天华与何洪海的翁婿之情甚笃，见他死相凄惨，不禁胸口发酸，泪水涌上来，却又强行忍住，双唇抖动，抑制住内心深处的巨大悲伤。

　　诏安县刑警队队长冯华与李观澜早就认识，也知道他正在诏安办案子，见他走进来，迎上去握握手，说："死者是触电身亡，房客发现的，可以认定是自杀，现场留有一封遗书。"

　　他的声音不高，但许天华仍听清了"触电身亡"四个字，心头剧震。

　　李观澜接过那封遗书，很厚，有十几页纸，写得密密麻麻又工工整整，显然何洪海临死前曾做过精心准备和仔细考虑。遗书中对女儿何晓顺和女婿许天华表达了深沉的歉意，也详细交代了他的作案过程：

　　"六年前，何晓顺以优异的成绩如愿以偿地考上了松江省医科大学，那是一所全国闻名的重点大学，对于我们这个最高学历是小学毕

313

业的家庭来说，无疑是山沟里飞出了金凤凰，甚至是植物园所有居民的骄傲。但令我难堪的是，家里根本无法负担她的读书费用。医科大学每年的学费就高达一万五千元，加上一万多元的生活费用，我即使不吃不喝，全年的收入也只够支付这些费用的三分之一。何晓顺的妈妈死得早，她临死前叮嘱我一定要照顾好我们唯一的女儿。我愿意付出任何代价，也不要因为自己的无能让何晓顺中途退学。

"在这个念头驱使下，我盯上了那些独自出游的女人。她们穿戴时髦，行囊丰足，每个人口袋里的现金都足以帮助我们这个窘迫的家庭暂时摆脱困境。六年前的那个风雨交加的夏夜，我用自制电鱼机电死了一名熟睡中的女人，把她身上的财物洗劫一空，然后把她的尸体沉进了家塘湖，让胡子鱼帮助我毁掉她的尸体。

"第一次杀人后，我曾经担心过一段时间，听到警车响就心惊肉跳，看见穿制服的人就远远地躲开，毕竟在何晓顺毕业之前，我不能被逮捕或死去，否则我死也不瞑目。但是后来发现，一切都平静如常，这个法子太隐蔽了，根本就没有人注意到我的所作所为。从那以后，我开始连续作案，一有机会就杀人劫财。我的腿脚不好，不敢对身强力壮的男人动手，其实男人在睡梦中遭到电击，也会瞬间死亡，根本没有任何反抗能力，可我就是害怕。在何晓顺毕业前，我必须保证足够小心，一个微小的失误就可能满盘皆输。

"我究竟杀了多少人，自己也记不清了。十几个吧，不会超过二十人。现在的女人讲求个性嘛，独自出游的很多，我总能找到动手的目标。何晓顺毕业后，我就收手不做了，毕竟杀人不是一件让人高兴的事。其实那时候我已经萌生死意，杀过太多人，对生命厌倦而漠视，包括自己的生命。我希望能够找到一个合适的时机和远离人群的场所，静悄悄地告别人世。

"但当死亡的威胁在靠近时，我仍不甘心坐以待毙。两年前，一个被我杀死的女人的姐姐到处找她，竟然找到了我这里，向我打听。这让我极度恐慌，在经过反复考虑后，我终于在时隔两年后再次动手杀人。我曾经向自己发誓这是最后一次，以后双手绝不再沾血腥。谁知这最后一次竟是自掘坟墓。当警察们从家塘湖里打捞出那女人的尸骨时，我知道自己的日子不多了，或者自杀，或者被枪毙，我只有这两个选择。

　　"我至今也不知道警察怎么会找到家塘湖这里来，保安梁满贵也不知道，植物园里的住户中也没有人知道。我不信警察们有千里眼顺风耳，也许应了那句老话，若想人不知，除非己莫为。再逃避已经没有任何意义，一死了之吧，结束我这卑贱而罪恶的一生。当然，我的滔天罪恶，就是再死十次也无法补偿。"

　　这是一个系列杀人狂的临终绝笔。李观澜读过后，良久不语，心中萦绕着淡淡的苍凉与悲伤情绪，挥之不去。

　　直到现在，断脚主人的身份仍未全部核查清楚，而河畔断脚案仍是曲州市民的梦魇。在凌波浴场的沙滩上，不时有三五成群的顽皮少年，手持长长的枝条或木棍，拨开随河水漂来的鞋子，看里面是否有一泡黏腻的油脂，或乌涂涂的断裂脚骨。据一顽童说，他曾亲眼在一只断脚上见到过骨珍珠，一粒粒地凸起，手指按上去噼啪作响。

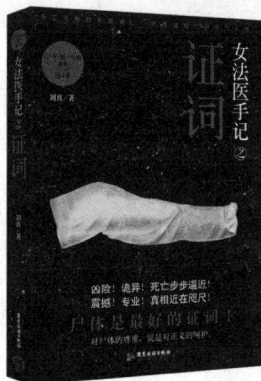

让逝者安息 让罪恶现形

《你有罪1：逝者之证》

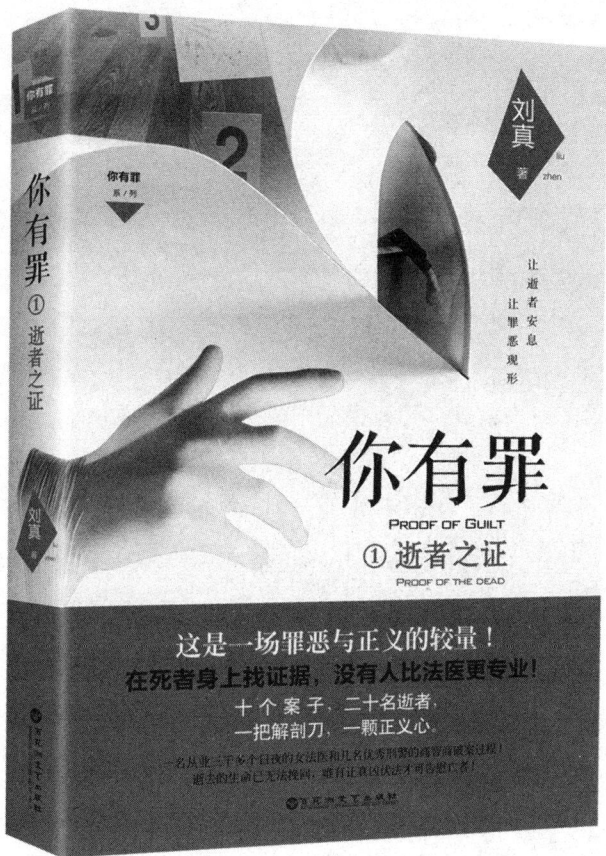

刘真 著
liu zhen

你有罪
系列

让逝者安息
让罪恶现形

你有罪
① 逝者之证

你有罪
PROOF OF GUILT
① 逝者之证
PROOF OF THE DEAD

这是一场罪恶与正义的较量！
在死者身上找证据，没有人比法医更专业！
十个案子，二十名逝者，
一把解剖刀，一颗正义心。
一名从业三千多个日夜的女法医和几名优秀刑警的高智商破案过程！
逝去的生命已无法挽回，唯有让真凶伏法才可告慰亡者！

在死者身上找证据，没有人比法医更专业！

十个案子、二十名逝者，
一把解剖刀，一颗正义心。

一名从业三千多个日夜的女法医和几名优秀刑警的高智商破案过程！

逝去的生命已无法挽回，唯有让真凶伏法才可告慰亡者！

扫描二维码 立即购买

内容简介

在一幢古宅中度假的七个好友，因遭遇雷雨天气并且唯一通往外界的木桥被冲断而滞留古宅之中。他们偶然发现古宅的墙壁上出现离奇杀人场景，紧接着朋友们相继遇害。是鬼魂显灵，还是另有真凶？

打工仔夫妇贪图便宜入住"鬼楼"，楼内怪声连连，夜半抓"鬼"却身中尸毒。在下水道里的鲇鱼肚子里发现了一截断指，失踪女子家人苦寻不见，一桩碎尸案渐渐揭开谜团。凶手是何人？

电视征婚节目火爆，众多靓丽女嘉宾参与"今晚与你牵手"栏目，希望找到如意伴侣。然而女嘉宾却接连遇害。凶手在尸体上有意留下线索，是挑战警方，还是故布疑阵？

豪门少东车内遇害，现场留下血迹。DNA化验显示，凶手是他的同父异母的兄弟。通过深入调查，竟是一起国内外前所未有的偷换DNA奇案。DNA检验无法作为刑事案件铁证？凶手如何漏出马脚？

……

令人发指的案发现场，血腥与恐怖笼罩。在死者身上找证据，没有人比法医更专业，每一丝痕迹都是破案的关键。罪恶在正义面前无处遁形！